文
景

———

Horizon

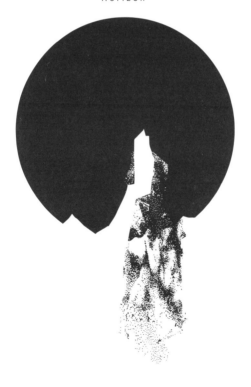

我的心是一块将熄的炭火

Ben
Lerner

10 : 04

[美]本·勒纳——著

陈胤全——译

上海人民出版社

哈西德派中流传着一个关于未来世界的故事，说的是那里的一切都将和眼前的世界一样。我们的房间此刻如何，在未来的世界里也将如何；我们的孩子此刻在某处安睡，在那个世界里也将在同一处安睡；我们在这个世界里穿什么衣服，在那个世界里穿的也就是那些衣服。一切都将和此刻一样，只有一点细微的差别。

城里有一条空中绿道，由废弃的高架铁路改造而成，我和经纪人走在上面朝南边去。天气暖和得像是另一个季节。我们刚在切尔西[1]享用了贵得离谱的一餐，当作庆功。主厨的一套按摩，让小章鱼失去了生命。那柔软得不可思议的东西，被我们整只送进嘴里。我从没有一口吞下过一整颗头颅，更何况是在观看了这一种爱好装饰巢穴的动物被翻转摆弄之后。我们往南走，旧铁轨微微反光，身旁是精心排布的漆树和黄栌。我们就这样在高线公园里走，来到那个由路堑改造而成的观景台。木头阶梯一层层往低处延伸，最低的一阶有高高的玻璃围栏，俯瞰第十大道。这里仿佛是一个露天的阶梯教室，供人们席地而坐，看车来车往。我们也坐下来，观看车流。有几分玩笑，又全然是真——我忽然感应到了另一个个体的知觉。并不属于我的图像、知觉、回忆、情感接连向我涌来。我感到光波的振动，感到抹进吸盘的盐的味

[1] 切尔西，纽约市曼哈顿区的一个区域。——译者注，下同

道、触觉，感到恐惧从我肢体的末端开始蔓延，穿过大脑。我把这些说给经纪人听，她正吞云吐雾。我们大笑起来。

几个月前，她给我发了一封电子邮件，说只要我答应将之前发表在《纽约客》上的一篇小说扩写成长篇，便能得到一笔"六位数的重酬"预付金。我拟了一个大纲，虽然只是大概的构思，却足见诚意。不久，纽约的几大出版社便开始争夺出版权，接着我们便在会成为小说开头场景的餐厅里吃头足类动物了。"你具体要怎么扩写？"她会这样问，眼神落在远处，因为她在计算小费。

"我要把自己同时投射进几个未来，"我本该这样说，"一次轻微的手抖。我要在这座下沉的城市里，从讽刺跋涉至真诚，在脆弱的网中，努力成为惠特曼[1]。"

*

房间的墙上画了一只巨大的章鱼——去年九月，我来这里做检查——除了章鱼，还有海星和其他带鳃的水生有头类动物。这里是儿科，墙上画海底世界是为了帮助儿童安静下来，在打针或是用小锤子测反射振幅[2]的时候转移他们的注意力。三十三岁的

---

[1] 美国诗人沃尔特·惠特曼（Walt Whitman, 1819—1892）曾居住在纽约。他的不少作品描绘了纽约的繁华景象。
[2] 指用锤子敲打膝盖时小腿因反射而前踢的最大幅度。

我之所以会坐在这里，是因为有个医生偶然发现，我的主动脉根部可能有无症状的瘤样扩张，需要密切观察，甚至手术干预。在这个年纪出现这种病症，最常见的解释是马凡氏综合征——一种遗传性的结缔组织疾病，患病特征是四肢异常细长、柔软。我一开始去的是心脏科，医生建议我来儿科做检查。我说自己体脂偏高，臂展正常，只有身高稍微高了一点。可他说我的脚趾细长，又有轻微的双关节[1]，很有可能是患了这种病。马凡氏综合征通常是在婴幼儿时期诊断的疾病，所以我被转到了儿科。

心脏科医生解释说，马凡氏综合征的手术门槛更低（动脉根部的直径达到 4.5 厘米就需要手术），我的情况基本符合（核磁共振显示我的主动脉根部直径 4.2 厘米），因为马凡氏综合征患者更容易发生所谓的"剥离"，一种主动脉被撕裂的致命症状。假如我的病症并非遗传，只是不明原因的特发性病例，可能最后依然需要手术，但目前的直径距离手术门槛（5 厘米）还很远，治疗进度也会放慢许多。无论是否遗传，我都多了一件心事——我身体里最大的动脉，有很大概率会随时破裂。我毫无科学根据地想象着那个画面：一根扭动的软管，将血液往我的血管里喷，倒下前还远远地盯着我。

我身处西奈山医院里的海底世界，坐在一张红色的塑料童椅上。我一坐上去，就感到纸袍里的自己别扭、瘦高、笨拙；诊

---

[1] 指关节可以过度地双向弯曲。

断人员还没来，椅子就证明了我有病。亚历克丝陪在边上。医生跟我说了很多，我只记得最基本的一些，却已经没法自己走出诊室。所以她陪着我来，虽然说是要从精神上支持我，其实是在行动上支持我。她坐在我对面，笔记本摊开在大腿上。她的椅子是成人大小，只有一张，明显是给家长准备的。

有人跟我说会有三名医生来诊断、合议，然后提出诊断意见——在我看来就是宣告判决。但是，当医生带着灿烂的微笑登场时，有两点我没有料到：她们都很好看，并且比我年轻。幸好亚历克丝在场，否则她一定不会相信，三个医生（似乎都来自印度次大陆）即使穿着白大褂，也显示出了完美的身材比例。她们的脸庞立体无瑕、完全对称（巧妙打上的阴影和唇彩当然也助力不少），散发着近乎夸张的健康光彩，在医院的灯光下也毫不黯淡，黝黑中闪耀着金色。我看向亚历克丝，她挑了挑眉。

医生叫我站起来，开始测量我的臂长、胸曲[1]和足弓。她们根据一种对我来说无比神秘的疾病分类法反复测量，我仿佛多出来许多肢体。医生比我年轻的事实，成了一座不幸的里程碑——越过这座碑，医学于身体不再是父亲般的慈爱。因为医生在我病变的躯体中，看见的不是幼时的稚嫩，而是她们也终将经历的衰败。不过，在这个为儿童量身定制的房间里，三个不到三十岁、魅力非凡的女人，同时又让我成了一个孩子。亚历克丝坐在椅子

---

[1] 脊柱生理弯曲的一种。

上观看，投来同情的目光，仿佛离我很远。

我的大脑能感受到触碰，但本体感觉[1]较弱，无法实时地判断身体尤其是手臂的位置。对感觉输入的反应过度自由，意味着实体觉缺失，也就是说，我不能在大脑中构建所触碰物体的图像。我的大脑能分辨不同的质地与形状，但无法用信息拼凑出完整的画面，无法解读现实虚构而成的世界。换句话说，我的躯体渐渐不能控制神经对空间和时间的想象。每一次心脏收缩，过度柔韧的心血管都会随之扩张，即便再微小，也仿佛是我的未来在身体里倾塌。我比房间里的每一个人都衰老，又比每一个人都稚嫩，包括我自己。

*

亚历克丝精神和行动上的支持，部分原因是为了她自己。不久前，她说想借我的精子来受孕。她当时还急忙澄清，不是要和我性交，而是通过子宫内人工授精，因为，她说，"跟你做会很奇怪"。这个话题是在大都会艺术博物馆提出来的。我们经常在工作日的下午去那里，因为亚历克丝没有工作，而我是个作家。

我们是在一堂无聊的小说赏析课上认识的。我大一，她大四。当时虽然立即互生同情，却没有成为最好的朋友。毕业几年

---

[1] 肢体运动时产生的感觉。

后，我搬到了布鲁克林，发现她跟我住得很近，于是开始一起散步。我们在展望公园里走，日光在椴树间消逝；我们从居住的波兰姆山走到日落公园，冥冥暮色中飞着软绵绵的风筝；我们在晚上沿着海滨步道走，隔着昏暗的海水，曼哈顿繁密的城市丛林就在天际，灯火闪烁，若隐若现。虽然我们一起做的事也不只是散步，但在这颗温暖的星球上一起行走的六年，使得我在这座城市中穿行时，意识中总有她的存在。即使她不在，我也本能地以为她在身旁。当我默不作声地走过一座桥，我常常觉得那静默也由我们一同分享，即使她正在北部看望父母，或是和我绝对会讨厌的男朋友在一起。

她之所以会在博物馆，而不是在喝咖啡之类的时候提出这件事，也许是因为我们走在博物馆里时目光是平行的，注视着前方的油画，不看向对方。四目相对的交流会太亲密。我们共同构建着前方的视野，同时整理着各自的想法。我们并不躲避对方的眼睛，我甚至觉得她那色泽如阴天的眼睛很好看——深色的上皮，清晰的基质[1]，但每当我们眼神交汇，就会陷入沉默。也就是说，我们一起吃午饭的时候，也会一句话也不说，或者只是有一搭没一搭地聊两句。吃完饭走回家的路上，我才会知道她妈妈被诊断出癌症晚期。你可能在大西洋大道上看见过我们，她满脸泪水，我的手臂搂着她的肩膀，而我们的目光依然笔直向前。你可能在

---

[1] 指虹膜的上皮和基质。虹膜上皮的黑色素浓度和基质的细胞浓度是影响眼睛颜色的重要因素。

布鲁克林大桥上看见过我们，不过哭的是我（我最近哭得越来越多），她在用相同的方式安慰我。比起情侣，我们更像连体婴儿。

那天，我们站在巴斯蒂昂－勒帕热[1]的《圣女贞德》前。亚历克丝和这一版本的贞德有几分相似。她没头没脑地来了一句："我三十六岁，单身。"

谢天谢地，她终于和最近这任分手了。他是个离了婚的劳动法律师，快五十岁了。在她合伙办的诊所关张前，他帮忙处理过一些事。两杯红酒过后，他一定会开始给周围的所有人讲述自己在危地马拉参与人道主义援助的经历，虽然故事模糊得令人生疑。酒过三巡，他抱怨起前妻性压抑、性冷淡。四五杯下肚，便开始将这些毫不相干的话题扯在一起，好让种族大屠杀和自己遭受的性排斥在胡言乱语中获得对等的分量。只要我在，一定会保证他满杯，以此加速他们两人关系的覆灭。

"过去六年，我每一天都在想要孩子。我就是那么俗。我想带孩子去见我妈。我只有七十五个星期的失业补助和保险，还有很少的存款。这意味着，现在可能是生育最坏的时间点，可我反而觉得，永远也不会有什么好的时间点。我不能等着职业和生理的节奏去同步。我们是最好的朋友，反正不会离开对方的生活。你捐精怎么样？生育、抚养，你想参与多少，都可以商量。我知道这听起来很疯，但我希望你能答应。"

---

[1] 儒尔·巴斯蒂昂－勒帕热（Jules Bastien-Lepage，1848—1884），法国画家，题材多为乡村风物和肖像。《圣女贞德》创作于 1879 年。

画的左上角悬着三个半透明的天使，召唤在父母的园子里织布的贞德拯救法兰西。其中一个双手捂脸。贞德好像正踉跄着走向看画的人。她伸出左手，或许是受了感召后精神恍惚，想要扶住什么。但她的手并没有抓住枝叶，而是被精心安排在了一个天使的视线上，手似乎正在消失。博物馆的说明牌上说，巴斯蒂昂－勒帕热因未能调和好天使的超凡缥缈和未来圣女身体的真实感而遭到攻击。但这种不调和，恰恰是这幅画成为我至爱的原因。仿佛在形而上的世界和形而下的世界之间，在两种时序之间，存在着一种张力，扰动了图像的本体，图像背景吞噬着她的手指。那天下午和亚历克丝站在画前，我想起了对我少年时代影

未来的存在

未来的缺失

响颇深的电影《回到未来》里马蒂随身带着的照片。回到过去的马蒂扰乱了他的父母成家之前的历史，导致他和哥哥姐姐从照片中消失。唯一不同的是，画中吞噬着贞德的手的，是存在，而非缺失：她正被拽向未来。

*

我和罗贝托在用鞋盒做一个模型，附到我们计划自印出版的书里。那本书说的是有关雷龙的科学迷思：19 世纪，一位古生物学家把一颗圆顶龙的头骨放到了迷惑龙的骨架上，认为自己发现了一个新物种。[1]也就是说，我少年时最负盛名的两种恐龙之一，居然从未存在过。这一修正，和冥王星从行星降级为矮行星[2]一起，对我童年时期的世界观，对我记忆中有关星系空间和地质年代的认知，造成了猛烈的逆向冲击。罗贝托八岁，读三年级，是我朋友亚伦班上的孩子。亚伦在日落公园的一所双语学校教书。我问亚伦有没有办法能让我辅导他班上的一个学生，我也好趁机时不时地练习一下我的西班牙语。罗贝托聪明、合群，但比一般孩子更容易分心，亚伦就想让我带他在放学后做一些项目，也许能诱导他集中注意力，或者至少能为他树立一个榜样。我没有正式的入校许可，不过亚伦问了罗贝托的妈妈对这样的安排是否放心，他强调我是一名出过书的作家。

我们的第一堂课，我带了谷物棒去，可是没有事先跟亚伦确认，结果罗贝托的坚果过敏发作了。男孩一边皮肤发红、气喘，却还一直微笑，我突然被吓蒙了，充满了动物本能的恐惧，我想象自己得用铅笔划开他的气管。幸亏亚伦刚好从隔壁教室开完会回来，叫我冷静，解释说罗贝托只是轻微过敏，过敏反应很快就会消失，只不过我以后要多加小心，他不知道我会带零食来。辅导的第三还是第四个星期，亚伦又不在教室。罗贝托毫无预警地

---

[1] 19世纪70年代，古生物学家奥塞内尔·查尔斯·马什（Othniel Charles Marsh，1831—1899）发现了迷惑龙，而后又声称发现了雷龙。20世纪初，有学者指出了雷龙与迷惑龙的相似性，"雷龙"在古生物学中成了无效命名，但一直在民间沿用。近期，又有学者发现了新的化石，"雷龙"重新变成了有效属名。

[2] 指2006年，国际天文学联合会重新定义了行星，冥王星被归入矮行星。

造反了，跟我说他要去找朋友。因为我不是他的老师，所以拦不住他。他飞快地跑过楼道，我快步走在后面，因为不好意思而脸颊发烫。我很担心，会不会有哪个成年人看见我的尴尬，误以为那是一种淫欲的神情。我终于在体育馆的一角找到了他，那里也是食堂。他跟他的同学在一起，围着一具硕大无比的水虫[1]的尸体。我只不过答应了让他玩我的苹果手机，就把他骗回了教室。

现在，课外辅导进行到了第三个月，我们已经成了亲密的朋友：带去课上的零食，我换成了新鲜的水果，但他从来不吃，亚伦让罗贝托的妈妈警告了他，敢不听我的话试试。被确诊后，每隔几分钟我就觉得自己正在"剥离"。而唯一能让我自己把心思从不断肿大、可能置我于死地的主动脉窦瘤上移开的，便是努力诱导罗贝托将心思专注于北欧海怪神话或者最近发现的史前鲨鱼的化石。

就这样，在诊断出马凡氏综合征后才几天，我再次坐上了一把儿童尺寸的椅子，用别扭的小学专用剪刀，剪裁各种在网上搜到然后用美术纸打印出来的恐龙。它们有的是模型中迷惑龙的猎物，有的是其同伴。年代当然是错乱的，我们没耐心去一一确定哪只恐龙对应哪一地质时期，那时候罗贝托的注意力又回到了另一个话题上。自从他看了发现频道一档关于冰河期再次来临的节目之后，这件事还进入了他的梦境。

---

[1] 泛指生活在池塘、水洼、溪流等地带的昆虫，体型较大，一般为负蝽科，比较常见的例如田鳖。

"当所有的摩天大楼被冻住，它们就会像9·11那样倒下来，"他说，语调是一如既往地兴致勃勃，但声音更轻了一些，"然后把所有人都压扁了。"罗贝托常常通过调整音量而非语调来表明事情的严重性和情绪。

"也许，当天气开始变得很冷的时候，科学家会为建筑物发明一种新的供暖系统。"我说。

"可是全球变暖……"他微笑着说，露出等着长出一颗恒门齿的缺口，几乎是在低语，表明他打心底里害怕。

"我觉得不会再有冰河期了。"我撒谎道，一边又剪出了一只已经灭绝的动物。

"你不相信全球变暖吗？"他问。

我顿了一下。"不会有高楼大厦压死人的，"我说，"你又做梦了吗？"

"在我的噩梦里，约瑟夫·科尼[1]来追杀我，然后——"

"约瑟夫·科尼？"

"那个非洲的坏蛋，影片里的那个。"

"约瑟夫·科尼的事，你知道多少？"

"我看了一段讲他的YouTube视频，讲他把非洲人都杀光了。"

"约瑟夫·科尼为什么要来布鲁克林？那和全球变暖有什么关系？"

---

[1] 约瑟夫·科尼是乌干达游击队首领，2005年被国际法庭以多项侵犯人权的罪行起诉，但潜逃至今。罗贝托观看的视频应指《科尼2012》。

"在我的噩梦里，全球变暖导致冰河期来临，高楼大厦都冻住了，监狱也冻裂了，所有杀人狂都从裂缝里逃了出来，追着我们跑，然后约瑟夫·科尼追着我们跑，然后我们被迫逃到了圣萨尔瓦多[1]，但是他们有直升机和夜视仪，而我们连身份证[2]都没有，所以哪儿也去不了。"他停下了剪刀，把下巴搭在桌子上，然后是额头。

一种愈发频繁的眩晕感，就像是一次暂时却彻底的失忆，使得我手里的物体——这次是一把绿色的安全剪刀——不再是一个熟悉的工具，而变成了一种陌生的器具，进而让手本身也变得陌生。这一症状来自对时空崩塌的直觉，或者矛盾地说，是空间瞬间聚合带来的强烈感受。一名乌干达军阀，经由 YouTube，出现在了一个萨尔瓦多裔小孩无证可考的、在布鲁克林做的梦中；小孩梦见的未来，又被剧烈变化的天气模式和终将认为科尼国籍不明的帝国司法系统所破坏。罗贝托和我一样，常常想象世界末日。

我叫他看着我，然后用两种语言跟他保证我唯一可以保证的事：他不用怕约瑟夫·科尼。

我在校门口把罗贝托交给他妈妈阿妮塔。在征得她的同意后，我给罗贝托和我自己买了炸面圈[3]。卖炸面圈的是一个银发女

---

[1] 中美洲北部国家萨尔瓦多共和国的首都。

[2] "身份证"在原文中为西班牙语"papeles"。

[3] 炸面圈是西班牙的油炸面食，又译作吉拿棒，因外形与中国的油条相似，也被称为西班牙油条。

人，身上裹着一块艳红色的毯子。学校放学后，或者课后活动结束后，会出现许多与她一样的小贩，无论什么天气都有卖炸面圈的，暖和的日子里还有冰激凌。这小小的一方公共场所让我感受到的物质活力、代际交流和语言的多样性，比在托皮卡[1]度过的整个童年还要多。阿妮塔接走罗贝托之后，我没有像惯常的那样踏上回家的长路，而是被一种微妙的力量所吸引，重新回到了学校的大楼里。学校很快就空了；除了一名保洁员和一名向我点头打招呼的极度肥胖的保安，只剩下几个老师，悠然自得地待在各自的办公室里，有的在贴星星贴纸，有的在备课，有的在给铁丝笼里换雪松刨花。我开始在楼道里漫步的时候，凭直觉就能感受到这些存在，同时一只手抚摸过美术纸做的秋日图景[2]：蜡笔颜色变幻的枝叶，聚宝角[3]，几只火鸡的身体有临摹而成的多趾的下肢。

当我来到二楼，清理了蜡纸，我来到了兰道夫小学，七岁，墙上挂着给克里斯塔·麦考利芙的一封封信，字是夸张的连体，祝她在"挑战者号"任务中一切顺利。仅仅在两个月之后的未来，

---

[1] 美国堪萨斯州的州政府所在地，也是作者的家乡。

[2] 原文为"autumnalia"，是一种伞形植物的名称。根据上下文来看，或许是作者误认为这一单词是拉丁语的"秋天"。

[3] 聚宝角又译作丰裕之角，源自于希腊神话。喂养宙斯的母山羊断了的犄角里出现了无穷无尽的食物，因此成为丰盛的象征。

航天飞机就要发射。[1]我这样说，你明白我的意思吗？我经过格雷纳夫人的门口，找到我的书桌，椅子也坐得下了；泡沫塑料制成的冥王星活动模型，和其他行星一起，从天花板上挂下来。我的父母在梅宁格诊所[2]；我的哥哥在我头顶正上方的那间教室里；约瑟夫·科尼刚刚有了点气候，当上了一支千禧年前论[3]势力的领袖；我的主动脉大小或许还成比例，或许已不正常；角落里的暖气片噗噗作响，因为以前的十一月通常很冷。教室并不是空的，但里面的人影明暗闪烁：丹尼尔坐在课桌边上，与我的课桌相邻，就是那个手臂上总是东一块史努比的创可贴、西一块血瘀的丹尼尔。今年春天，他会因为吸进了一颗果冻糖被送去急诊室——是我激他这么做的——用鼻子吸，结果吸得太深，差点危及生命。到了中学，他会是我们当中第一个抽烟的人，但让他在那时候出名的，是他经常偷偷摸摸地吃多米诺牌砂糖包。给包含这个男孩的未来世界搭建立体模型是一份令人悲伤的作业，因为你明明知道，这个男孩，不管是出于什么错综复杂的原因，会在家里的地下室上吊自杀。但作业已经布置下来了，格雷纳夫人居高临下地站在那儿，检查我们的进度。她的乳液中人造椰子香精的

---

[1] 克里斯塔·麦考莉芙（Christa McAuliffe，1948—1986）是一名美国教师，1985 年通过"教师上太空计划"成为宇航员，1986 年搭乘了航天飞机"挑战者号"。飞机飞行仅七十三秒便不幸解体，七名机组人员全部遇难。
[2] 于 1925 年由托皮卡的梅宁格家族成立，致力于精神疾病的治疗，是梅宁格基金会的下属机构之一。
[3] 末世论的一种，认为耶稣的肉身会在千禧年之前再次降临人间。

气味和橡胶胶水的味道交织在一起。我会做丹尼尔的人像模型，丹尼尔做我的，但我们会一起做太空船，让它像饰品一样吊在绳子上晃，永恒地瓦解。

我想对全美国的学校里正在收看航天飞机发射直播的孩子们说一些话。我知道这很难理解，但有时就是会发生这样令人痛心的事情。这一切都是探索与发现的一部分，是冒险和开拓人类视野的一部分。未来不属于怯懦的人，而属于勇敢的人。"挑战者号"的成员引领着我们驶入未来，我们将继续追随他们。

把我们推向未来

*

一个异常巨大的暖核气旋系统正在逼近纽约。市长采取了一系列史无前例的措施：他将纽约城划分为若干区域，勒令其中的低区实行撤离；他宣布，地铁系统将在风暴登陆前关闭；曼哈顿下城的部分地区可能会率先停电。有人推测，市长由于去年冬天对一场创纪录的暴风雪响应过慢而受到了批评，因此这次颇有深意地过度反应，搬演了一场小题大做的未雨绸缪之秀。不过，在愈发频繁的新闻发布会上，他的语调中所透露的，似乎更多的是真实的焦虑感，而非严肃的权威感，就好像他自己也是那些他呼吁要保持镇定的人之一。

风暴的消息经由几百万个媒体——大多是拿在手里的媒体——往城市里渗透，穿透楼宇和壮硕的雀形目的鸟，悄悄改变了交通模式[1]和"改良悬铃木"。之所以这样叫，是因为这些悬铃木是杂交品种，专为在城市环境中存活。我是想说，这座城市变成了一整个有机体，改造着自身，来应对一个从太空中可以看见的威胁，一只空中的海怪——中间是它的独眼，四周是雨带组成的触手在旋转。有数不清的手机应用可以追踪它的动态，多普勒雷达[2]用不同的色彩做标记，表示出降水强度，同样的技术也用于测量我主动脉的血流速度。

你在排队时，在街上，或是在地铁里听到的每一段交谈开始有了共同的主题，成了一场众人共通的、你可以加入的对话，消弭了社会环境中固有的隔阂。我搭地铁 N 线去联合广场站的全食

---

[1] 指城市交通的运作形式。
[2] 利用多普勒效应测量物体运动速度的雷达，多用于气象观测。

超市[1]，跟一个哈西德派[2]的犹太人和一个来自西印度、身披紫袍的护士聊起了风暴潮[3]的水位可能有多高。在运河街站，一个十来岁的孩子加入了我们，她的身体看起来比背在背后的大提琴盒还要小。她向我们解释道，末日式的大肆宣传是有意设计的，其实是为了清空曼哈顿下城，这样警察就能给每一间公寓安上窃听器或其他监听设备。正聊着，一个墨西哥街头乐队奏唱起了《一生一世》[4]，于是我们停住了交谈。乐队由三个二十几岁的男子组成，其中一个穿着刺绣的穆斯林直筒裤。很难说是他们演奏得特别好，还是我们这些乘客浸浴在社交兴趣愈发高涨的热情里，特别愿意去欣赏他们或者笼统地说，欣赏音乐。不管怎样，那首歌的感染力非同一般，掌声亦是，最后帽子里的钱也超乎寻常地多。

　　从地铁里出来的时候，我发现夜色已经完全降临。空气很不平静，扰动它的除了对不祥之事的预感，还有另一种东西。是某种感觉，就像小时候对下雪天的感觉。下雪天里，时间从制度中解放出来，就好像雪是一种打败时间的技术，又仿佛是被打败的时间本身从天空中落下来，每一枚亮晶晶的冰粒都是你的日常赠还给你的瞬间。唯一不同的是，此时引发兴奋的物质形态不是冰晶：联合广场一带的空气里充满了蒸气形态的水，那是热带地区

---

[1] 美国的食品超市品牌，主要销售有机食品。"全食"指的是没有添加人工成分的天然食品。

[2] 哈西德派为犹太教的一个分支。

[3] 风暴潮是气旋等强烈天气系统引起的海平面异常上升的现象。

[4] 西班牙语经典舞曲。

才有的湿度，平常的纽约不会出现，是一种不祥的介质。亚历克丝叫我在全食超市门口和她碰面——去全食超市买东西这个主意很荒谬，因为那里已经被洗劫一空。但亚历克丝声称自己不喝不行的那种茶只有全食超市在卖，那是她的几样嗜好之一。在超市门口，一名记者沐浴在钨丝灯的灯光里，正对着镜头，报道手电筒、罐头食品、瓶装水的抢购风潮。一些小孩子在她背后跑来跑去，不时停下来招手。

亚历克丝和我打招呼，我注意到她的样子有些不同，散发着一种说不清楚的光彩。但是，当我们开始在人群中尽量轻巧地往前挤的时候，我意识到变化极有可能只是存在于我的视觉之中，因为货架上剩下的每一件东西，同样让我觉得略有异样，仿佛带了一点能量。和平时一比，短缺实在是一番奇怪的景象。一贯明亮、丰盛的一排排货道，如今大片大片地空了，尤其是预先包装好的基本食品区，只有贵得离谱的有机农产品还有很多，依旧在人造烟雾中闪闪发光。亚历克丝准备了一个大概的清单：风暴应急无线电、手摇式电筒、蜡烛、各种食品。可是到了这个点，清单上的东西几乎全卖光了。我们不在乎，在偌大的超市里随着客流穿梭。虽然收银台边上站了警察，买东西的人却好像异乎寻常地礼貌、轻快。

我想说我当时感觉有点飘，像嗑药了。我也确实跟亚历克丝这么说了。她笑了，说"我也是"。但我想说的是，步步逼近的风暴让购物这种日常活动变得陌生，陌生得恰好让我真切体会到，平凡单调的经济也有奇迹与疯狂。终于，我发现了清单里的一样东西，一样至关重要的东西：速溶咖啡。我拿着那红色塑料盒，货架上仅剩的三盒之一，就像捧着奇珍异宝。倒也确实珍贵。咖啡树紫色果实里的种子，从安第斯山脉的山坡上采摘下来，在麦德林[1]的一家工厂里烘焙、研磨、水洗、脱水，然后真空封装，空运至约翰·肯尼迪机场，散装陆运到北边的珀尔里弗重新包装，接着用卡车运回纽约，来到商店，也就是我此刻站着读标签的地方。仿佛生产出我手中这个物体的种种社会关系，受到了威胁似的开始在物体内部发光，在包装内涌动，赋予了物体某种光晕——如今飞机停飞、高速陆续封道，愈发能从这商品中看见调动时间、空间、燃料、人力那浩浩荡荡的阵势，以及能让人丧命的愚蠢。

一切都将和此刻一样，只有一点细微的差别——我和商店没有任何变化，或许除了我的主动脉。可是，当一只眼睛盯得再近一些，那个通常觉得是唯一的世界便成了许多可能的世界之一，到处都藏着它的意味，任人体会，无论多么转瞬即逝——在呼啸而过的列车运载的普通人中，在一盒没有味道的咖啡里。

亚历克丝找到了她的茶。瓶装水只剩下最后几箱，我们抢到了一箱——亚历克丝想要提，因为我按说不能提任何重物，以防胸内压升高。但我不让她提。我们饿了，于是去了冒着蒸汽的

---

[1] 哥伦比亚的城市。

熟食自助餐区，这是当晚店里人最少的区域。我们的盘子里堆得高高的，各种价格过高、不能长期保存的食物毫无章法地混在一起：印度咖喱饺、素鸡、鸡肉、各种有藜麦的食物、奶酪番茄沙拉。我们为这些食物、茶和咖啡结账，和收银员少女说笑了一番，自嘲准备不足——她的头发是黑色的，挑染了粉红——然后搭地铁回我们住的街区。到站前，我和亚历克丝决定去她的公寓。

我们转进她住的街道时，天下起了雨。但我觉得，那条街早已开始飘雨，然后我们才走入雨幕，犹如拨开一道珠帘。或许是因为我愈发在意风，错以为风愈发猛烈。我们经过社区花园，看见两个女孩紧紧挨在一起，偷偷摸摸地在干什么。我以为她们在点一支烟，她们分开来的时候，我们才看见她们手里拿着仙女棒，雪亮的白色镁光慢慢变成橙色。她们走在花园里，一边拿仙女棒画圈，一边嬉笑，或许是在写她们的名字吧。火花跃动，引得一只小狗对着它叫起来。我非常清楚，天空中没有东西慢慢飞过，也没有人在高处俯瞰这座城市，热切地盼望风暴来临。

在亚历克丝的公寓里，我们一边在灶台上加热熟食，一边听收音机报道风暴的最新情况——风暴正在变强。收音机里说的准备工作，我们做得差不多了：给所有能找到的适合装水的容器接满水，拔了各种电器的插头，找来一些给收音机和手电筒用的电池。我发现亚历克丝家酒的贮藏量十分可观，很高兴，大部分应该是律师留下来的。我开了一瓶红的，标签所示的年份最久远的一瓶。我一想到自己喝了也欣赏不到它的价值所在，反倒有些幸灾乐祸。我往一只干净的果酱瓶里给自己倒了一杯。亚历克丝在冲澡——她洗完这最后一个澡，我们就得用浴缸来装水了。我看了看她冰箱上的照片，它们如今显得有些陌生：这张亚历克丝还是个小孩，格子布，麻花辫，和她妈妈、继父在一起；这张有比她小很多的二表妹，她叫她侄女，是去年夏天的一场派对——我把一顶美术纸做的王冠放在她头上，带着假模假样的庄严，她身旁的蛋糕上魔法蜡烛闪耀着火花。照片里的每一样东西都跟当时一样，却又不同，仿佛影像忽然之间变得模糊不定，在不同的时间形态之间闪烁。然后一切又好了。冰箱上贴了一张失业补助的时间表，用的是纽约大学公共服务学院的磁贴。

虽然电还没停，我们还是点了一些小蜡烛，坐下来，借着烛光吃东西；直到这时，亚历克丝才意识到，风暴的危险和庞大对我们来说竟如此真切——或许是因为我们这餐饭有"最后的晚餐"的气氛，或许是因为一起吃饭营造出了足够的"家"的意味，足以让我们衡量威胁。广播里说风暴将于凌晨四点着陆，现在大概是十点，风暴潮的水位已经高得吓人。"连续几天停水，你是否做好了充足的准备？"广播里问道。食物吃起来比它本身更美味，因为这可能是未来一段时间内我们能吃到的最好的一餐了。平时我们一起吃的时候，几乎每次都会在快吃完的时候交换餐盘，这样我就能把她剩下的也吃了。但今天亚历克丝也吃完了。那瓶红酒见底的时候，她叫我别喝醉了，至少别在我们知道状况有多糟糕之前喝醉。你可不想在没水的时候宿醉，她一边说，一边把褐色的头发抓成高高的马尾，而且我是不会让你把我们的存货都喝完的。

我喝得这么凶，部分原因是不是在亚历克丝家过夜让我有一点尴尬，尽管我以前已经在这里借宿过无数次？我只不过是因为风暴有些不安罢了，我对自己说，一边擦了桌子，洗了不多的几只碗碟。和往常一样，我们决定看个电影，投屏到卧室的墙上。她以前的一个老板给了她一台液晶投影仪，可以外接电脑。网络随时可能断线，因此我们从她的几张碟里挑了一部。我觉得《第三人》[1]最好，或许是因为电影设定在一座已是废墟的城市。亚历克丝换睡衣的时候，我把碟放进去，然后我们一起坐到床上，不过我还穿着上街时的衣服。应急无线电和手电筒就放在床头柜上，以防随时断电。

窗外的风愈发强劲，被吹弯的树的影子映在白墙上，在投影的画面之上摇动，成了电影的一部分，仿佛和着齐特琴演奏的电影配乐的节拍。不同的世界就是如此不经意间相互交错，我对自己说，然后也对亚历克丝说，结果她对我嘘了一下。这是我的一个坏习惯，常常在我们看东西的时候说话。我们一起看到亚历克丝睡着，奥森·韦尔斯在维也纳一个朋友的手边死去。我能听见雨点打在小小的天窗上，越来越密集，担心天窗很快会被飞来的什么碎片打破。电影放完，我又去翻其他碟片，放了《回到未

---

[1]《第三人》(*The Third Man*)，卡罗尔·里德执导的电影，1949 年上映。

来》。这张碟是我有一次在第四大道上一箱废旧 DVD 里发现的。我放的时候静音了，怕把她吵醒。我把耳机插进应急无线电，左耳戴上耳机听天气预报。这时马蒂正穿越回 1955 年——那一年，碰巧，核电第一次点亮了一座城市，爱达荷州的阿科，那里也是 1961 年首次熔毁事故发生的地方；然后马蒂又回到了 1985 年，那时我六岁，堪萨斯市皇家打赢了世界大赛[1]，原因之一是荒谬的一哨把比赛强行带入了第七战，回放中奥塔明显没有上垒。电影里，他们缺少发动时光车的钚，可是在现实生活中，钚却渗满了福岛的土壤。《回到未来》超前于它的时代。我看着静音的电影，开始担心起就在上游的印第安角核反应堆[2]来。

突然，我感受到一种奇怪的感觉：没戴耳机的那只耳朵里竟响起了微弱的广播回音。过了好一会儿我才意识到，原来是楼下的邻居调到了同一个频道。我转向亚历克丝，看着电影画面的色彩在她熟睡的身体上闪烁，注意到她锁骨上总是戴着的那条金项链。我把她散开的一缕头发拨到耳后，任凭我的手滑下她的脸、她的脖子，轻轻擦过她的胸和腹，整个过程连续而缓慢。我敷衍地告诉自己，这没什么大不了的。我正要把手放回她的头发，看见她睁着眼睛。我集中了全部的意志，才敢与她对视而没有看向别处，也就是等于承认了自己的罪行。她的眼神里似乎只有好

---

[1] 世界大赛是美国职棒大联盟的总冠军赛。1985 年，堪萨斯市皇家拿下了队史第一座世界大赛冠军奖杯。

[2] 哈得孙河东岸的核电站，已于 2021 年 4 月 30 日停止发电，永久废止。

奇，没有惊慌。过了片刻，我伸手去拿我的那罐酒，似乎是在暗示，即使发生了任何不寻常的事，也都是醉酒导致。等我再次看向她的脸，她的眼睛已经闭上了。我把酒放回去，没有喝，躺在她边上，盯着她看了好一会儿，然后用手掌往后抚过她的头发。她举起手来，抓住我的手，或许依然还是睡着的，接着把我的手压在她的胸前，握在那儿，要么是让我住手，要么是鼓励我，或者都不是，我分辨不出来。我们就以那样的姿势躺着，等待飓风来临。

某一时分，我不知不觉沉入一连串奇怪的梦，然后广播声刺透梦境，我猛地惊醒，确信自己听见了玻璃破碎的声音。我的手机显示，当时是凌晨4:43。墙上还投着影片的菜单页，所以我们没有断电。我把注意力集中到耳朵里的说话声："艾琳"在登陆前规模变小，洛克威半岛和雷德胡克有轻度淹水，"躲过一劫"这个短语数次出现，同样不断重复的还有"防患于未然好过后悔莫及"。我起身走到窗边，雨甚至都不大。昏黄的街灯映出一片熟悉的景象。有几根枝丫被吹断，但树都没事。我走进厨房，喝了一杯水，瞄了一眼台面上的速溶咖啡。它和它本来模样的那些许不同，已经消失不见，它不再是即将到来的世界的密使。风暴的失败既让我松了一口气，也有些失望。

我把投影仪关了，亚历克丝在睡梦中咕哝了几句，翻过身去。我说，没什么事，我现在回家。我这样说，只是怕她以后不开心，说我怎么一句招呼没打就离开了。我想过在她的额头亲一下，但马上否定了这个念头。无论我们之间有过什么身体上的亲密，那都随着风暴一起消散了，即使是一个更多显示友爱的动作，对于此刻的我们来说，也会很奇怪。不止如此——仿佛我和亚历克丝身体上的亲密，像陌生人之间的热络、物体四周的光晕一样，不仅仅是终结了，而且连曾经有过的也被一并抹去。那些时刻之所以存在，是因为一个没有来临的未来。而在此时，在作为当下而存在的未来里，那些时刻根本无从记起。它们淡出了照片。

*

当我们互相脱开的时候，我以为我看见了阿莱娜凝成白雾的呼吸，在空气中飘得越来越慢。但公寓里太暖和了，不可能哈出白气。不管怎样，她的身体恢复了稳态，似乎比我快得多。她从床垫上起来，理了理并没有脱下来的裙子。我穿好衣服，随她来到消防梯上，让眼睛慢慢习惯赫然耸立在四周的高楼投射过来的光。每一幢楼都带着光环。一只装满了沙子的油漆桶上有一盒烟，那盒烟应该之前就放在那儿了。她从烟盒里抽了一支出来，接着不知道从哪儿掏出了一根可随处划燃的火柴，在公寓楼外墙的砖头上擦亮，然后点着了烟。"噢，得了吧。"我是说她越来越冷峻，到了难以捉摸的程度。她笑了，轻轻哼了一下，然后被烟呛了一口，这时她才变得真实起来。

"风暴将他无可抗拒地推向那个他背对着的未来。"
——瓦尔特·本雅明[1]

　　就在她手中那支烟燃烧的工夫里，我们聊了聊展览，一两个小时之后就是开幕式。我的意识依旧沉浸在与她身体的亲近之中，每一粒原子既属于我，也同样属于她，我所有的知觉都融入了一种广大的高度敏感之中。楼下的沥青路上，碎玻璃在闪耀。她把烟头在墙砖上捻灭，余烬洒下一阵星火。我跟着她回到公寓

---

[1]　引文出自本雅明（Walter Benjamin，1892—1940）1940年发表的《历史哲学论纲》。这幅画是保罗·克利（Paul Klee，1879—1940）的《新天使》，本雅明于1921年购入。

里。这间公寓是美术馆主人临时落脚用的住所。阿莱娜走进了卫生间，没有开灯。我听着她小便。她没有冲水，没有洗手，那么黑，当然也没有照镜子。

我们一起离开了公寓，但当我们走到街上的时候，阿莱娜解释说，她希望我们分开去开幕式，因为她一个前任也会在那儿，嫉妒心很强，她不想被盘问。我心里被扎了一下，但还是效仿着她的冷酷，说当然可以，还说我本就打算先和莎伦在一家离美术馆不远的咖啡馆见面，然后再和她一起去参加开幕式。于是我们吻别。

阿莱娜和莎伦以及莎伦的丈夫乔恩一起工作。他们夫妻两个是我在纽约认识最久的朋友。他们工作的地方是一家小型制作公司，专门剪辑纪录片。阿莱娜做这个是兼职，为了维系她所说的"艺术实践"。这个实践到底是做什么，莎伦说不清楚。同时因为"艺术实践"这个名字，我对这个实践本身也一度保持严重的怀疑。但是没想到，阿莱娜是认真的，尽管后媒体艺术的圈子将她捧为新锐，而这个圈子又常常给愚蠢赋予价值。她目前的这个展览包含一些图像和几件被巧妙地做旧的东西。我不能搬重物，所以只能看着她把作品挂起来。她照着一张当代照片描摹了一幅人像，然后又用了不知道什么方法将它做旧——我不理解她为什么不愿意解释做旧的过程。这样，画面就布上了一些细微的龟裂，看起来像是以前画的。还有一幅画，原型是一张从网上下载并放大的图片。图片里是一个年轻女人，眼睛描了一圈眼影，画面之外的一个男人将精液射在了她的脸上。她注视着画作的观众，仿佛来自另一个世纪。裂纹模糊了类型，赋予了图像极大的严肃性。画的标题是"萨莎·格雷的画像"。阿莱娜仿制了几幅很精美的抽象表现主义的画，然后用同样的方法处理。波洛克的画倒是完全没变，其他几幅像是从经历了袭击的纽约现代艺术博物馆废墟里出土的一样，或是从未来的冰河期被解冻了出来。有一幅小小的自画像，也是根据照片画的，却没有经过处理，完好无损，毫无裂纹。在其他作品构成的语境之下，这幅作品即时性的定位，或者说是坐在画中的人那直截了当的凝视，强有力地存在于当下，叫人不敢面对。

　　我和莎伦在咖啡馆亲吻问好。当我的嘴唇扫过她的脸颊，我感觉到一阵静电，仿佛阿莱娜透过我触摸到了莎伦。莎伦点了薄荷茶。我以为我点的是很简单的滴滤咖啡，结果是贵得离谱的什么手冲的单一产地咖啡。我们坐在窗边一张很小的桌子旁，窗子临着休斯顿街。我们掰开一片很大的巧克力面包。"这是法芙娜[1]。"莎伦说，不过我完全不知道那是什么意思，莎伦的与巧克力有关的词汇量是巧克力制作师的水平，好像她吃的东西几乎每一样都带巧克力，"你们睡了吗？"

　　我们离开咖啡馆往南边逛，我能感受到列车在地下穿行。我们手挽手走在一起，我能感受到——至少幻想着自己感受到莎伦

---

[1] 法芙娜，法国的巧克力品牌。

肱二头肌里的脉搏在跳动，比我快一点点。我们每次见面，几乎都在走路。我抬头看见一块发光的广告牌，上面什么也没有，只是涂了一层紫漆，应该是等着换一个新的广告吧。我问莎伦她看见的是什么。莎伦是色盲。头顶上空，星星被光污染遮得朦朦胧胧，就像是一个个单词，穿透时间投射在夜空中。我感受到水环绕着城市，感受到水在流动；我感受到桥梁的脆弱，感受到横穿河流的隧道，感受到流淌过那些交通命脉的车水马龙——仿佛大脑皮层发生了某种重组，让我能亲身感受到那些基础设施，某个单一感觉灵光一闪，比整个身体的感应更快。莎伦看见的是灰色和蓝色。当我们穿过德兰西街的时候，她描述了一部她想拍的电影，讲的是同时患有色盲症和联觉症的人。这些人说，自己看见数字时会看到某种颜色，但在其他时候，他们看不见这些颜色。

　　没过多久，我们就到了已经挤满了人的美术馆。我们本来和乔恩说好在那里碰面，但是他发短信说他的感冒变严重了。我们挤到最近的一个角落，去拿那边桌子上的白葡萄酒。我看见阿莱娜在另一头，正和两个又高又英俊的人交谈，我尴尬地举起一只手。她一边镇定地看着我，一边继续和他们说话，不过没有招手回应。我不敢确定，她画了眼影的眼睛表达的到底是无懈可击的冷漠，还是阴燃的热烈，这是她那捉摸不透的个性的典型表现。我试图避开阿莱娜的注视，去和莎伦聊天，装作自己没怎么注意到阿莱娜的神情。可是当我把酒凑到嘴边时，我不小心洒了一些出来。我又转回头瞥了一眼阿莱娜，她正微微地笑。

这场开幕式和大多数开幕式一样，观赏艺术品本身是不可能的。就我的理解，开幕式这种活动形式，以典礼的形态破坏了观赏艺术品的环境，而这个活动的原意，却又是为了赞颂那些艺术品。我和莎伦试图四处走动一下，这时余晖慢慢褪去，我依然觉得和那么多身体轻轻碰撞在一起使我愉悦，一点也不觉得烦，就好像人群是一整个独立的、有感觉的有机体。有几个人我认识，来自我供稿的艺术杂志。我和他们打招呼。但没过多久，我看出来莎伦想走了，于是我们像鱼一样游过人潮，去跟阿莱娜道贺，准备离开这儿去喝酒。

阿莱娜和莎伦亲吻问好，但和我没有接触。我努力假装不在意，解释说莎伦和我想找个安静一点的地方聊天，不过等这儿人走得差不多了，她可以给我发短信，我会回来帮她收拾。她说谢谢，但她应该不用帮忙。她的语气是在暗示，交换体液赋予了我们亲密，但还没到我需要提出这种帮助的程度。

阿莱娜完全是一副若无其事的样子，让我心里一惊，甚至觉得被她玩弄了，仿佛我们在公寓地板上的那场交流从来没有发生过。我站在那儿，脸颊还在为我们的交欢而发烫，感官还在和这座城市以相同的频率震颤。我唯一渴望的是再次占有她和被她占有。而阿莱娜呢，却向我投来一种完全疏离的目光，就好像我是那个她避之不及的善妒的前任，是一个容易大惊小怪的中产阶级，无法在私有财产的语汇之外理解情欲。或许她与我分开，只是为了能冷漠地与我再次相遇，运用她的能力制造无法逾越的距离，无论我们身体上有多亲近。一方面，我感受到身体里正燃起嫉妒的怒火，渴望着她渴望我——有一次坐飞机，亚历克丝跟我说，这是我唯一可以长期保持的渴望；另一方面，我打心底里佩服她可以表现得既能接受我，又不介意离开我，在接受我的同时离开我，这让我兴奋，甚至颇受鼓舞，仿佛我们产生的能量自由地流向更加广阔的空间，给所有事物都充上了一点电——人体、街灯、混合媒体。

我们向西走，来到莎伦喜欢的一家酒吧。酒吧的灯光像是20世纪非法经营的那种地下酒吧，深色木头，雕花锡顶，不放音乐。"乔恩说她会马伽格斗术。记得先说好安全词[1]。"酒吧里安静到能听见酒保在摇着手调鸡尾酒。

"为什么你默认我是服从的那一方？"我们点的鸡尾酒里有金酒和葡萄，装在高筒玻璃杯里。

"因为你弱得像个娘娘腔。"莎伦想表现得很粗俗，可是带了太多真挚，反而使粗俗落空。

"我可是在一个陌生人的公寓里，跟一个捉摸不透、大概完全不在意我的女人，说上床就上床了。而你已经结婚了。"我是他们婚礼的证婚人，我事先在网上通过了证婚人资格认证。

"她在意你，只是不黏人罢了。"

"雄性章鱼在交配的时候，会发起'攻击'，用吸盘抓住目

---

[1] 安全词是指在虐恋性行为中让伴侣停止下来的词。

标，然后把交接腕插进去。"

"如果阿莱娜要繁殖后代，那只能是分裂生殖。"

"窒息式，"第二杯鸡尾酒下肚，我才敢说，"会让我很紧张。"

"如果你少想怎么保护女人不受她们自己欲望的伤害，会不会好一点？"

这时我们已经走在德兰西街上，路面的排气口喷着气，我希望只是水汽。"或许她是用这个方法来体验和克服对死亡的恐惧的？"

"或许她是用这个方法来体验失声的危险的。"

一辆救护车经过，将红光投在我们身上。"或者是有意让你去面对危险的快感，享受其中。"

"放开的那一瞬间，氧气就像洪水一样。"我们走到了地下。

"一根火柴在一朵藏红花中燃烧；一种内在的含义呼之欲出。[1]"我引了这么一句话，却被列车进站的轰鸣声完全盖了过去。

"车门正在关闭，请勿靠近。"

"我们帮 BBC 剪过一部关于倭猩猩的纪录片。倭猩猩是人类最近的近亲，它们的性生活里根本没有排他性的概念。"

"据说一夫一妻制是农业的产物。直到财产继承的问题出现，父子关系才开始有意义。"

"HIV 检测早进行。"D 线上的海报写道。

"但它们确实会吃其他灵长类动物的幼崽。"

---

[1] 出自弗吉尼亚·伍尔芙的小说《达洛维夫人》。

"那么你为什么要结婚呢，如果你不想要孩子？"我们的列车开上了曼哈顿大桥，差不多每个人都在刷电子邮件和短信。

"你走了也没说一声。"亚历克丝说。

"像钻石一般闪耀……"身旁女孩的耳机里传来蕾哈娜的歌声，她的指甲上画满了星星。

我们在皇冠高地的一家餐馆里坐下来。地板是分币大小的圆砖铺的，在烛光中闪耀。"我相信承诺。我相信公众的见证。"

"我承诺，与你一起走过万千世界。"我记得她的誓词里有这样一句。我跟服务员说我只要酒，却吃了她盘子里一半的意式菠菜土豆面丸子，然后买了全部的单。

"她很快就会厌倦你的。"乔恩说。他躺在沙发上，用笔记本电脑看《火线重案组》，粉红色纸巾从两只鼻孔里伸出来，像是小学戏剧表演里反派的两撇小胡子。茶几上丢满了用过的茶包和几本《电影季刊》。我在他们的厨房里翻箱倒柜，只找到了常温的金酒。

"那你为什么要介绍我们认识？"

"她聪明，漂亮，人好，又说喜欢你写的诗。"

我穿过公园走回家。"你让我身躯的真实感和缥缈的树林看上去不协调。"我对薄雾说。因为公园像是在航线上飞行，城市圈养了鹅群，将它们安乐死。鹅一生只有一个交配对象，我查了维基百科来确认。屏幕发出的光似乎流淌到了我的手上。我抬头看，云彩好像画面上的裂纹。

我给自己倒了一大杯水，却忘了拿到床边。"余烬洒下一阵星火。"我给阿莱娜发了一条短信，可是很快又后悔了。

*

我离开安德鲁斯医生在上东区恒温恒湿的诊所，走进暖和得反常的十二月的午后，打开手机看邮件，有一条娜塔莉发来的消息。娜塔莉是我的导师，也是我的文学偶像。消息说的是她丈夫伯纳德的事情，对我而言，他也是同等重要的人：

> B在纽约城里摔了，伤了一节脊椎骨。手术很顺利，现在已经没有生命危险了。但恢复得慢，我还没有接到通知他何时能转回普罗维登斯[1]。从今晚开始，我会住在西奈山医院附近的一家旅馆里，那里的网络时有时断。我在下面附上了我的手机号，但我不太懂怎么看消息，有几条找不到了。爱你，N。

读着读着，我体会到了一种熟悉的感觉：当我在理解一块液晶屏上的文字时，四周的世界正在自我重组。最近几年，我得知的那么多重要的私人消息，都是通过智能手机传达给我的。收到消息时我都不在家，正身处这座城市的某处。若我把它们标记在

---

[1] 普罗维登斯，罗得岛州的首府。

地图上，甚至能在空间上描绘出我三十岁出头的这几年里经历的重要事件。在墙上钉一个图钉，或是在谷歌地图上的林肯中心插一面小旗子，就是在那里的喷泉边上，我接到了乔恩的电话，他跟我说出于一堆错综复杂的原因，一个朋友开枪自杀了。长岛市的野口勇博物馆也标记一下，我在那里读了一个亲近的表亲发来的那条消息（"很抱歉给大家群发邮件……"），说明了她刚出生的孩子的悲惨状况。我在大西洋大道上的邮局排队，从相邻的清真寺传来宣礼声，扩音器的声音尖锐短促，这时我收到了你的婚讯，为自己的震惊而感到震惊，内心瞬间崩塌，接下来一连几个星期抑郁消沉，非常吓人。更糟糕的是，想到自己竟不能免俗，更觉窘迫。在苏活区的那家箱桶家居[1]的洗手间——那是整个曼哈顿下城最精致的半公共洗手间——我得知我获得奖金补助，可以去海外待上一个夏天，因此百老汇和休斯敦大街交叉口的那个小角落，才和后来在摩洛哥发生的一切有了联结。在祖科蒂公园，我得知当时的女友其实并没有如她所确信的那样怀孕。当我在归零地[2]对面的21世纪百货商店买打折的正装袜的时候，我收到短信，说加州奥克兰的一个朋友被警察打断了肋骨，住进了医院。诸如此类。每一次收到消息的情状都留存至今，居于原处，每当我回到一个曾收到过重大消息的地方，我发现那消息和余波

---

[1] 原名"Crate and Barrel"，美国家居连锁商店，最初开业时用木箱、木桶来陈列货品。
[2] "9·11"事件中倾塌的世贸大厦的遗址。

的回音，依旧在那里等我，仿佛一道珠帘。

伯纳德和娜塔莉似乎不存在于时间里，至少他们所处的时间介质和我不是同一个。伯纳德留着男巫一样的胡子，而且博学得像是另一个世界的人，使得我大一那年第一次见到他时，觉得他老得难以置信。直到我又长了几岁，才在印象里觉得他其实没那么老。我第一次上他的课时，他将近七十岁。不过，恰恰是因为他看上去超前于实际年龄，所以我从来没有想过他也会变老，更没有在当下任何一个时刻，真切地意识到他身体的老弱。从这个意义上来说，他永远年轻。娜塔莉是我认识的唯一一个书读得跟伯纳德一样多的人。或许她读得更多，毕竟她精通多门语言。她在德国出生，小时候学过法语，后来又成了用英语写作的大诗人。她看起来总是那个年纪，甚至在记忆中也是相同的模样。这种在时间中成为例外的状态，原因之一是他们的文学造诣之高深，在我看来仿佛被错置了时代。两个人都写了二十多本书，横跨多个文学类别，而且译作等身。他们在刚过六十岁不久的时候，创立了一家小出版社，出了几百本关于实验写作的书和手册。不仅如此，他们在普罗维登斯住的那间房子也好像被时间豁免了。那里汗牛充栋，仿佛房子就是用书搭建的。伯纳德和娜塔莉永远在工作，又好像永远不在工作——他们只要不是在给其他作者办招待会，就是在阅读和写作，没有劳作和休闲的分野。他们的日子过得和普通人不同；房子并不遵循日常的节奏，而是从属于一种奇怪的、延绵的文学时间。

不得不说，起初我对这一切抱有深深的怀疑。他们似乎太过完美，太过开明、纯洁、慷慨。他们是如何能够和几代作家相处，和那些冒犯人的、极易被冒犯的、疯得要命的作家相处，却没有树过一个仇敌？除非他们私底下性情寡淡或思想古板，又或是地板下其实埋着什么腐烂的尸体？我第一次去他们家时蹑手蹑脚，不仅因为我觉得自己是在一座博物馆里，生怕碰坏什么东西，更是因为害怕落入陷阱。

我又读了一遍娜塔莉的消息，同时也在脑海中翻找记忆，回想我第一次在他们家度过的几个夜晚。那是我二十岁之前最后的时光。伯纳德和娜塔莉一边喝酒——硬木地板上、座椅软面上，酒洒得到处都是——一边耐心地听年少的我不懂装懂地聊严肃的文学话题。我的言论不过是东拼西凑，要么是一些老掉牙的解读，要么是错误的事实，而他们说的那些故事，几年后我才明白过来是多么意义深远。我记得自己曾和其他学生、其他逢迎者、其他写作的人辩论或打情骂俏，或两者都有，急于想从这群人里突显出来，但伯纳德和娜塔莉从不会在这方面对我伸出援手，因为他们待所有人一视同仁，这让我气恼。不过，回溯的记忆之中最为鲜明的，是当我站在 79 街东的时候，想起自己曾经见过他们的女儿。那个年轻女子一度让我着迷，如今依然会偶尔想起，尽管我们只见过一次。

那晚，一位有名的南非作家来学校给他新出版的小说开读书会，我在一场异常拥挤的聚会里遇见了他们的女儿。那应该是我第二次还是第三次去他们家，所以依旧紧张、不自在。我站在餐厅里，桌子上摆着食物、酒和玻璃杯。我正欣赏着墙上伯纳德的拼贴画，背后有一个女人——一个当时比我年长，如今比我年轻的女人——认出了拼贴画里一个元素的出处，说它来自一张电影海报，是茂瑙的《日出》[1]。我转过头去看她，当时的感受大概就是人们常说的惊艳——灰蓝色的大眼睛，丰满的嘴，乌黑的长发夹着几缕银丝，还有那能马上让人感受到的、难以用现成语言形容的镇静和聪慧。我意识到自己一直盯着她看，才终于想起来开口说话，于是硬聊了些什么把默片和拼贴画放在一起很合理，因为拼贴画也是无声的媒体，依赖剪辑来制造效果。不管我说的话是不是真有价值，她表现得好像我贡献了很有内涵的言论。她微微一笑，一股电流扩散到我的全身。我问她是否常来伯纳德和娜塔莉的家，她笑着说："我在这里长大。"我这才想通了——为什么她会对拼贴画这么了解，为什么她会散发着聪慧的光芒，为什么她身处这个神圣的空间却如此自在——原来这个绝美的女子，是他们的女儿。

我们握手，说了各自的名字。但我因为前一个动作的接触而心潮澎湃，完全没有听清。我还没来得及请她重复一遍，她就被一个男人拉走了。那是某一领域的知名教授，想把她介绍给那个

---

[1] 茂瑙（Friedrich Wilhelm Murnau, 1888—1931），默片时代的德国导演。《日出》（ *Sunrise: A Song of Two Humans* ）于 1927 年上映，获第一届奥斯卡金像奖"杰出艺术作品奖"。

知名作家认识。那一晚余下的时间，我在招待会中四处晃荡，等一个可以毫不刻意地和她重新搭上话的机会。但那个机会没有出现，或者是我根本没有胆量采取行动。每当我听见她的笑声，或是成功地从满场的嘈杂中辨认出她的声音，或者看见她优雅地穿过一个房间，我都会全身一震，然后觉得自己仿佛在坠落。那感觉与肌阵挛类似，在你渐渐入睡时，忽然将你惊醒。我站在那儿，被众多初版书围绕，确信那就是命运的震颤。

我站在一排古董和雕塑前。它们放在一个个玻璃柜子里，沿着餐厅四壁围了一圈。我发现一小幅简笔画，画的是他们的女儿，镶在银画框里。人像画得长长的，隐约有莫迪利亚尼[1]的风格。画像没有落款，我在想是不是伯纳德的创作。到了这个时间，宾客已经散了许多。酒给了我胆量再喝一杯，喝完后又有了胆量坐到客厅里一张空出来的椅子上，和其他人一起听伯纳德聊天。他在讲故事，每讲几分钟便停一会儿，拨一拨身旁的火。故事说的是一个法国作家手头拮据，于是伪造了一些名流写给他的书信，想要卖给一个大学的图书馆。我偷偷瞄了一眼伯纳德的女儿。在火光的映照下，她是黝黑的金色。

那一晚我再也没能和她说上半句话，后来才知道她不会留宿。伯纳德的故事一讲完——伪造者被识破，但将那些信件当作书信体小说发表，毁誉参半——那位教授便打了个哈欠，说要告

---

[1]　阿梅代奥·莫迪利亚尼（Amedeo Modigliani，1884—1920），意大利表现主义画家。

辞，女儿问他能否搭个便车。他们起身的时候，客厅里的所有人都站了起来。我实在有幸，她在与伯纳德、娜塔莉以及一两个其他人吻别后，也在我的脸颊上亲了一下。她说希望能跟我再次见面。接下来的事，我便只记得我迎着小雪跑回了宿舍，欣喜若狂地放声大笑，像个学生一样，虽然那时我就是个学生。我强烈地感受到世界充满可能、丰富多彩；广袤、灿烂的天穹在我的头顶燃烧，毫无讽刺意味；街灯带着神圣的光环，我甚至能辨认出月球表面一块块明亮的高地，那些洒落在远处的天体系统；我要读遍一切，发明新的韵律，然后从两位先锋泰斗的后裔那儿求取芳心，即便粉身碎骨；我的心和我的身体是一块将熄的炭火，因为她嘴唇拂过我时的气息而苏醒，发出转瞬即逝的光亮；经历了一切变迁，地球还是那么美丽。

接下来的几个月，我去了他们夫妇举办的每一场招待会，想见到他们的女儿，但一直没有胆量直接询问有关她的事。其实在头一年里，我没敢跟伯纳德和娜塔莉多聊任何事。不过他们在场的时候，我渐渐放松下来。我也想见到他们，并且比以前更想给他们留下好印象。她常常出现在我的梦中，少说也有一次使我梦遗——那是我最后一次经历这个生理现象，不过大多数梦境都很纯洁、老套，手牵手探索巴黎之类的。她成了一种在场的缺失，一个幽灵，让我和室友抽大麻时用来辨认现实的参照。有一次放寒假回家，我走在机场的登机栈桥上，我觉得我看见了她。她坐着车经过，消失在拐角处。

后来，我终于向伯纳德问了她叫什么，她住在哪儿。或许我的急切透露了我的心思，他当时有些不解地看了我一眼，解释说他没有女儿。我感觉四周的世界发生了自我重组，有什么东西死去了。可是我见到的那个女人是谁，和知名教授一起的那个，她说她在这间房子里长大，画中的那个……？伯纳德回想不出我说的是谁。那她所谓的"在这里长大"，一定是另有所指。我那时才想到，或许她的意思是在这个地方汲取了很多营养。他叫我取来那幅画，看了之后解释说，那是他在密歇根的一次车库大甩卖里淘到的。我的眼里噙满了泪，至少我记忆中是如此。

　　从我得知他们膝下无子到读到娜塔莉说伯纳德摔倒的消息，一晃已十五年。后来想想，他们没孩子才说得通，因为房子里没有半点核心家庭或曾经是核心家庭[1]的痕迹。此刻，当我给娜塔莉的手机打电话时，他们女儿的脸庞再次浮现在我的眼前，我感受到了欲望的回声，想要给她打电话，聊一聊伯纳德。十五年里，我在给那些杂志当编辑的时候负责发表过娜塔莉和伯纳德的作品，写过关于他们的文章，时常登门拜访。直到最近，我应娜塔莉的邀约去普罗维登斯，他们让我当他们的文学遗产执行人。这是极大的荣幸和责任。我说了很多话，喝了很多酒，提醒他们我有无数不足之处，还提到被诊断出的病症，但最终还是接受了这个提议。

---

[1] 指由双亲和孩子构成的家庭。

娜塔莉接起了电话，"接起"也是一个不合乎时代的短语。[1] 她听上去和以前没有两样。我问她我能做些什么。答案简单来说就是没什么可做的，但她欢迎我明天一早就去探望。或许我可以带几首诗，因为现在他不睡觉的时候，她会给他读一点诗。

我搭 5 号线回到布鲁克林，煮了半生半熟的意大利面，吃完后开始在公寓里来回踱步，想要决定带什么诗过去。四个小时过后，我的公寓看起来像是遭遇了洗劫，又像是经受了地震。我从还没有完工的松木书架上抽出十几本书，扬起一堆灰尘，结果却丢到地板上，胡乱堆在那里。因为那些书要么是伯纳德和娜塔莉送的礼物，要么是他们出版的书，或是他们写的书。如果选了那些，好像就缺少了一点创意。抑或是我害怕选了他们不喜欢的诗人，或选的诗太过哀恸，或是太长，不适合读给如今境况中的伯纳德听。我选得越来越焦虑，我对伯纳德的担心还掺杂着另一层荒谬的原因：如果我带错了书，会不会动摇他们对我作为执行人的信任，显得我不堪此任？除此之外，我还开始感到羞愧，因为我意识到，如果换作是我，我根本不愿意去想什么文学，只想要吗啡，以及，如果可以的话，看《电视实况秀》来分散注意力。想着想着，我开始想象心脏手术后要怎么康复，或者会不会根本无法康复。

我躺在地板上，看着天花板上的风扇徐徐旋转，觉得有点呼

---

[1]　接听电话在英文中为"pick up"，字面意思为"拿起听筒"。

吸困难，因为所有的时间秩序都在我身上崩塌了：伯纳德和娜塔莉向生理时间屈服；他们请我和我的主动脉将他们的文章引向未来，而我越来越频繁地幻想这个未来会存在于水下；过去的一切毫无用处——在堆满了书的公寓里，我找不到一页纸可以带去伯纳德的医院；就在同一家医院，他们给我测量了四肢，并且如果保险允许，还可能会给我的朋友授精。

忽然，一个诗人不知道从哪里冒了出来，就好像从天花板上降临到我的脑海里。他就是我该选的诗人：威廉·布朗克[1]。我还记得伯纳德跟我说，他只见过布朗克一次，两个人没怎么搭话，他们在和谐的、或许有一丝尴尬的沉默中一起吃了午餐，喝了咖啡。伯纳德认为，布朗克是20世纪下半叶最伟大、最值得更多赏识的诗人之一。十年后，在布朗克去世之后，伯纳德告诉我，他认识了一个研究生，是布朗克的远亲，或者还与他的家人熟识，在诗人去世前的最后几年认识了他。这个研究生每次聊起布朗克，总是说得好像伯纳德和布朗克相交甚密，这让伯纳德有一点疑惑。在第五次还是第六次谈话的时候，这个学生试图想让伯纳德一起追忆布朗克，聊一聊他是怎样一个人。伯纳德觉得有必要解释一下，虽然他非常欣赏布朗克的诗，但他只见过布朗克一次，或者简单来说，他完全不了解对方的生活与为人。学生很震惊。但他总说起你，他对伯纳德说，说你如何找到他，如何与

---

[1] 威廉·布朗克（William Bronk, 1918—1999），美国诗人，曾获美国国家图书奖。

他合得来、多懂对方等等，我来到你的门下，正是因为你们的这段关系。我猜，伯纳德一定觉得那个学生四周的世界发生了自我重组。

我记得还有一次，伯纳德跟我说过，华莱士·史蒂文斯深刻地影响了他钟爱的两个诗人：阿什贝利，他从所有人那里得到了应有的称颂；布朗克，他却鲜有人知。阿什贝利的诗是彩色的，伯纳德说，而布朗克的诗是黑白的；阿什贝利拥抱了史蒂文斯的繁茂，而布朗克褪去铅华，仿佛是用有限的词汇翻译了史蒂文斯。因此，布朗克的诗悬于极富重量的哲思与简单到几近自闭的语言之间。他对这两者的结合，我必须说，我从未真正觉得是成功的。我读了他所有的书，完全是因为觉得自己应该要读一下，但其中深奥的情绪，通常令我觉得无聊或难以信服。可是此刻，我在书架上找到布朗克的诗歌选集，随便翻开一页，它的力量终于水到渠成，令我感到真切：

仲夏

绿色的世界，深绿的景

带着浅蓝，种种绿因为种种蓝

而深沉。你会想起

在某些画里看见的，令人羡慕的风景

（可能是透过一扇窗），在肖像

宁静的脸庞、宁静的姿势后面，很远，仿佛

照着一面不可能存在的镜子，脸对着背，

人的宁静凝视着绿色的世界，世界

凝视着脸庞。

现在你看，

这就是那个地方，那些绿

都在这儿，因为那些蓝而深沉。我们

呼吸的空气鲜甜，且温暖，好像

混着莓果。我们在这儿。我们在这儿。

把这也写下，就当是

一场暴行发生了，并被看见。

经历了一切变迁，地球还是那么美丽。

　　这便是我第二天带去医院的诗，还给娜塔莉带了一些藜麦沙拉和芒果干。我赶到电梯的时候，门正要关上。我按了七楼的按钮，但数字没有变亮。不过电梯还是上升了，每一层都停。电梯里只有我一个人，它的异常令我紧张，于是我在四楼就出了电梯，步行上去。后来我才了解到，这是一部安息日电梯。电梯自动运行，这样守安息日的人就不用触犯犹太教的规定，不用在这一天操作电器的按钮。

　　医院的床使伯纳德看起来很小，他的脖子包着护具，但看起来还是他本人。他跟我说的第一句话——他因为喉头受损而嗓音嘶哑——是抱歉还没来得及读我的小说，就被困在了医院里。病房里闻起来就是病房会有的味道——消毒剂和尿液，除此之外还行。一面纸帘将伯纳德与另一个病人隔开，给双方营造私密空间，不受对方打扰。另一个人病人一定是睡着了。

我试图不去理会连着伯纳德身体的哔哔响的机器，想逗娜塔莉和伯纳德开心，于是用开玩笑的语气说自己不知道该带什么来而倍感焦虑，说知道这一切是他们给我安排的一场秘密测验。当我拿出布朗克给他们看的时候，我相信娜塔莉感动了，书选对了。这证明这些年，我是用心听他们说话的，但她的反应也可能是我幻想出来的。伯纳德又开始讲那个研究生的故事，但实在太费力，于是讲了一点便放弃了。我把话题转向他们的"女儿"——当时我才真正感受到这些故事之间的紧密关联——但伯纳德似乎记不得我在说什么，尽管我们以前已经为这件事大笑过很多次。

虽然医院里的照明一片雪亮，但走到街上的时候，我觉得从夜晚走进了白天，或是从调暗了灯光的剧院，从日场戏中出来走到了阳光下，又或者像是，我幻想着，乘坐一艘潜艇浮出水面——医院和外界之间的门，犹如不同世界、不同媒介之间的门。你有没有见过停在旋转门里的人，他们就像潜水员慢慢减压、转换环境，以防氮气在血液里形成气泡；或者你有没有注意到，许多人踏上人行道时，都带着一脸困惑——我在第五大道对面找到了一张长椅，坐下来观察——就好似他们忽然间忘记了什么重要的事，却又说不上来忘记了什么：钥匙，手机，还是身边离去之人的点点滴滴？看见他们一秒之后又回想起来，实在难受。当我在安全距离外观察医院的时候，我想起亚历克丝曾经有一个住切尔西的朋友被一辆SUV撞了，我在她家的日式床垫上打了几个星期的地铺。亚历克丝习惯在没有完全醒来时下床。有几次早上，她下床去厨房烧泡茶的水，走到一半才想起坎迪斯死了。（我不知道当时我是如何发现她暂时忘了那件事，又是如何看出来她重新想起来了。）我敢确定，如果你想从离开西奈山医院的人流中辨别出内心已经垮掉或快要垮掉的人，不要去找那种一眼就能看出来的悲伤或忧愁，你要去找那些像是坐了长途航班刚下飞机的乘客一样的人——表情空洞，身体刚刚开始适应新的时区和地面速度 [1]。

"地面速度"——我坐着，背对公园，等待城市重新将我吸收。我屏住呼吸，直到巴士路过后尾气飘散。一辆联邦快递的货车正在倒车，哔哔声变成了伯纳德心率监测仪的声音。我开始把这个短语大声念出来，加入这座城市此时此刻正自言自语的千万人中去，我不断重复着这个短语，念着念着，"地面"读音让我想到了"碾磨"的过去式 [2]——仿佛速度可以被粉碎、研磨。这让我想起了速溶咖啡。

---

[1] 地面速度指飞机相对于地面的移动速度，与在空气中飞行的速度不同。

[2] 英语中，表示地面的"ground"也是动词"碾磨"（grind）的过去式。

*

　　过了一个星期，我的公寓来了一个借地方洗澡的抗议者，地板上还是堆着那几摞书。他比我小几岁，比我高，高很多，绝对有一米九，使得公寓都感觉变小了。他跟我爬楼梯上三楼的公寓时得低着头，以免撞到上层楼梯拐角处的地板。他也有马凡氏综合征吗？他把超大号的登山背包丢到门后，坐到楼梯的最高一级上把鞋子脱了才进门，虽然我跟他说了不脱也没关系。他脱鞋子的时候，我闻到多种气味：汗味、烟味、狗的气味、袜子的霉味。我问他在公园里睡了多久，他说一星期，但他在全国各地扎营已经有六个多星期了。队友在他阿克伦[1]的家门口接上了他，那时他住在父母的地下室。他在克雷格列表网[2]上联系上了那一车抗议者，抗议者也用这个网站来联系当地愿意把卫生间借给他们使用的人。他面带让人卸下心防的微笑，笑容一刻都没有消失。他问我是否经常去祖科蒂公园。

　　那时是8点左右，通常是我吃晚饭的时间。我问他饿不饿，然后补充道，我不太会做饭，但打算做一些算是快炒的东西。他说好啊。我把提前替他洗好的毛巾从烘干机里取出来的时候——

---

[1] 阿克伦，美国纽约州的一个村庄。

[2] 克雷格列表网（Craiglist）是美国的一个免费分类广告网站，可以免费登载招聘求职、住宿、二手商品交易等广告信息。

我的公寓有一台小型的洗衣烘干机,安在小隔间里——才想起来问他,想不想洗衣服,同时因为这台奢侈的设备有些难为情。当然,他说,于是我教他怎么操作。他拿来背包,把包里的所有衣物都倒出来,放进洗衣机,穿着身上的那一套进了卫生间。

我开始切蔬菜,意识到自己其实不饿。我之所以想要来做饭,只是想有点东西可以招待他,并且想在卫生间里有人的时候,有事情可以做。我开了一瓶律师留下的酒——亚历克丝给了我几瓶。我把大蒜和洋葱用小火煨在油里,然后煮上了红色藜麦,在冰箱很靠里面的位置找到了一些看起来还能吃的豆腐,加到西蓝花和南瓜里。在厨房,我能看见水汽从卫生间的门里钻出来。我把手机插进便携音箱,命令它播放《妮娜·西蒙[1]精选专辑》——我想要用音乐盖过他洗澡前可能会发出的任何声响,以免彼此都尴尬。

我一边翻炒蔬菜,心里渐渐不安起来,我已经记不起上一次单独给另一个人做饭是什么时候的事了——事实上,我都不记得我到底有没有做过这样的事。和别人一起做饭倒是有许多回,通常是给亚历克丝、乔恩、其他朋友或是家人打下手,并且无能到了碍眼的地步。我曾经跟一个想要交往的女人说过好几次:"我很想请你来我家吃晚餐,但我不会做饭。"那时我希望她说:"我很会做饭。"这样我就能叫她来我家教我,然后我们就可以在厨房

---

[1] 妮娜·西蒙(Nina Simone, 1933—2003),美国音乐家。

里喝醉。我会表现得笨手笨脚，希望别人会觉得这样很可爱，我什么也不用真的学进去。亚历克丝发腺热病的时候，我给她做过三明治——甚至，很多都是买的，而不是自己做的。除此之外，我完全想不起有任何一次，完全靠自己给别人缔造出一餐饭，无论多么简单的饭。我能追溯到的最相似的记忆，是小时候在母亲节还是父亲节做炒蛋，但并没有感到过节气氛的母亲或父亲，以及我的哥哥，全程帮了我。相反，我能回想起来的别人给我做饭的次数，是怎么也数不尽的。几千顿几万顿饭，食物的总量得以吨计，从母乳一直到如今。就在那同一个星期，在亚伦和我每月一次聊聊近况与罗贝托情况的晚餐中，他还烤了一只鸡，前一晚阿莱娜做了很美味的中东沙拉三拼，两餐饭我都没有搭过一点手，只是象征性地问了一下要不要帮忙。一般来说我的贡献就是酒，酒本身也是其他人精心酿造的劳动成果。当然，我可能真的帮人做过饭，只是一下子没想起来，可就算是有，也是极其少有。

我想说，我意识到这种不对称性之后便陷入了沉思——我一边往注定无比寡淡的一餐里添加酱油和胡椒，一边思考给家里这个正在洗澡的人下厨到底有何乐趣。但当时，我确实没有感受到任何乐趣。我想说，至少那时我下定决心，以后要给我的朋友做饭，成为一个生产者，为我身边的人生产那些生存与生长的必需品，而不是纯粹的消耗者。我想说，当抗议者快洗完澡的时候，我正为自身的矛盾而不安：我一面声称自己在政治上信仰唯物主义，一面却在制作——或者希腊语所说的"创造"[1]——方面鲜有经验。但这个矛盾我可以避开，或者让它没那么让我烦心。我只需要想一想我所憎恶的布鲁克林一带精致的生命政治就可以了——挥霍大把的金钱、无尽的时间，来完成准备食物的精致过程，以某种方式将自我关爱与政治上的激进主义结合在一起。再者，亚伦和阿莱娜的食材由其他人种植、采收、打包和运送，他们处在一个规模庞大、以谋杀为代价的系统中，说他们为我"准备"餐食，真正的意义又是什么呢？事实上，意识到自己的自私，只不过将我引向了更多自私；或者说，尽管常常有人"为"我做饭，我依然感到孤独，替自己难过，因为当我站在小厨房里搅拌着蔬菜时，当我站在三十三岁的年纪里，我心碎地意识到没有任何人依赖我来获得这种最基本的关爱、养育、滋养。"不要离开我。"妮娜·西蒙用法语唱着这句哀求。那是我记忆中第一次渴望——无论那个渴望是否只是个不当的推论——想要一个孩子，很想。

我很快便在这个念头面前退缩了，一点也不想要什么孩子。所以刚刚发生的一切是这样的，我对自己说，仿佛将一套思想体系抓了现行：你让一个致力于反资本主义斗争的年轻人，在你以过于昂贵的价格租来的公寓里洗澡，做一顿准备一起吃的饭，同时思绪不可阻挡地飘向一个愿望——在某种形态的中产阶级家庭

---

[1] 原文为"poeisis"，但这一单词在英语中常写作"poiesis"，源自古希腊语。

中繁殖你自己的基因物质。而几乎是讽刺式的价值重估[1]又被酒和歌声所润滑。你将家宅内的一小部分——卫生间——短暂地并入公共空间，这一善举使你重新描述了集体政治的可能性，将其变为私密的家庭戏剧。这一切，只发生在准备一份安第斯藜麦的时间里。你需要做的是控制你自己，不再将后代，或者说繁衍你的下一代，当作一种爱自己的具体行为。你要让对自己的爱水平地延展开去，给一个当下的、超越个人的、革命性的议题创造更多可能性，共同构建一个不是每时每刻都关乎利益的世界。

晚餐还过得去，抗议者却夸个不停，说好极了。他仍旧穿回了脏衣裤，但看上去和闻起来都清爽多了。他只喝水，不过食物倒也让他的话多了起来。他的衣物在烘干机里砰砰地翻转，他跟我聊起去各地的旅行。他口中的这场"运动"给予了他丰富的经历，包括和任何人辩论任何话题，在布鲁克林大桥上被警察包抄殴打，学习安装发电机，戒酒……没有任何经历能像这一切一样，帮助他在面对男人时——用他的话来说——心态放得很轻松。我以为他要开始说一个关于性意识觉醒的故事，但他的意思好像更笼统：他现在不再想当然地把每一个青春期已经结束的陌生男性看作是生理和心理上的威胁，而是也愿意接受他们是正直之人的可能。"在我的记忆中，"他说，"每次我在街上从一个男人身边经过，每次我看见一个男人坐在另一辆车里或是一幢楼的

---

[1] 哲学家尼采在著作《反基督》中提出的哲学概念，探讨对生命价值的评估。

大堂里，我都会有意无意地在心里想：我能打得过他吗，打起来谁会赢？几乎每个男人都那样想。"抗议者说。我也同意，尽管从十几岁开始，我已经渐渐地、一点一点地淡忘了类似的想法，如今取而代之的念头是，只要有人往我的主动脉上来一拳，便能置我于死地。当我给抗议者开门的时候，我目测了一下他的身高，那是我又开始想打架输赢的概率了吗？大概吧。"但有了许多这样的经历之后，"抗议者说，"我不再那样想了。"我猜他指的应该是我让他洗澡、与他分享食物这些事。

我们又聊了一会儿纽约市警察局最近的暴行。他说："你知道当你还是个小孩子的时候，和其他男孩子一起去上厕所，我的意思是你们并排站着小便"——我有一点担心谈话的走向——"很常见的一件事就是出于好奇看别的孩子的屌。当你长大了，这样的行为就变得越来越冒犯，别人会因此叫你基佬之类的，于是到了一定年纪，你就不再这样做了，除非你就是想勾搭陌生人什么的。可是后来，到了初中的某个时候，也许对一些人来说是高中，当你从裤子里掏出屌往小便器里撒尿的时候，出现了这样一种动作——你开始微微屈膝，要么就是搞出很大的阵仗，好像你要抬起很重的东西。"

我笑了，因为我确实明白抗议者说的是什么，完完全全地明白，但不知为何从来没有主动想过这样一个广泛存在的行为。我的眼前闪过千百万个瞬间：小时候在堪萨斯的那些更衣室里，最近在全国各地的机场和大餐馆里——这是如今我会和别人一起小便的仅有的两个地方，因为读书的时候我一直都进隔间。许多男人，或许可以说大部分男人，当他们握住自己的时候，都会多多少少表现得好像在抓一根粗重的水管，更甚者仿佛是在积蓄超越凡人的力量，然后，如果他们只用一只手握住阴茎，就常常开始表演把空闲的那只手靠在背后，抑或用两只手抓住自己的家伙——无论是哪一种姿势，都仿佛是重量迫使他们不得不这么做。我试图回忆在其他国家是否也见过这样的情景。但不管怎样，这时候我们两个都笑了起来，我很久没有这样大笑了，因为抗议者站了起来，开始在我的餐厅里精准地模仿起中西部男人的尿前仪式。

抗议者说："我见过我爸爸这样做，我的教练们、朋友们和我自己都做过，却都没有意识到自己做了，一辈子都这样。"他缓了一口气，接着说，"然后有一天，我们在公园附近的麦当劳的卫生间里——经理准许我们扎营的时候借用——我的朋友克里斯说，兄弟，你打算什么时候不再搞得好像那很重一样？你是想要人帮忙还是怎么？那才是我第一次意识到我做了那样的动作，意识到这些男人也一直这样做，从那以后我就改了。我是想说，我知道这不是占领运动的意义所在，但我跟你说，我现在不会每次都想着打量男人的高矮、判断打架输赢了，我不再表现得像是我的屌有一吨重，这让我看世界的方式都有了一些小小变化，你明白吗？"

我们一起清理了餐桌，然后走到地铁站。我要和亚历克丝在林肯中心碰面。当他准备在华尔街站下车的时候，我跟他说，如果他或他的朋友又需要借地方洗澡了，就给我发短信，说我相信不管怎样，我一定会在公园里再见到他的，还说我常常去人民图书馆[1]，但我其实从来没去过。我待在车上，看着抗议者下车，列车门关上，列车继续朝上城进发，去往一个表演艺术中心，这一切让我的内心有一种奇怪、不安的感觉，但我完全没有想过要改变我的计划。

亚历克丝和我在 62 街碰面，来看克里斯蒂安·马克雷[2]的《时钟》，队伍不算长。长达二十四小时的视频不间断播放，已经持续了一个星期。排队等候的时间很难预估。之前我们来排过两次，两次都中途放弃了，因为至少要等两个小时。今天看起来还行，大约是工作日夜晚的缘故。亚历克丝和我几天没见了，可以在我们并排站着排队的时候聊聊近况。

她去了新帕尔茨看她母亲。和上个月看望的时候相比，她母亲没什么变化，一样虚弱，但没有变得更虚弱。她母亲现在说的话都与死亡有关，毫不避讳，无差别攻击的细胞毒药物在她的体内循环流动。并不是说她觉得自己明天就会死，或是放弃了努力多活几年的念头，亚历克丝说，而是她完全将剩下的时间看作疾

---

[1] 指的是"占领华尔街"运动的抗议者在祖科蒂公园搭建的简易图书馆，其中陈列的书刊种类繁多，都与抗议运动有关。

[2] 克里斯蒂安·马克雷（Christian Marclay, 1955— ），出生于美国的视觉艺术家、作曲家。

病的延续，而非疾病之外的东西。亚历克丝的母亲是一名社会学家，在新帕尔茨的纽约州立大学分校教书，基本上是一个人把亚历克丝抚养大。亚历克丝的父亲是马提尼克[1]人，自始至终没有和她的母亲结婚，亚历克丝对他的记忆很模糊。她的继父也是新帕尔茨分校的教授，在她十二岁的时候就进入了她的生活。他温柔、细心，不过据亚历克丝说，他最近越来越焦躁，即便没有表露出来。

"对了，"亚历克丝说，很明显想要换一个话题，"我今天才知道我得他妈拔智齿。"

"我还以为你小时候就拔了。"

"我拔了两颗，但上面的两颗还留着。他们当时觉得这两颗不会有什么问题，可是现在'受影响'了，有蛀牙，因为我刷牙的时候刷不到。"

"你准备什么时候拔？"

"很快，赶在我的医保用完之前。不过说起来，我还是得再掏至少一千块钱，因为我的牙齿状况太糟糕了。"

"这么惨，真替你难过。你定了日期就告诉我，我陪你去。我给你煲汤。我最近在精进厨艺。"

"有一件事你会觉得挺有意思：前台说我可以只做局部麻醉，或者一种更强烈的静脉注射之类的，我需要自己来选用哪个。牙

---

[1] 马提尼克，法国的一个海外岛，位于加勒比海东部。

医说做局麻就可以，但我认识的人里几乎没有人做过局麻。"

"你小时候做的是什么？"

"问题就在这里——我不记得了。我问我妈，她说我做的是更强烈的那种。可以肯定的是，如果做静脉镇静，会诱发失忆。这就是为什么那么多人记不得自己做了哪一种。两者的区别不在于你感受到的疼痛有多大差异，而在于是否记得。"

"我可不想让他们在知道我不会记得他们动了什么的情况下，在我身上动来动去。"

"我大概会做局麻。"

我想过帮她支付医保报销不了的那部分，担心她倾向于局麻只是因为更便宜，但我不确定她会不会理解我的好意，所以还是算了。

我跟她聊起那个抗议者，想用撒尿比赛的事情让她开心一些。队伍移动得很快，或者是看起来移动得很快。我们等了远不到一个小时就入场了。《时钟》就是时钟，是一部二十四小时的影片，用蒙太奇的方式将数千个电影画面和一些电视片段剪辑在一起，实时放映，每一幕都有时钟或手表的镜头来表示时间，或者对白会提及。影片内外的时间是同步的。马克雷和他的助手团队花了数年时间筛查过去百年的电影，寻找可以用来拼贴的片段。我们找到座位的时候是 11:37。可以清楚感受到 12 点迫近的紧张感。在我们之前流逝的 23.5 个小时的影片，营造出不可阻挡的高潮。（我本想在 10:04 来，看《回到未来》法院钟楼被雷击、使得马蒂穿越回 1985 年的那一幕，但亚历克丝刚看望完她母亲，没能准时赶上回程的列车。）此时，每一个场景中的演员，无论多不协调，在我看来都联合在了一起，共同迎接那个关口。尽管只在一天结束前的二十三分钟才到，我们也在一瞬间被牢牢吸引。银幕上有几个人在打电话，一个接一个地哀求暂缓执行判决。

当 12 点终于来临，《陌生人》里的奥森·韦尔斯从钟楼上摔下，大本钟爆炸，观众鼓掌。我后来才发现大本钟在影片里经常出现。僵尸一样的女人从落地摆钟里爬出来，大家都笑了。接着，过了一分钟，一个小女孩从噩梦中惊醒。正当她的父亲（就像是克拉克·盖博饰演的雷特·巴特勒[1]）在安抚她时，你能看见，就在他们的窗外，大本钟又咔嗒咔嗒地走起来，没有一点被破坏的痕迹。已经流逝的二十四个小时可能只是孩子的一个梦，一场从未发生的风暴，是许多种解读《时钟》叙事主线的角度之一。确实如此，相比于将各种场景进行拼贴，形成一部前后连贯、令人信服的虚构作品，我更难忽视那种将它们融为一体的愿望，原因之一便是马克雷使用的重复手法：11:57，一个年轻女人想要勾引一个男孩；1:19，两人再次出现，睡在分开的两张床上；他们两个怎么了？在那段间隔之中，在现实与虚构的世界中同步流逝的时间里，在一颗合成的心跳动的时候，究竟发生了什么，实在

---

[1] 雷特·巴特勒是电影《乱世佳人》中的角色。电影中有一个场景是女主角从噩梦中惊醒，但电影中的地点并非伦敦，所以这里提及的电影片段并非取自《乱世佳人》，应该是作者的联想。

难免引人猜测。

　　12点一过，很多人便离开了放映厅。我们又继续待了正好三个小时。说来奇怪，即使知道终究会从这场影片退席，还是会觉得在没到整点的时候离开不太礼貌。在接下来的几天里，我在不同的时间再来。与影片共处的时间久了，就会对这种全天候的时钟类型有越来越强烈的感知，并且喜欢上这种感知：下午5点到6点的这一个小时——据说是马克雷完成的第一个小时，因为那段时间里有很多人们在"看时间"的场景——呈现的主要是演员下班；中午时分，会看到西部片、拔枪对决的片段稍稍多了起来；诸如此类。马克雷创造了一种"超类型"，将我们对日夜中各种律动的、集体的、无意识的感知影像化——比如我们要结束或是陷入一段爱情的时候，清洗自己的时候，进食的时候，做爱的时候，看看手表打哈欠的时候。

　　和亚历克丝一起看的第二个小时里，我发现她打瞌睡了。我悄悄看了看手机上的时间。大约过了半个小时，我又看了一次，这才意识到这一行为简直荒谬：我把目光从时钟上移开，去另一个时钟上看时间。一想到这种分心的习惯如此根深蒂固，我有些难为情，不过也由此断定，我忘了这部影片会提示我时间这件事恰恰表明这部影片具有某种重要意义。

　　我听过有人称《时钟》是虚构时间向现实时间终极的坍缩，说这部作品的设计初衷是消弭艺术与生活、幻想与现实的距离。但我之所以会看手机，部分原因就是这个距离对我来说完全没有坍缩。尽管现实的一分钟和《时钟》的一分钟所代表的时长在数学上没有区别，但它们说到底不过是不同世界的两个一分钟罢了。我在《时钟》里看见了时间，却不身处其中，或者说，我只是在体验时间，而非以时间为媒介在体验世界。当我从拾得录像式的影片中解读出各种各样相互交错的叙事又推翻它们时，我非常清楚地体会到，在一天的时间内，居然可以同时建构出许多个不同的一天，更多地感受到可能性而非决定论，是虚构作品的乌托邦式闪光。我望向手表，察看和银幕上完全相同的一种计量单位，这表明艺术和日常之间的距离还在。一切都将和此刻一样——房间，孩子，衣服，时分——只有一点细微的差别。

我如今觉得，正是在我的目光从《时钟》转向手机然后又看回影片的瞬间，我决定要写更多的虚构作品——我本来答应过我的诗人朋友们，我不会再写了——那之后的一整个星期，我给一个故事开了头，故事的大纲我在放映厅里就已经记在了笔记本上。这个故事里会有一系列"换位"：我会把我的疾病转移到身体的另一个部位，会将实体觉缺失换成另一种失调，会略去亚历克丝的口腔手术。我会改名字：亚历克丝会变成莉莎，她有一次跟我说过这是她妈妈当时的备选；阿莱娜会变成汉娜；莎伦我会改成玛丽，乔恩改成乔什；安德鲁斯医生会变成罗伯茨医生；等等。主角，也就是另一个版本的我，不会是一个文学遗产执行人，也就不需要因为这一义务不得不面对生理和文本的道德冲突。我会称主角为"作者"。会有一所大学找到他，问他买手稿。

就像是我见到伯纳德女儿的那一晚他娓娓道来的故事里那个法国作家一样，这个"作者"也打算伪造信件。这便是我先写下来的一个零散的大概，故事的内核，而且我认为挺有希望。我这样写道：

　　作者之后会重新过一遍，确保没有过度使用他所模仿的那名作者的标志性用词……他们之间确实发过一两条事务性的信息，他会重读一遍，也会再看一看他的《书信选》。

　　这一切变化全都归功于技术的革新。如果一名作者没有留下电子存档，就不会有发给他或她的任何电子邮件的记录；如果你确实收到过几封这名作者的电子邮件，就有了相关的电邮地址，再推测出一个看似合理的发送时间，那么你就可以利用死者，从过去给自己写信，然后说这是多年之前打印出来的。

　　比如来自一个小说家的消息。你们确实见过，也可以证实你们因为某部纪念文集的缘故参加过同一场晚宴，于是你洋洋洒洒地扩写出一场子虚乌有的对谈，谈论的内容是你那当时还在构思阶段的小说。比如一个评论家时隔许久终于回复了你对一篇论文其实从未给出过的见解。然后是与几个诗人的辩论，说的是你兴许提出过的几处修改建议催生了几个大作家所提出的重大言论。

　　他断定，诸如此类的伪造之所以可行，不仅是因为在那个特定的历史时期，技术正在发生转变，更是因为在那个时候，即便东窗事发，也大可以将罪行粉饰为一种表态，差不多可以归入行为艺术和政治反抗的范畴，如果将图书馆支付的款项予以捐赠，比如说捐给占领华尔街运动的人民图书馆，那就更能证明这种姿态。

故事写得很快，几乎快得惊人——一个月内，我就有了初稿，然后我发给经纪人，她发给了《纽约客》。在我的第一本小说获得意想不到的好评之后，对方就向她表示过对我的写作有兴趣。让我意外的是，他们愿意发表，不过也想做大幅度删改，去掉伪造书信的部分，可我认为这部分是小说的关键。编辑们说，故事对艺术、时间、道德以及文学接受的怪异性质有简练、巧妙而深刻的思考，但是伪造书信的部分会抢了风头。我坚定地告诉自己，我不要做那种任凭《纽约客》将自己的作品标准化的人；我不会为了让故事在某种程度上更受市场欢迎而做出删减。尽管《纽约客》同意收稿的时候，我有一阵微微的战栗——我的父母一定会特别为我骄傲——而且尽管我想要那大约八千美元的钱，我也很享受拒绝《纽约客》的机会，这样我就有一个自己的故事可以讲，以此证明我出类拔萃的信誉。我给杂志草草写了一封信——后来才发现打错了很多字，抄送了我的经纪人，解释说我想撤稿，说他们要求的改动侵犯了我写作的职业操守——之后我会意识到，他们当初的意见并没有任何最后通牒的意思。

有一天我去医院，和娜塔莉说起我写的这个故事和我投稿的故事。伯纳德睡在我们边上。她读了小说，简单地说了一句：我觉得他们的修改意见是对的。我又给另一个作家朋友看，他也同意。然后我给父母看，他们说我一定是疯了；编辑们的要求显然对文章大有裨益。

最后，我给亚历克丝看了。她对这部写到了她的作品感受复杂，这倒也不难理解。亚历克丝不想被写进小说。至于伪造书信的问题，她确信无疑：删掉会更好。既然我从她的生活里偷拔智齿的麻烦事，她开玩笑说，那么我或许应该用杂志给的稿费来支付保险无法报销的那部分费用，假如杂志还愿意考虑发表的话。我将这个玩笑话看成是一个台阶，恳求她真的让我这样做。我解释说，这样我就可以告诉我自己，我向他们道歉，是为了帮助朋友，而不是因为我是个傻子，另外，这也是现实与虚构一次不错的交叠，故事起初就是为了探讨这个主题。她沉默了一分钟，然后说："不可能。"但我们都明白，她那时的语气只不过是正话反说。

第二天，我的经纪人帮我斟酌了道歉信的措辞，当然是向编辑们暗示我对这一切还很陌生，说我写诗居多，不习惯作品被修改，说我的回应显然欠妥，是经验不足的问题，等等。杂志很大方，决定很快就刊登修改后的小说——事实上也真的很快，才过了几个星期，我就在牙科诊所里读到了。那时我正在等亚历克丝拔完牙出来。

金色浮华号

学校对面有一条小商业街，作者在那儿的一家咖啡馆里等图书管理员。他坐在窗边，面朝哥特式的石头建筑群，看着学生们逆着风低头走路。

有人喊了他的名字，他的咖啡做好了。他走到柜台边，取了他那杯巨大的卡布奇诺，注意到奶泡上拉了一朵花的形状。他正要走回他的桌子，咖啡馆的门开了，进来一股冷空气和一个中年女子，一定就是图书管理员了。她认出了他，招了招手。

麻烦在于，咖啡需要两只手端，或者至少是他需要用两只手端，一只手握着杯子，一只手托着碟子，以免咖啡洒出来，或是破坏了拉花，所以他没法招手回礼。因为这尴尬的处境，他感到自己的脸沉了下来，后来才意识到她可能会以为他摆脸色给她看，可是已经太迟了。他只好带着过分窘迫的神情看向咖啡，希望她能明白他两难的境地。他慢慢走回窗边的座位，双眼注视着逐渐消失的拉花，一切都毁了。

好在他想起了罗伯茨医生的建议。罗伯茨说，如果他发现自己陷入了"假性窘境"，呼吸越来越急促，他只需要跟与他见面的人——不管是谁，讲述自己面临的无论多小的危机，用"吸引人的、幽默的语气"说出自己当下的感受，就跟事情发生之后他和罗伯茨讲述的方式那样。

他还没回到桌子边，图书管理员就已经走到了那里，她推测那便是他的目的地。他无比小心地放下杯和碟。她一头卷发，他现在才看清是红褐色。他握住她伸出的手说：

"你进门的时候，我本想和你招手的，但我手里捧着咖啡，害怕洒了，然后又因为没能招手，我的表情恐怕不太开心，然后感觉到自己一不开心，脸就沉了下来，然后又意识到我真的看起来很不开心，给你留下了灾难性的印象。"

她笑了，好像我讲的故事确实挺吸引人，然后她说："你说话的语气跟你的小说一样。"焦虑消散，却变成了沉默。当他端起咖啡送到嘴边时，洒了一点出来。

一年前，他们发现作者的智齿上有虫洞，需要拔掉。他可以选择静脉镇静（"暮光镇静"[1]）或只是牙医建议的局部麻醉。他们给他的头颅拍了全景 X 光片，他的下巴抵在一个小小的支架上，拍照机在他周围运作，嗡嗡声和咔嗒声交错。接着他们就给他

---

[1] 接受这种麻醉的患者会非常放松、有睡意，仿佛是日暮时半睡半醒的状态，因此得名。

预约了下个月的拔牙手术，那时医生就放完假回来了。"不用着急。只会有几天不舒服，仅此而已。如果你想做静脉镇静，提前二十四小时通知诊所。"前台说。她的指甲上贴着星星。

他从网上了解到，暮光镇静和局部麻醉的区别主要不在于疼痛的强弱，而在于病人会记得多少。确实，苯二氮平能在手术过程中让你镇静，但它的主要功能是抹去关于手术中发生的一切的记忆：医生取拔牙钳、敲碎牙齿、喷血。这也就解释了为什么他问的人全都说不清自己拔牙的细节，通常记不得自己到底有没有注射镇静剂。

十月那一整个月，他对暮光镇静的反复思考是他和莉莎散步时的主要话题。他们会在傍晚的大军团广场见面，走进展望公园的长草坪，当树林里完全暗下来的时候，便沿着小步道走。就这样散步许多次后，这一天便是他必须决定是否接受静脉镇静并给诊所打电话前的最后一次散步了。

天气热得反常，仿佛夏天，但日光显然是秋天了。季节的模糊反映在人们的穿着上：有些人穿着T恤和短裤，有些人穿着冬天的大衣。这让他想起一幅双重曝光的相片，或者说是胶片的叠加效果：两种时间，坍缩进了一个图像。

"我可不想让他们在知道我不会记得他们动了什么的情况下，在我身上动来动去。"他说。

"这个话题我是不会再聊了。"莉莎说。不过这就是莉莎的性格，在做一件事情之前，总是说自己决不会做。如果她说"泰国菜我是不会吃的"，那她的意思是最后会接受这个提议；如果她说"这部电影我是不会看的"，那她的意思是他可以买票了。

"但又不只是这个原因。"他不理会她，继续说，"我想不明白，消除关于痛苦的记忆和消除痛苦到底一不一样。"

"谁知道，"莉莎说，借用前几次散步时他说的话，"记忆究竟是真的被消除了，还是只是被压抑了，储存在了另一个地方。"

"对啊，那样会更糟，"他说，语气仿佛这个猜想是第一次被提起，"创伤就这样被孤立于时间之外，人会有意无意一直回到创伤之中，翻不了篇。"

"你的意思是，这些人当中，"莉莎严肃地宣布，手一挥，指向长椅上的情侣们、草地上嬉戏的家人和孩子，以及一群在打太极的女人，"有很多都因为拔智齿受了创伤，却被压抑着，过着被创伤毁掉的生活。"

"如果我注射了药物，就像是把我自己分裂成两个人。"他仍旧没有理会她，"一条路分成两条：一个人经历了手术，一个人没有。好像把我的一个分身单独留在痛苦之中，遗弃了他。"他们拐进一条往南去的步道，步道通往湖泊。

"然后有一天你在漆黑的巷子里撞见了他，他要跟你算旧账。"

"我没在开玩笑。"

"或者是他开始强行介入你的生活，破坏你的恋爱，在你工作时做出不光彩的事。你只得杀了他，杀了你自己。"

"而且，如果我通过主动失忆来渡过难关，到底算是开了一个怎样的先例？"

"你已经失忆了。这个对话我们每天都要进行一次。"

"我明天就得决定了。手术前的最后一个工作日。"

"那你想要我说什么？如果是我，我就做局麻，如果牙医说局麻就够了，省下静脉注射得自掏腰包的三百美元。但我比你能扛很多。"她的确是，"你想做那个什么暮光镇静是因为你怂。你一直担心它，这一定表明你想选择它。"

他们在沉默中继续走，一直走到湖边。湖岸边有一群十几岁的女孩子，可能是墨西哥裔，穿着白色衣服，在练习一种挥舞纸带的舞蹈，便携音箱里传出刺耳的音乐。天空倒映在水中，光亮逐渐柔和。飞机慢慢朝拉瓜迪亚机场移动，水塘上几只天鹅徜徉而过。所有的一切都变得和谐，彼此呼应了起来：一个女孩手中的粉色纸带呼应着云霞中的那一抹粉色，云又映照在水里。他感到周围的世界发生了自我重组。

"我就做局麻吧。"他下了决心。

"壮阔的美景给了年轻人勇气。"莉莎说，故意把音调压得低沉。

"闭嘴。"他说。

"在战斗的前夜，拿破仑只身一人，与阿尔卑斯群山通灵，倾听它们无声的忠告。"

"闭嘴。"他大笑着说。

第二天早上，他一醒来便给牙科诊所打电话，告诉前台他想做静脉镇静，然后打给莉莎跟她说他改变了主意，问她要不要周一陪他一起去，因为那些药物还在身体里的时候，诊所不让患者独自待着。她戏剧化地叹了一口气说好啊。

那天晚上他有约会。或者至少说是他和朋友乔什、玛丽相约喝酒，他俩邀请了一个叫汉娜的女生，觉得他可能会喜欢，她也可能会喜欢他。这是唯一一种他可以接受的初次约会的形式，因为之后他可以否认说这根本不算约会。

去年春天快结束的时候，他的小说发表了，意外地广受赞赏。从那时起，朋友们试图介绍给他的女生都无一例外地在他们见面之前就读过他的书，或者至少在亚马逊上看过几眼试读章节。这意味着，他们聊的不再是平时的那些话题，比如工作、最喜欢的街区之类的，对方很可能会问他的书里哪些内容写的是他的真实经历。即便没有问得很直白，他也能看出来，或是觉得自己看出来，对话者是在拿他说的话、做的事比对读过的文本。并且，他小说叙事者最主要的特征是为内在经验和社会性自我呈现之间的脱节而焦虑，所以作者越急于要把自己和叙事者区别开来，反而越觉得自己成了他。

他大半个下午都坐在窗边的小绘图桌边，回复大学发来的邮件——他正在休假，暂停授课。他一直在担心自己的牙齿，没能回答一家英国小杂志的访谈问题。他洗了衣服——小隔间里有一套小型的洗衣烘干机。然后他在八百平方英尺的公寓三楼心不在焉地踱步，随手翻开一本书，读一页，放回松木书架上，不记得自己读了什么。他洗了澡，裸体站在洗衣间门背后的全身镜前，想着他不幸的身体，汉娜或者不论是哪个女人看了会觉得怎么样，想着如何通过有策略的倾斜、弯曲来掩盖这许多缺陷。

他们约在当波[1]的一家酒吧，离所有地铁站都很远。太阳落山后，他决定散一个久一点的步，走到那边去。天气依旧暖和得反常，但空气中已经有了几分冬天的迹象——看见的灯光和听见的人声变得不一样了，跃动更加明快，传得更远。他左转，从第四大道走进大西洋大道，清真寺那边传来宣礼声，扩音器的声音尖锐短促。他慢慢走了一英里半，来到高地长廊，靠在铁栏杆上。河对岸隐约可见华灯闪耀的曼哈顿。

终于，他转身从河边离开，穿过曼哈顿高地慢慢往回走。他走进一条鹅卵石小路，不经意间就走到了路的尽头。砖房、冷风和煤气灯同时出现，使他恍惚间觉得穿越到了过去，或者是说，不同时代互相覆盖，时间彼此交织。也不是。这更像是面前的煤气灯里那一小簇火焰同时在现在和多个过去燃烧，在 2012 年，也在 1912 年或是 1883 年燃烧，像是同一团火同时在每一个时代里闪烁，将不同的时代联系在一起。他感觉，每一个曾和他此刻一样在这盏灯前停下脚步的人，在这短暂的时刻里，都和他变成了同时代的人，他们都在各自的现在时，看着同一个躁动的光点。

---

[1]　当波（Dumbo）是纽约布鲁克林的一个街区，原名来自"曼哈顿大桥下"（Down Under the Manhattan Bridge Overpass）的首字母缩写。

然后，他想象他的叙事者也站在灯前，想象那煤气灯光不仅跨越了不同的年岁，更是跨越了不同的世界，想象自己和叙事者虽然不能面对面相见，却可以通过面对同一盏灯光，用直觉感应到彼此就在身边，犹如一种联结。

一辆车经过，里面传来的雷鬼音乐使他回过神来。他拿出手机看时间，查了一下去酒吧的路线，从几座喧嚣的桥底下穿过，走到了当波。当他离见面的地点越来越近时，他的手也因为焦虑而越来越凉。这时他已经晚了不少，所以推测汉娜已经见到了乔什和玛丽。他找到了地方——没有标志，只有门边有一只没有灯罩的灯泡。他摸了摸脸，看看油不油、会不会发亮，却发现脸是干燥的。然后他在大衣口袋里摸到了那一小盒口气清新含片。正当他要放一片在舌头上时，他发现自己不小心一次性掰了好几片薄荷味含片下来；含片结成黏稠的一块，他吐到了人行道边。

酒吧灯光昏暗，仿佛20世纪非法经营的那种。深色木头，雕花锡顶，大多数座位都是镶板的卡座，没有音乐。酒吧很安静，他能听见酒保在摇晃着手调鸡尾酒；至于鸡尾酒的价格，他告诉自己绝对不能大声抱怨。他马上就看见了乔什，从这个位置看过去，乔什的脸差不多只能看见胡子。玛丽戴着一顶帽子，这顶钟形帽已经被他判定为一个失误。他们坐在对面角落的卡座里。他看不见汉娜，她被隔板挡住了，但他从乔什和玛丽的姿态推测出她已经在那儿了，尤其是乔什招手的样子，以及桌上玻璃杯的个数。

如果作者这样说，你能明白他的意思吗——他从没有真正看见过她的脸，脸庞是他越来越无法解读的虚构，是通过简化的方式将脸的各部分绑成一团放进记忆，堆到额头和下巴之间的那块地方上去，即便记忆被投射进当下也是如此？当然，他可以列举出各部分：灰蓝色的眼睛，人们常说的"厚嘴巴"，浓密的眉毛——应该还细心地做了线眉，左脸高处一道小小的疤痕，等等。有时，这些部分会短暂地合成更高级的统一体，就像是字母合成单词，单词合成句子。但是，就像单词会溶解在句子里、句子会溶解在段落和情节里那样，将这些要素组合成一张脸，必须先把它们忘记，让它们虚化为一种效果。而这个合成的过程，不知为何，在汉娜这里并没有持续多久。这时，他已经坐到了她边上。

三杯过后，这个以侧脸对着他的人因为乔什吊着嗓子模仿他们的老板而哈哈大笑，老板就是那个他们剪辑影片的制作公司里小肚鸡肠的暴君。他看着她把几缕黑色的头发拨到耳后，注意到她有尖尖的耳轮。这时，他才发现她穿了鼻环，银色，但在酒吧的灯光下看起来像玫瑰金。后来，乔什和玛丽走了。他们并排坐在卡座里，每多喝一杯，就往对方身上多靠一点。他跟她说着那些关于脸的想法，说对于一个作家而言，"不擅长记脸"有多么重要。她问他有没有看见过那张火星岩石的卫星图像，那张图片是用来说明"空想性错视"的经典图片之一。他从来没听过这个术语。她解释说，那指的是大脑将随机的刺激物排列组合成有意义的图像或声音，比如月亮上的人脸、云朵里的动物。她掏出手机在谷歌上搜索了这个单词，他以一起看那块小小的发光的屏幕为借口，和她贴得更近了一点。

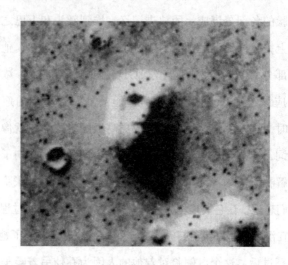

　　罗伯茨医生背后的墙上挂着一幅特意挑选的毫无攻击性的抽象画，富有节奏的笔触涂出淡紫色、蓝色和绿色——技法纯熟的视觉版穆扎克音乐[1]。如果你要问作者罗伯茨长什么样，变戏法似的浮现在眼前的只会是那幅画，而不是医生的脸。

　　罗伯茨说："我知道你的文章斩获了一些关注，但是你现在才三十出头，怎么会有大学图书馆愿意收藏的手稿？"

　　作者说，他跟罗伯茨一样意外，然后简单复述了一下那个负责特别馆藏的图书馆管理员的话：因为他很"早成"，这是她的原话，并且他二十几岁的时候，已经参与编辑了一本文学杂志。

_____

[1] 指商场等公共场所播放的安宁柔和的背景音乐。"Muzak"是制作这类音乐的公司名称，后用来指代这类音乐。

杂志虽然规模小，如今已经停刊，却颇具影响力。因此他们推测，他或许已经有了"成熟的档案"。另外，收藏的方式也在变化，如今手稿经常是分批卖出。图书馆会先买作者三分之一的手稿，在接下来几年再购入另外三分之二。因为他应该会希望自己的手稿都藏在一处，所以图书馆有兴趣尽早与他建立关系，对他进行投资。作者对"手稿"的发音很特别，想让对方清楚地知道这个单词是在引号里。

"那你有'成熟的档案'吗？"罗伯茨问。他似乎很喜欢这个表达。

"没有。"他说，"几乎所有关于杂志的通信都是电子邮件，而那段时间我基本上是在用另一个邮箱账号。我什么也没打印出来。我能找到的都是无聊的、后勤方面的通信。至于我自己的作品"——他努力不让"作品"听上去有引号——"我不是手写的，电脑上也没有保存底稿。"

"那你有什么？"

"噢，我和最要好的作家朋友之间有海量的电子通信。写得很随意，内容全是轶事、闲聊，讲的是各种各样难为情的事情。我有一个文件夹，都是别的作者寄给我的明信片，为我给他们寄书表达感谢，其中有一些人挺有名。"

"图书馆买明信片吗？"

"看这样子，他们是要开始买了。电子档案。她说随着技术的演变，一切都在变。但我手里的那些，他们是不会想要的。何况我也不希望那些东西让任何人看见，哪怕我死了。"

罗伯茨顿了一下，仿佛是给作者最后的那几个字加了斜体，这沉默的效果，无异于把几个字重复一遍。

"如果是一年前，这件事会显得奇怪又愚蠢，感觉是对我的抬举，我是说，他们对我的兴趣。可是现在，就像是一整个机构在预示我命不久矣。"

"没有证据显示你的情况在恶化。"这句话罗伯茨已经重复了一千遍，没有任何不耐烦。

"我也意外，"作者说，没有理会他，"我自己倒是想要有一些'手稿'，想要离开的时候能留下痕迹，那样就能证明我是真实的。"

罗伯茨没有接话，意思是"接着说"。

这个故事他说了太多遍，以至于每说一次都有些细微的差别悄然出现。他记不清一连串事情究竟孰先孰后。例如，他是在拔完牙的隔天收到叫他尽快给牙医打电话的消息，还是那天下午他直接接到了牙医打来的电话？不管怎样，手术的后一天，也就是他约了复诊的一周前，他站在窗边，注视着汉森街上的钟楼，耳边贴着手机，听牙医说他的 X 光片有问题。"我的 X 光片有问题。"他用还疼着的嘴巴重复说。牙医说，他正好在浏览报告，有一个地方让他不太放心。"你不放心我的牙齿。"作者确认了一遍。"我建议你去看一下神经科。"牙医回答说，一段很充分的停顿之后，牙医才再次开口说，"不会有事的，我觉得。"

在神经科第一个候诊室的墙上，有一张海报，上面是毕加索的鸽子；在他等着验血的地方，是一幅水彩画，画的是曼哈顿的日落；在他等 CT 和核磁共振结果的地方，是一些兰花的照片。

终于轮到他进去让沃尔什医生诊断。沃尔什医生在他的领域里很有名气。银发，戴无框眼镜，白大褂里系着一条紫色领带。他总是似笑非笑，至少他的嘴角总是微微上扬，再加上他蓝色的眼睛永远眯得窄窄的，使他表现出一种乐观的专注，而且看起来没有那种骗小孩似的加油打气的神情。

当沃尔什医生跟他解释检查结果的时候，作者看着一幅翻印的海滩画：两张白色的木头椅子朝着大海，没有人坐，中景处有一只小帆船。他的海绵窦那里长了"一个东西"，叫作脑膜瘤。看起来是良性的。

"这幅画谁选的？"作者想问。

"这些东西是你选的吗，还是医院统一买的？哪里买的？"

沃尔什医生会转过椅子，去看作者盯着的那幅画，然后转回来，面对作者，什么也不说。

"我明白这样的想法，做一些装饰，来表示这里不仅仅是一间医院的诊室，患者不只是病态的人体，这地方不纯粹是科学的领域。我明白，你或者医院挑选作品的唯一标准，是不能有攻击性——就算不能主动起到安抚患者的作用，至少也不能让患者焦虑。这些照片是为了证明，你既不是一台机器，也不是一个异类，因为这些作品都毫无思想地遵循既有的文化模式。它们是艺术的图片，但不是艺术。"

"医院里有三个医生共用这间诊室。"沃尔什医生可能会这样回答，一边转动着婚戒。

"我们专心一点，好吗？"如果莉莎在，她会这样说，同时把一只手放在他的肩膀上。

"但问题是，问题之一是"——一阵冷意扩散至他的全身，就像是他们在给他注射造影剂的感觉——"这些图片只是给生病的人看的，给患者。你想，如果一个医生在看诊的间隙，在一幅这样的图片前看很久，觉得有意思，或者不知道为什么被迷住了，又或者是觉得这幅画改变了他的一天，诸如此类，那得有多荒谬。这些图片除了乏味得让人抑郁、可以相互取代之外，我想说的是，它们没法让我们一起欣赏。它们能做的，只有建立、加深我们之间的鸿沟，因为它们只是给生病的人看的，只面向被诊断的人。"

这些他都没有说出来，而是声音略带颤抖地问："我会没事的吧？"

"肿瘤完全有可能不会变大，保持无症状的状态。"沃尔什医生解释说。

"可以做手术吗？"他听见自己说。

"你可以问问外科医生的意见，但我想应该不行。没法手术。"沃尔什医生站起来，走到近处的那面墙边，打开灯箱，塞进X光片。"我觉得息肉的位置排除了手术的可能。"

"那我该怎么办？"他没法让自己也走到灯箱前，站在沃尔什医生旁边，他不想看自己头颅的截面。

"嗯，我们现在其实什么也不用做。"沃尔什医生坐了回来，"密切观察就可以了。一旦有病症出现，我们会制订医疗策略。"

头疼，言语失调，虚弱，视觉障碍，恶心，麻痹，瘫痪。面孔失认症，空想性错视。光亮逐渐柔和的天空倒映在水中。银色，却在那灯光下看起来是玫瑰金。一瞬间穿越到过去的感觉。

故事来到某个冬天的假期，他们和他的家人一起过——爸爸、妈妈、哥哥、哥哥的妻子和两个孩子，一个两岁一个五岁。他们在萨尼贝尔岛上，佛罗里达海湾海岸那边的一座离岛。

当他们抵达租来的海滩别墅时，天已经黑了。汽车拐进一条石子车道。暖和的空气中飘着茉莉花香味，可以听见海浪拍打着沙滩，他一向觉得这声音怪异。他试图回忆那天早上纽约的小雪。飞机起飞的时候，一粒粒雪飞快地掠过椭圆形舷窗。

作者抱着他的小侄子西奥进屋。屋子里隐约有防晒霜或是柑橘味消毒剂的气味。他抱着西奥一起走。西奥把一只大拇指塞在嘴里，另一只空闲的手垂在作者的衬衫上，正好搭在贝壳、海星的水彩图案上。这让他想起自己和沃尔什医生关于医院艺术的争论，仿佛它真的发生过一样。

西奥找到了作者的乳头，捏了一下，让他吓了一跳，大笑起来。西奥刚开始断奶，谁抱他，他就不放过谁的胸部。他把嘴贴在西奥的脖子上噗噗吹了一下，让西奥笑得尖叫起来。然后他把西奥放下，看着他朝妈妈那边蹒跚地走去。她正走进屋子，提着好多袋子，身后的纱门砰地关上。门廊上，汉娜正在给赛勒斯表演手指魔术。

汉娜上楼去把衣服从盒子里拿出来，他的哥哥和嫂子把孩子们带到楼上的房间里安顿好。他拿了之前的客人留在冰箱里的科罗娜啤酒来喝，和爸妈坐在一起。他爸爸正弹着旅行时总带着的那把便宜的吉他。

"你最近写东西了吗？"他爸爸问，一边弹着《金色浮华号》的和弦。小时候，他爸爸常常唱这首歌给他听。[1]

"就那样。"

"在这时候，我也写不出东西来，如果我是你的话。"他妈妈说，"这么大压力。但我真的觉得你会好起来的。"作者看着她，"我真的觉得。"

他以前听到《金色浮华号》的结尾会哭。男孩成功击沉敌船，却被忘恩负义的船长丢在汪洋大海之中溺死。这时他的爸爸便会即兴给这首歌谣续唱几节，让一只善良的海龟救下男孩，把他平安送到岛上。

---

[1]《金色浮华号》是一首经典童谣，歌词的版本不尽相同，大意是一艘名为"金色浮华号"的船为敌所困，船长许诺一名水手，若他救下船只，将重金答谢。水手游向敌船，击沉敌船。可是船长食言，不让水手回到船上，水手最终溺死。

他的两个侄子跑下楼来，穿着睡衣，刚洗了澡，头发还是湿的。他爸爸开始唱一首关于他的两个孙子和他们那印着飞机的魔法睡衣的歌。

他哥哥和嫂子跟着下来。"或许叔叔可以给你们讲个故事。"他哥哥说，一边打开一瓶啤酒。

"我知道一个有关世界第一大鲨鱼的故事，"作者说，他嫂子之前跟他说过赛勒斯最近痴迷的对象，"可我不知道孩子们喜不喜欢鲨鱼。"孩子们吵着说喜欢。

男孩们的房间很空，只有一张摇摇晃晃的高低床，底下垫着本白色的地毯，一只红色的大行李箱摊在地上。他听见汉娜在隔壁浴室里洗澡。窗户开着，他又闻到了茉莉花的香味。他和西奥躺在下铺，盯着赛勒斯的床垫。赛勒斯呷巴呷巴地吸着毛绒玩偶"小猪猪"的腿，他依然需要它才肯睡觉。过了好一会儿，作者才又听见海浪拍岸的声音。

他叫孩子们听海浪的声音，想象床铺是海上的一艘船，正在寻找世界上最大最凶残的鲨鱼。凶残是什么意思，赛勒斯腾出了一会儿嘴问道。意思是很坏，随时会吃人。月亮高高地挂在天上，你可以看见月光洒在水面上。我们必须非常非常安静，我们可不想让鲨鱼听见。我们正出海去捕这条鲨鱼，所以得仔细地借着月光找它的鳍。它的背鳍，赛勒斯在上铺补充道。说得对，它的背鳍，作者小声说。西奥的手在他的衬衣里摸来摸去。

我看见了，作者小声惊呼，但是他在时态上遇到了麻烦。他不知道该怎么用现在时把这个故事讲下去，至少不知道该怎么让孩子们睡着，而不是让他们来玩一个游戏。让他意外的是，他感到一阵恐慌，冷意传遍全身。早熟的作者竟驾驭不了一个睡前故事在形式上的复杂性。他喝了一大口啤酒，并没有什么用。作者挣扎着，不知该如何组织语言。

他按照罗伯茨建议的那样，有意识地深呼吸了四次，每次都数出声音来。西奥学着他做，鼓起小小的胸膛。他每天会经历数次这种感觉——会忽然之间害怕症状发作。这时我们发现了鲨鱼，作者接着讲，让我们先下锚，然后我给你们好好讲一讲这条鲨鱼。他听见自己的声音，安心了一些——声音听上去没有颤抖。很久以前，有一条叫萨姆的鲨鱼，人们以为它很凶残，后来它救了沉船的一家人，人们才知道它其实勇敢又善良，它还带着这一家人发现了沉在海底的宝藏。不过讲到这里的时候，西奥已经睡着了。[1]

作者打开他房间的门。汉娜在一面全身镜前用毛巾擦干头发，她镜中的脸被她的身体挡住了，不过她能看见他。"我马上下去。"她说。

他下楼拿了最后一瓶科罗娜，和其他人坐到一起。他很意外

---

[1] 从"故事来到某个冬天的假期"到此处，原文为现在时，接下来重新开始使用过去时。英语中存在"历史现在时"，用现在时叙述过去发生的事情，以增强临场感，但大多通篇一致。此处这样设计，或许有其他意图。下文亦有相同的用法出现。

自己已经感到了醉意。

"我们在考虑去海边。"他哥哥说。

"老人打算睡了。"他爸爸说。他妈妈已经回房间了。他完全不知道几点了。

"跟我们去吧。"他嫂子说。

他朝楼上喊汉娜，说如果好了就下来。他哥哥在厨房的柜子里找到一瓶红酒。他们开了红酒，从后门出去，穿过月光照亮的石子路，走到一条绕到另一幢平房、通往海滩的小路上。小路铺着轧平的贝壳，四周是低矮的树，或许是红树林。黑暗中，有些小东西从他们的脚边跑开，应该是蜥蜴或昆虫。然后他们便来到海滩上，全景的天空和多到不可思议的繁星让他惊诧。沙子比他想象得更加明亮，闪闪发光。他们走到靠近水边的地方坐下来，一瓶酒大家轮着喝。

海岸边有几处小小的火光，是有人生篝火。他们试图回想上一次他们坐在海滩上是什么时候。是十年前在巴塞罗那吗？不，是在洛杉矶的一场婚礼上。

这时他哥哥问："艾丽呢？她睡了吗，还是会过来？"他们听见远处有一阵声响，或许是纱门关上的声音。他哥哥说："一定是她。"

但作者说："她不在这个故事里。"他觉得自己说的话听起来有点含糊不清，声音好像是从很远的地方发出来的。他听见笑声，转头看见一座海滩公寓的阳台上洒下香烟的星火。

"为什么不在？"他嫂子失望地问。

他拿起他哥哥插进沙子的酒瓶，喝了一口。过了好一会儿，他才说他也不知道该怎么解释；如果他知道，这时朝着他们走来的就是她了，而不是汉娜。我把自己分离成了两个人。一道划过多个世界的切口。石子路上的脚步声，接着是轧平的贝壳，然后是她走到沙滩时的沉默。

公寓那边有拍手的声音，他转身看见阳台上有人放了一只气球。不，是一盏灯，一个红纸糊的发光的球，很可能对海洋生物有害。灯徐徐地经过他们身边，往海里飘去。他们都在各自的现在时中，注视着同一个波动的点。

拔牙当天，他和莉莎一起搭地铁去麦迪逊大道上靠近中央公园的牙科诊所。他们搭电梯上了二十八楼。他在前台签到，和莉莎寄存了大衣，坐进拥挤的候诊室里。他羞于承认自己的紧张，但莉莎明白，于是开小玩笑来安慰他，问他如果他没有"挺过去"，有没有需要她焚毁的手稿。

没过多久就有一个护士报他的名字，他穿过前台旁边的门，被带到一间没有窗户的诊室。他坐在椅子上，试图让自己放下心来；护士给他量血压，聊了一下天气，然后把一个监测仪之类的东西安在他的脚踝上。很快就有一个肌肉强壮、穿紫色手术服的男护士拿了静脉输液架进来，解开又接上各种各样的管线，用酒精给他的手臂消毒。牙医出现，看着输液架微笑了一下，带着罗马尼亚的口音说："我真的让你这么害怕哦。"男护士装好了输液架，离开了一会儿，回来的时候带来一台摆着各种工具的架子，推到牙医面前。护士把针头插进他的血管时，作者看向了别处。

他问牙医手术要多久，话说到一半时觉得自己的声音听起来像是从很远的地方传来。他的问题没有问完。这是因为他也正和莉莎在公园里散步，解释为什么暮光镇静是正确的选择。余晖渗透椴树。他知道自己还躺在椅子上。在某个时刻，他听见牙医停下牙钻问他还好吗，又听见自己咕哝了一声表示肯定，但他同时又在和他妈妈打电话，说手术没什么大不了的。他感到暖意弥漫，宇宙仁慈，照进他口腔的灯就是哺育万物的太阳。他知道它其实不是，可它又是。这时牙医说："大功告成。"到底过了五分钟还是一小时，他毫无头绪。他意识到一开始出现的那个护士正在给他说明注意事项，他说"好的，好的"，这才感觉到了嘴里的纱布。然后他跟着她来到候诊室，感觉不到脚下的地面，看着她向莉莎重复一遍注意事项，却听不见。莉莎对她说谢谢，然后帮他穿上外套。

炫目的太阳使他的头脑稍微清醒了一点。等到他们坐在出租车里的时候，他的时间意识已经稳定下来，但他仍旧完全漂浮在药物温暖的光芒中，以至于当他们朝东边一点点挪动的时候，在他的体验之中，轻柔的摇晃变成了迅猛的起动和刹车。他没有感到任何疼痛，只觉得舌头麻木，隐隐约约有点不舒服，让他想起贴着纱布的伤口。这期间，莉莎一直在说话吗？当汽车开上罗斯福大道，他转头看着她。她看起来很美。她抬起双手，将浅棕色头发抓成一束马尾。他看着她的胸膛随着呼吸起伏，看见她完美的锁骨上她一直戴着的细金项链。接着，无须任何转换，他就已看见曼哈顿下城的天际线；随着出租车越开越近，建筑物越来越大，细节越来越丰富。但他感觉不到移动。然后他感觉到了移动，速度顺滑得不真实。接着布鲁克林大桥出现，拉索在闪耀。莉莎对出租车里的触摸屏小电视发着牢骚，她好像关不掉。他伸出一只手去帮她。手与玻璃接触的感觉令他惊奇，仿佛在触碰固化的、可以感知的空气。接着他帮她把头发往后捋，她笑着说这样的亲密动作不符合他的性格，他们认识了六年，此类举动只发生过寥寥数次。然后，城市的景象带着一种启示般的力量再次进入他的视野：

我不会记得这一切。这是我所见过的这座城市最美好的景象，是我经历过最完美的对触感和速度的体验，我从未感觉到和莉莎如此亲近，这一切，以后我都不会记得。药物会抹去一切。一切散发着转瞬即逝的光晕，真的是最美好的景象，最美妙的体验。他很想把此情此景形容给莉莎听，可是他做不到。他的舌头还是麻的。他甚至无法叫她提醒自己记住药物会抹去一切。他恍惚地意识到，莉莎会拿这一切取笑他，说他荒唐可笑。当他们驶上大桥，他感到双眼泛起眼泪。他看着十月末的阳光在水面上跳动。他对事物的观察无法形成记忆，无法用任何语言记录，却因此有了一种圆满，观察与事物本身有了短暂的同一。他深切地觉得，这一段对存在的体验，恰恰依存于湮灭。然后，他便身处自己的公寓之中了。莉莎给了他几颗药，照顾他睡下，便离开了。

他在半夜醒来，觉得自己完全恢复了。下巴有点疼。他拉了小便，换了赤褐色的、鼓胀的纱布，就着一整杯水又吞了一粒止痛药。他给莉莎发短信，给乔什也发了。他问他手术怎么样。他笑着说自己浪费了多少时间翻来覆去地想拔牙的事情，结果是小事一桩。他在笔记本电脑上看了一集《火线重案组》，然后睡着了。

第二天上午，他很晚起来，喝咖啡的时候——冰咖啡，好让伤口顺利凝血——想起来：我的确记得坐出租车的事，记得城市的景象、莉莎的头发，记得注定消失的、无法用言语表达的美丽。我记得这一切。这意味着，这一切从未发生过。

我来到纽约长老会医院，身上冒着冷汗。我能真切地感觉到尿素和盐分从腋下冒出来，沿着肋骨淌下。对于这次预约，我已经忐忑不安了一月有余——从预约好就开始担心——我实在忧虑，而且一直挂在嘴边，以至于安德鲁斯主动提出来给我开药。搭地铁去上城的时候，每隔几分钟我就按一按外套内侧的口袋，确保药片还在。

玻璃门滑开，我走进去，穿过中庭，经过星巴克的小窗口，搭电梯去七楼。我来到接待区，那里装修得异常奢华，更像是我想象中某个行政大主管的办公室，而不是我心中医疗机构的样子。墙上挂着一排抽象印刷品——不同颜色的浅色网格，阿格尼丝·马丁[1]的仿品——温柔无害，不过装裱之精致倒是可以与博物馆媲美。接待我的前台挂着和善的微笑，我却感觉这微笑与这地方不大协调——更像是卖昂贵珠宝的女售货员会有的笑容，仿佛我正在选购订婚戒指，跟医疗完全不沾边。我把名字报给她，

---

[1] 阿格尼丝·马丁（Agnes Martin，1912—2004），美国抽象画家。

她输入电脑，然后打印了一张表格，告诉我拿去楼上一层。"那里会有人接待您。"

我正要按电梯的上行按钮，看见了光亮的金属门里自己的影子，心里想——甚至真的说了几个词出来：坐电梯返回楼下，离开这幢楼，永远别回来；你不是非得做这个。可是当然，我坐电梯上了楼。相比之下，这一层就更像传统的诊所了，可以进行实验室检验、做身体检查，不只是咨询各种方案以及它们在医保系统内外的不同收费标准。

收我表格的前台是一个年轻女孩——我看她只有十八岁，但她肯定要再大一些——如果说她是泳装模特，或者说她的工作是舞团成员，专门在音乐录像带里伴舞，也完全说得过去。她并非美丽过人，但她的身材比例——虽然坐着，也能从黑色套装后看出来——完全符合标准的男性幻想。我认为选她担任这个角色是不合适的，不管是人力资源部门的哪个人选的。然后我又为这一想法感到尴尬，让我同样尴尬的是自己竟然在下意识地观察她身体各部分的尺寸。我很难与她对视，努力不让自己脸红。就我所知，我几乎从不脸红，不会因为尴尬或者羞愧而让别人看见我的脸变红。可是努力不让自己脸红，却是一项专门的、并非自愿的行为：无论出于什么原因，我得用力将舌头抵住上颚，绷紧下巴，呼吸变得短促——而这一系列动作，我意识到，或许恰恰会导致我的脸红得被人察觉到。我把信用卡递给前台；我那贵得离谱的保险，这次什么也保不了。

她给了我另一张上面钉了我的收据的纸，告诉我稍作等候，待会儿会叫我。当我跟她说谢谢的时候，终于能看着她的眼睛。但她眼睛里所透露的信息却很不妙，仿佛在说：看个够吧，变态。我坐下来，从口袋里掏出药片，正打算吞下去，却又想——虽然安德鲁斯不太可能犯这样的错误，但是——吃这个药，会影响样本吗？我的手指把药片翻来翻去，这时一名护士喊了我的名字，叫我跟她走。

她把我领到一间独立的房间，走到门口的时候说，我只需记住一点：认真洗手，不要触摸可能会造成污染的东西。她给我一只小小的塑料容器，上面贴着写了我名字和一些数字的标签，然后像对一个巨婴说话似的，用很慢的语速重复道：一定要确保你的双手非常干净，否则就得重做。她还告诉了我结束以后怎么处理容器。她对我微笑，没有一丝难为情或者尴尬——非常仁慈——然后消失在了拐角。我走进房间，关上了身后的门。

一方面，我被医疗化、病理化，被分解成一个个部分，每一部分都做不了自己的主；另一方面，我有少许几分只能被形容为兴奋的感觉，让我回想起十七岁，丹尼尔第一次借《花花公子》给我。两个念头夹杂在一起，让我有一点想吐。

我把外套挂在金属挂衣钩上，环顾四周。房间正中央摆了一张像是牙医会用的椅子，粉红色胶面，盖了一长条医院用纸，负责的护士一定会给不同的主顾或者说病人换新的。我是不会坐那张椅子的。椅子前面有一台电视，屏幕上显示着 DVD 菜单。电视上放了一副我不打算用的无线耳机。靠近房间后侧有一个洗手池、一瓶洗手液，以及一块标语，提醒我要彻底地洗手。后墙上有一个很新奇的装置，有点让我想起那种无须下车就可以操作的银行存款机。我将容器交入装置，装置将它传送给墙另一边的技术人员。这样，技术人员不用跟我见面，就能收到我的样本。银行，诊室，色情电影院——好一间超级机构。过了一小会儿我才发现，我能听见隔壁的说话声，听得很清楚：一个女人在说她女儿的男朋友，说他如何是个好对象；一个男人讲着西班牙语，打电话订午餐，点了一个有白米饭和黑豆的东西。如果我能听见他们，那他们一定也能听见我。我决定用耳机。

我走到水池边洗手，接着又洗一遍，然后走到椅子边，从扶手上拿起遥控器，开始读屏幕上的菜单。电视开通了某种服务，有海量电影供你挑选，电影名按字母顺序排序，同时也按种族分类，比如"亚洲刺激肛交""亚洲情结""亚洲恋口"，又如"黑人刺激肛交""黑人口交""黑人群交射精"，等等。在选定了种族之后，你可以按性爱方式在合集中进行搜索，标题都带有"精选"。《萨莎·格雷的画像》闪过我的眼前。一些视频内容之极端，着实使我意外；视频竟然会按种族分门别类，也同样令我吃惊。我来诊所之前，设想这里只会有几本杂志罢了。我挑得很难为情，却也没有资格否认视听结合的辅助手段确实能加快进程。我低头看遥控器，想弄明白到底该怎么操作，却想起来：我不能触摸会污染样本的任何东西。还有什么东西，能比这只被数不清的脏手摸过的遥控器更容易造成污染呢？

　　在几秒钟的慌张与思考之后，我直接按了播放，电视默认打开"亚洲刺激肛交"，尽管这完全不是我的兴趣所在。只不过，不做选择，比不得不在所有的类别中明白地挑出一个正向的偏好要不那么令人讨厌一些。我放下遥控器和塑料容器，又走回水池边洗手，接着回到屏幕前，脱下牛仔裤准备动手，可是又意识到，我的裤子有可能更脏。我坐了一小时地铁，而且已经不记得上一次洗这条裤子是什么时候的事了。我拖着步子走回水池边，裤子和内裤脱到膝盖边。这时，我开始担心过了多长时间，不知道会不会有时间限制，会不会到了某个时间点就有护士来敲门，问我进展如何，或者跟我说轮到下一名患者了。我又拖着步子回到屏幕前，匆忙戴上耳机，却又想到：触摸耳机跟触摸遥控器没有区别。我想，这出越来越有贝克特风格的戏，不能没完没了，于是试图继续，可是又想象自己接到电话，说样本不能用，因此只好又拖着脚折返，再一次走回水池洗手——此刻的我正戴着耳机，正听着享受刺激的人尖叫、呻吟。幸好水池上没有镜子，谢天谢地。

　　我一边挤洗手液，一边纳闷，我的手怎么就污染样本了？说得好像我会用手直接去碰我的精液一样。我完全可以小心一点，不让手的参与产生任何有害的影响，这不就行了。到了现在这一步，护士说的不过是一句不切实际的理论。于是，在洗完双手、基本上是跳着回到操作台之后，我终于准备好直接进行下一步：

使用我的手。使用方式：自慰。

是时候办事了。比起真正的性行为，办这件事更令我焦虑，这也是为什么安德鲁斯给我开了伟哥，这一刻我真希望自己吃了药。现在再吃，为时已晚，他说起效需要几个小时。况且我也害怕药的化学成分会污染样本，虽然这种担心大约是无稽之谈。再者，伟哥难道对心脏有问题的人没有危害吗？他是不是也没想到这一点？难道不会引发血管舒张吗？我很生气，像一个生气的老头。但是生安德鲁斯的气对当下的境况并无益处——他的脸（或是他有意布置的温柔无害的抽象画）不是我此刻脑海中应该浮现的图像。

中途放弃，逃出自慰室，在二十分钟的自我污染后硬着头皮告诉护士我做不到——我一想到这样的结局就害怕。况且，比起这个，把这件事告诉亚历克丝绝对更让我恐惧百倍。那样的话，之后该怎么办？我要么得再预约一次，也就是再承受一次压力，要么反悔，退出这整个计划，给我们的友谊套上枷锁——如果友谊还能残存；又或者，被迫让医院通过某种恐怖的手段取出精液，假如他们有诸如此类的方法。整整六个星期，我一直在跟乔恩、莎伦、阿莱娜说我对能否顺利"办事"的焦虑。他们笑我，安慰我说没问题的。提供样本之前的几天要求禁欲。那段时间里，伴随着她通过精心设计的一连串双关语、据说是偶然的接触和她夸张的抽烟，阿莱娜试图向我保证——用她的话来说——我已经"一触即发"。

托她吉言，我确实是：整件事以近乎可笑的速度结束了。虽然非我所愿，但这段速战速决的经历，充斥着年轻前台的残影。而我相信，她对此早有预见。我如释重负，接着穿好衣服，把样本交给墙的另一边，以最快的速度逃离了这个机构。

　　我往西走，打算去公园，一边预想后续的流程：实验室会评估精液的总量、液化时间，精子的数目、形态、活动能力等等，然后给我出一个是否适合捐赠的报告。亚历克丝咨询的那个生育专家建议我们跳过这一步，因为精液会专门用于人工授精，既然我们没有理由认为我的精液存在异常——尽管我根本没有因为高风险性行为使人受孕的历史——那不如直接进行人工授精，看能否成功。可是我还在犹豫，不知自己有没有准备好当一个捐赠者或者父亲，尤其是因为亚历克丝和我还没琢磨清楚，只当捐赠者或者当父亲，分别意味着我需要参与到什么程度。而精液分析似乎能帮我们做决定，一来或许会让整个计划直接结束（比如说，如果我的精液质量异常，就需要接受男性生育治疗，而我不愿意做，那么尝试授精的过程就会拖得很漫长，长到让人难以忍受——考虑到亚历克丝的年龄，任何一种异常情况都会使得成功率降到不足大约10%），二来可以让我们更熟悉各个步骤。听上去可能微不足道，但我一想到取精就不自在。所以我想，强迫自己做一下精液分析，可以消除取精这个过程给我造成的心理负担。我不想仅仅因为自己难以接受在诊室里对着色情片自慰的步骤，就直接拒绝亚历克丝。我在仔细思考做了精液测试究竟有没有改变我的想法，以至于走到 68 街和列克星敦大道的交叉口的时候，险些被一辆开往下城的公交车撞到。

我总算到了公园。我往里走，一找到长椅便坐了下来，看着黑色或褐色皮肤的保姆们推着昂贵的婴儿车走来走去，车里躺着白人小孩。我想象要怎样把一切解释给一个未来的孩子听，脑海中浮现的样貌是亚历克丝的侄女："你妈妈和我很爱对方，但不是生宝宝的那种爱，所以我们去了一个地方，那里有人拿了我身体的一部分，放到了你妈妈的身体里，然后就有了你。"听起来还行。我想象自己在她的床边，抚摸她棕色的头发。"其实，"我会这样解释，"每个人生孩子的时候都需要别人的帮助，从来都不是只有爸爸妈妈就可以，因为每个人都依赖着其他人。你想想我们现在住的这间公寓，"我这样说，虽然我应该不会和这个孩子住在同一间公寓里，"木头是哪儿来的，还有钉子和油漆？是谁种树、砍树，然后把木头运过来，盖了这间公寓？又是谁为这些东西付了钱？工人怎么学会造房子的本领？钱之前又是从哪儿来？"我能进行这样的交谈，我帮自己下决心，同时看一只波士顿㹴（最初繁育这个品种的目的是捉服装厂里的老鼠，后来才繁育给人类作伴）把一只松鼠追得往树上逃。我会把我们的生育模式说成是"齐心协力"[1]。虽然我不想这么做，但我的声音还是继续说下去："所以，爸爸看了一个视频，里面是来自世界各地的年

---

[1] 原文为谚语"it takes a village"（需要一个村子），指养育好一个小孩需要一整个社区的帮助和努力。

轻女子，为了赚钱糟蹋自己。爸爸将精液全射进一个杯子里，花钱请来一伙人把杯子里的东西冲一冲洗一洗，拿一根管子注射到妈妈的身体里。"

"管子凉吗？"我听见亚历克丝侄女的声音。

"这你得问她了。"

"为什么你们不做爱就好了呢？"

"因为那样会很奇怪。"

"人工授精可以进行性别选择吗？"这时她说话像一个儿童演员了。

"通过清洗、搅动精液可以提高生男或生女的概率，但是我们没有那样做，宝贝。我们想让性别成为一个惊喜。"

"人工授精通常要花多少钱？"

"好问题。从价格明细表上看，一次大概五千，因为他们推荐了一些给你妈妈的注射类的药物，我们还做了一些超声波和血液检查。"我后悔这样说，虽然现实中我什么也没说，"一次。"

"你射精的那一年中国的人均国民总收入是多少？"

"四千九百四十美元。但我认为用这个指标衡量生活质量不可靠，并且我也会对这件事的关联性提出异议，卡米拉。"我一直很喜欢卡米拉这个名字。

"那如果你们得通过试管受精来生我呢？"

"那大概要一万多。"

"纽约一个婴儿平均一年的开销是多少？"

"头两年每年在两万到三万之间，但我们会过得简单一点。"

"两年之后呢？"

"我不知道。问你的手机。"一个十几岁的孩子坐到了长椅上，我旁边的位子。她在发短信。我将她纳入了这场假想的问答。

"你要怎么负担这么多开销？"她问我。

"全靠我刊登在《纽约客》上的那篇故事。你对钱过度关心了，罗丝。"罗丝是我外祖母的名字。

"这就是为什么你以前通过现代主义的难度增殖来反抗市场，如今转变成了对同时代的读者抱有幻想？"

"艺术需要传达的，不能仅仅是风格化的绝望。"

"你是在把自己的艺术抱负投射在我身上吗？"

"是又怎样？"

"妈妈为什么不领养就好？"

"问你妈妈。我猜是因为在大多数情况下，领养在伦理上同样甚至更加复杂，而且不论文化方面的压力，一些女性在生理上也渴望生孩子。"

"既然你认为世界末日要来了，为什么还要生呢？"

"因为对于我们每个人来说，世界总会结束。如果大家都拒绝各种可能的体验，那么就没有人愿意为爱冒险了。那么爱就得由政治来控制。说到底，结束的是一种模式。"

"你能想象我如果活到，或者说当我活到二十岁的时候，世界是什么模样吗？三十岁呢？四十岁呢？"

我不能。我希望我的精液派不上用场。

"刀割以及其他形式的自残和类自杀行为，在我的年龄段中具有流行性。"我想象那个少女挽起袖子，给我看红色的伤痕。

"'流行性'这个词你用错了。"

"一个住院病人的每月平均开销为三万。"提出这个观点的是安德鲁斯医生的声音。

"她的周围会充满爱和鼓励。"

"你要怎么决定你的参与程度，好让我和妈妈都不怨恨你？"少女说。

"边参与边看吧。"

对话没有结束，而是声音小到听不见了。或许是为了让我自己从上午的焦虑中抽身出来，我掏出外套内侧口袋里的蓝色药片，想要把它碾碎，可是没有成功，用了两只手才把它掰成两半。我心不在焉地把一分为二的药片扔在了面前的步道上。这时，附近的一只鸽子过来了，它肯定习惯了被坐在这张长椅的游客投喂。西地那非柠檬酸盐对于一只壮硕的雀形目鸟类有什么作用呢？我站起来，想把它嘘走。它吓了一跳，可是没等我制止，它便转身，飞快地吃了半片。

*

在我提供了生殖细胞样本用作分析的两天之后，我在公园坡食品合作社的地下室里，给一种热带硬核果的果干装袋，同时努力把一个大嗓门的同事说的话当耳边风。她在解释她为什么要让一年级的儿子从一所本地的公立学校退学，进另一所知名的私立学校，即便费用更高，申请流程也很复杂。

公园坡食品合作社是全国历史最悠久、最大的食品合作企业，他们在入职培训的时候是这么说的。一个身体健全的成年人，每隔四个星期可以在合作社打一次零工，每次两小时四十五分钟。作为报酬，可以在店里购买比普通超市零售价更低的商品；价格控制得更低，是因为劳动力都分摊到了会员身上，没有人抽取利润。大多商品都很环保——至少相对来说是，并且尽可能地从本地采购。我搬到布鲁克林的时候，亚历克丝是会员，并且商店离我的公寓不是太远，所以我也加入了。我经常因为出门旅行而不来上班，会员资格被多次暂停；并且，我一直在抱怨其他会员的自以为是、愚蠢的组织架构和收银台的队伍长度。尽管如此，我还是没有退出。其实，除了几乎从不抱怨任何事的亚历克丝之外（"我要抱怨的事，你已经抱怨过了"），对于大多数我所认识的会员来说，辱骂这家合作社反而成了一种融入它的文化的一种方式。抱怨意味着你没有傻到会相信，成为这家合作社的一分子能让你不再是资本网络的一环，意味着你明白合作社的成员大部分是刚搬来附近的各种中产阶级人士，不一而足。假如你跟一个不是会员的人说你是这家合作社的一员，你会紧接着和那些狂热的拥趸划清界限。那些人很可能一面通过"401K"退休福利计划投资了孟山都公司[1]或者阿奇尔丹尼斯米德兰公司[2]，一面带着怜悯和愤怒，看不起那些在联合超市或重点食品商店买东西的人。还有更糟的——《纽约时报》曾经揭露，一些会员让保姆代替他们去上班，不过也有人质疑报道的准确性。几乎可以肯定，眼前这个滔滔不绝地谈论孩子的教育的女人，就是一个狂热的拥趸。

话说回来，尽管我经常骂这家合作社，而且我的厨艺即便超常发挥也只能算是蹩脚，我并不认为它在道德上不值一提。我喜欢自己购买食物和日用品的钱流向一个让劳动力变得可分担、可见的机构。你大致可以相信，它卖的产品不是来自那些公开作恶的巨头企业。农产品基本无毒。合作社还帮忙经营一家施粥所。有一次，社区内的流浪汉收容所被火烧毁，"我们"——入职培训的时候，他们会教你在谈到合作社时，用第一人称复数来自称——捐了钱用于重建。

我在周四晚上班，每隔四个星期一次，做的是"食品处理"的工作：在超市的地下室，我和"小分队"的其他成员一起，给各种干货和橄榄装袋、称重、贴价签，也给不同种类的奶酪进行切割、包装和贴价签。不过我通常想避开奶酪，因为奶酪的工作需要一些基本的技能。总体来说，工作还是简单的。地下室的货架上按类别堆着各箱散装食品，如果店里缺芒果干了，就找到那

[1] 孟山都公司，美国的一家跨国农业公司，也是转基因种子的生产商。
[2] 阿奇尔丹尼斯米德兰公司，全球最大的农业生产、加工及制造公司。

十磅重的一箱，用开箱刀打开，用小塑料袋将果干分装，然后在一台秤上封口、称重、打印各袋的价签。然后把食品送到楼上的购物层，补上货架。除了戴塑胶手套之外，需要系围裙、戴印花头巾，不能穿露脚趾的鞋，不过我从来就没买过露脚趾的鞋。不论是好是坏，大多同事都爱好交际，也很健谈，就像此刻正在说话的这个女人一样——对于我的同志们来说，这种氛围似乎能让上班的时间过得更快一些。对我来说，聊天却常常使时间变慢。

"那里的学习环境就不适合卢卡斯。老师们做了各种努力，我们也相信公共教育，但是就有很多孩子不听管教。"

紧挨着她的男子在分装菊花茶，觉得有责任似的附和着："对。"

"显然不是那些孩子的错。他们当中很多是来自福利院的——"帮我分装芒果干的女孩叫努尔，我和她还算聊得来。她紧张了一下，觉得那个女人马上会下一个冒犯人的论断。

"——怎么说呢，他们总是喝碳酸饮料、吃垃圾食品，当然无法集中注意力了。"

"对。"男子说，或许是为她的那句话没有走向一个更糟的结尾而松了一口气。

"他们像是被化学物质弄得兴奋。他们的食物里全是各种不清不楚的激素。就没法期望他们学习，或者是尊重其他想要学习的孩子。"

"是。"

这是一种越来越常见的置换——虽然"置换"这个词不太准

确——是一种全新的用来表达种族和阶级焦虑的生命政治语汇：你不再说褐色和黑色人种在生物学方面是低等的，转而声称他们是因为摄入的食物和饮料而变差了；这类原因能让你同情，并且不是他们的过错；这样那样的人工色素将他们的五脏六腑染黑了。而你的孩子从来没沾过一滴含磷酸和焦糖色素的高果糖碳酸饮料，身心对世界更加敏感：更纯净，更聪慧，没有一点暴力倾向。这种思维方式使人们得以调用 20 世纪 60 年代激进主义的语汇——生态意识、反公司运动等等——来为反复制造社会不平等辩护。它使你得以把关爱自己的基因物质——给卢卡斯吃最新鲜的豆腐——重新描绘成一种利他主义：这不仅是为了卢卡斯好，对地球也有益处。但是，有人出于无知，或者因为没有其他选择，让孩子的消化道接收了油炸的、机器处理的鸡肉，而在布鲁克林，这些人中的绝大部分恰好是黑人或拉丁裔。你必须不惜一切代价，保护卢卡斯不受这些人的影响。

努尔打断了我充满鄙夷的遐想："我忘了，你有孩子吗？"

"没有。"努尔在装芒果干，我负责封口、称重、给包装袋贴上价签。

"我没办法，"她说，"一家家去挑纽约的学校。"

亚历克丝，或者是亚历克丝和我，又怎么能有办法呢，如果我们生了孩子？如果我有足够的钱让孩子读私立学校，我能保证自己不受私立学校诱惑吗？我很想换一个话题。"你小时候吃垃圾食品吗？"

"在家里没有，但和朋友在一起的时候吃过——经常吃。"

"你家里都吃什么？"努尔来自波士顿，现在在读研究生。这是在我们上一次一起上班的时候得知的。

"黎巴嫩菜。都是我爸爸做饭。"

"他是黎巴嫩人吗？"

"贝鲁特[1]人。内战的时候离开的。"

"你妈妈呢？"我意识到我给芒果干贴错了价签。我在电子秤上输入了错误的代码，得全部重来。

"她就是波士顿人。她的家族有俄罗斯和犹太血统，但我没见过外公外婆。"

"我女朋友的妈妈是黎巴嫩人。"我不知道出于什么原因这样说，大概是为了让自己的思绪可以远离亚历克丝和受孕的话题。阿莱娜的母亲也是贝鲁特人，但谁知道阿莱娜算不算我的女友。"你在黎巴嫩还有很多亲戚吗？"

她顿了一下。"说来话长。我的家庭有点复杂。"

"我们还有两个多小时。"我兴奋地说，语气故意夸张，表现得很想知道。可是努尔的神情有些低落，至少有点严肃，所以我很快换了一个话题："我家里没有人会做饭，所以我们——"正在这时，她开始了讲述。我们的眼睛依旧盯着各自手里的活。她说

---

[1] 黎巴嫩首都。

得很小声，以免别人听见。其他人现在在聊贵格会的学校[1]。

我爸三年前心脏病发作去世，他的亲戚大多还住在贝鲁特，努尔说，虽然这与她的原话略有出入。我一直觉得自己跟他们有渊源，虽然我从小到大基本上没怎么见过他们。我爸对黎巴嫩人这个身份有很强的认同感，我也是。他们努力对我进行双语教育。他是一个很世俗的穆斯林，也是一个马克思主义者。他的父亲或母亲曾是基督徒。但是到了美国后，或许为了反抗种族主义和社会的无知，他决定加入波士顿的一座清真寺——其实那里更像是一个文化中心，而不是清真寺。我小时候常去那里，逐渐意识到自己和身边的大多数小孩不一样。到了高中，再到大学，我积极参与各种和中东有关的政治事业，在波士顿大学主修了中东研究。我加入了波大的阿拉伯学生会，不过有时事情会变得很复杂，因为我妈妈的家族是犹太人，即便学生会的活动完全跟宗教无关。反正我常常因为这事跟我妈闹得不自在，因为她觉得我只对我爸那边的历史感兴趣，在对他那边的身份形成认同的时候，牺牲了她。我爸去世后六个月，我妈开始约会——"约会"是她的原话。对象是她的一个老朋友，叫斯蒂芬，麻省理工学院的一个什么物理学家。我一直对他有点印象，因为我小时候偶尔会跟他的小孩们一起玩，他刚好也在那段时间离了婚。有一天晚上，我妈在吃晚饭的时候跟我和我弟弟说了斯蒂芬的事，说她明白这

---

[1] 贵格会是基督教新教的一个派别，成立于英国。美国的贵格会创立了很多学校，根据教义形成了自己的教学理念。

件事对我们来说会一下子难以接受，但还是希望我们能理解。我们说我们理解，其实心里别扭极了。特别是我弟弟，他气的是这件事居然发生得这么快，不过我想他只向我表达过他的愤怒。

当时我不住在家里，努尔说，我大四，和几个朋友合住，所以不太常见到斯蒂芬。但是我弟弟说斯蒂芬成天往家里跑，我弟弟和我都因为他们进展速度之快而很不开心。我们都怀疑他们早有旧情——怎么能不怀疑呢？我爸爸还在世的时候，他们一定就已经好上了。我跟我弟弟说，跟他谈恋爱大概只是妈妈应对悲伤的方式，可能都不是认真的，但每次我和我妈打电话，她似乎都和斯蒂芬在一起。我爸去世一年后，我申请上了开罗美国大学给阿拉伯裔的美国应届毕业生开设的奖学金项目，准备去埃及三个月，顺便去黎巴嫩。起飞前几天，我妈给我打电话，问我能不能跟她一起吃个午饭。她的语气再明显不过了，她这是要告诉我她准备再婚了。我一下子就听出来了。我知道她之所以想在公共场合告诉我，是觉得那样或许可以让我的第一反应缓和一些。然后她会叫我帮忙跟弟弟说，弟弟的情绪一定会非常激动。我很意外自己竟然没有生气，或许是因为我的父母在婚姻的最后几年一直彻底地分居。但我感到难过，还有一丝厌恶。我们在后湾一家贵得过分的法餐厅见了面。

努尔的故事讲到这里，公共广播响了起来，问芒果干是不是没有库存了——"芒果干缺货了吗？"如果还有，食品处理的同事能不能拿一些上去。这属于我的工作，逃不掉，即便我很不情愿打断努尔的故事。我跟努尔说，我马上回来。我的围裙里塞了几只已经贴好价签的小袋子，我掏出一只，装了一袋上楼。每次上来，每当我出现在购物层的这个半开放空间里，扎着头巾、系着围裙，我都会不好意思。所有过道都挤满了人——这家店有一万五千名活跃会员，六千平方英尺的购物区，更别提效率极低却故意不更换的收银系统。我从人缝里挤到散装区，放下芒果干。我的手机在地下室里收不到信号，这时才在后兜里震动了一下，提醒我收到一条短信。亚历克丝发来只有一个单词的问句："结果？"

　　回到地下室，我发现另一个会员篡夺了努尔边上原本是我的位置。他一定是装完了自己的东西，接过了我的活。上班的时候我通常不说话，很好通融，无论我的内心独白有多少意见。但这次，我说："不好意思，我想做回我刚才的活，继续跟努尔聊天。"他说好，没有一丝不满。于是我重新开始封口、贴价签、称重。问题是，我的介入引起了另外几个会员的注意，如果他们竖着耳朵，那么努尔就不会接着讲故事了。我们干着活，一句话也不说，其他人便明白了我们知道他们在听。这样一来，反而更勾起了他们的兴趣。过去了无比折磨的十分钟，努尔很安静，我在想象她的故事可能会有的结局：斯蒂芬是一个凶恶的伊斯兰敌视者，或者（也可能是并且）为联邦调查局效命，想要利用努尔渗入波大的阿拉伯学生会，抑或黎巴嫩那边的亲戚因为她妈妈计划再婚愤怒不已，与他们一家断绝了关系。

　　当我们的同事终于开启了他们自己的对话，把我们忘在一边之后，没等我开口问，努尔便接下去讲她的故事："所以是说，我们来到了这家法餐厅。我们一跟服务员点好餐，"努尔跟我说，"我就问我妈妈：你要和斯蒂芬结婚了，对吧？她局促地笑了，说斯蒂芬和她确实讨论过结婚的事，或许有一天真的会，但今天叫我一起吃午餐并不是因为这件事。当时我想，她要告诉我她得了癌症之类的消息了。可也不是。她跟我说：努尔，在你还是一个婴儿的时候，你的父亲和我做了一个决定，我一直在想那是不是一个正确的决定，但你的父亲很坚决，坚持说那是我们商量好的事情。现在既然他已经不在了，我考虑了很久，觉得我们做错了。你的父亲，我妈妈对我说，"努尔说，虽然原话略有出入，"不是你的亲生父亲。我跟另一个男人有了你，但是你父亲和我相爱了，他想要一个孩子，所以我们就结婚了，决定把你当作我们俩的孩子来抚养。我们确实这样做了。你父亲非常非常爱你，这你是知道的，他一直把你当作亲生的。他的家族那边有太多动荡、断绝往来、流亡等等的事，我想我们那时只是希望你能感到你完完全全是我们的孩子，完完全全属于这个家。你读小学的时候我们经常吵架，因为我很后悔没有跟你说实话。但他当时的立场是，就算我们一开始做错了，要坦白也已经迟了，因为你会觉得自己被背叛了，会想不通，心里会留下创伤。可是去年，我反反复复地想，反思着我自己的良心，觉得必须得告诉你，无论这个消息会让你多么不舒服。而且，我在接受心理咨询，在心理医生的帮助下，我认识到，把这件事告诉你，对我们之间的关系至关重要。我想说明白的是，你的父亲爱你的程度绝不比任何一个父亲对女儿的爱要少。无论我们做了什么决定，是对是错，我们的出发点都是希望你能过得最好。"她清清楚楚地记得，努尔对我说，母亲最后说的这几句。

"天啊。"我说。

"后面更疯狂，"努尔微笑着说，"服务员把一份沙拉放在我面前，我记得自己盯着沙拉，试图接受她说的一切。她等着我回应。我记得我们两个坐在那里，不说话，也不吃东西，等着我说点什么。我觉得自己像在准备迎接某些冲击，因为我根本什么也感受不到。我妈妈继续说，努尔，她说，声音轻了一些，我想你最先想问的是你的亲生父亲是谁"——事实上这并不是我最先想问的，努尔对我说——"我之所以想告诉你，之所以觉得非说不可，我想之所以我和斯蒂芬重新又走到了一起，其中一个原因就是——"

"天啊。"我又惊叹道。我尽量慢慢地做手上的活，以免太早装完芒果干会再次将故事打断。努尔跟着我放慢了干活的节奏，使得她讲故事的节奏也慢了下来。

"没错，"努尔对我说，"是因为，我妈妈说，斯蒂芬是你真正的父亲，然后改口说，你的亲生父亲。在遇到你父亲之前，我跟他谈过恋爱，虽然我们彼此都清楚，我们的关系，至少作为恋人的关系，并不会长久，尽管我们很小心，我还是怀孕了，而你父亲，我是说纳瓦夫——纳瓦夫是我认为是我父亲的那个男人的名字，听我妈妈这样叫他的名字实在可怕，因为她一直称他为

'你父亲'或者'爸爸'——纳瓦夫非常渴望有一个孩子，"努尔的母亲对她说，"我们恋爱了，所以决定结婚，组建一个家庭。我们把这个计划告诉了斯蒂芬，斯蒂芬当时并不希望自己的生活里出现一个孩子，于是说他会尊重我们的决定，永远也不会透露半句。斯蒂芬，你知道的，后来也有了自己的家庭。"好笑的是，努尔对我说，"我依然什么也感受不到。我把双手放到盘子两侧的桌面上，我记得等啊，等啊，等待着冲击，而唯一发生的是我的双手好像在褪色。"

"褪色？"

"我是说，我的手越来越苍白，"努尔说，放下手里的东西，举起戴着手套的双手，仿佛是在演示给我看，"我一直觉得自己的皮肤黑是因为我父亲的皮肤黑，因为遗传了他，因为我是阿拉伯裔的美国人。我坐在那里，看着我的手，没有一点感觉。就好像我能看见我的皮肤变白了一点，能感到我身体里的颜色被抽出去。大概是因为我被吓到了，不过，我想说的是，我所看到的自己的身体，开始变得不同了，首先就是手。"

"你对你妈妈说了什么？"我问。努尔的皮肤是橄榄色。她看起来，跟这一班早些时候相比，有什么不同吗？

"我说我得去一下洗手间，然后直接走出了餐厅。挺好笑的，"努尔笑着说，"我居然告诉她我要去洗手间，因为她能看见我从餐厅正门走出去。说得好像她觉得我还会回去似的。反正就——"努尔稍稍换了语气，表示她的故事行将结束——"你前面问我在黎巴嫩那边的亲戚——现在就变得复杂了，因为我不知道我还能不能叫他们亲戚，严格来说的话。"

"他们知道这件事吗？"我问。

"不知道吧，除非我爸爸跟他们说了，但我想他没有理由这样做。我妈妈也觉得没有。"

"你待在开罗的时候，见到他们了吗？"

"我最后哪儿也没去。我陷入了很深的抑郁。等最后终于走出来了，我就申请了研究生，搬到了这里。"

"你现在——"我不太确定这个问题要如何措辞——"你现在还会认为自己是阿拉伯裔的美国人吗？"

"如果有人问我，我会说我的养父是黎巴嫩人。我想这总是实话。我依然相信我以前所相信的一切，这件事没有改变我对那些政治事业的看法。但是我关心那些事业的权利，使用这个名字的权利，说他们的语言、煮他们的食物、唱他们的歌、参与那些斗争等等之类的权利，这一切都变了，而且变化还在发生，无论是不是应该发生。比如说，有人邀请我去祖科蒂公园演讲，聊一聊占领运动和'阿拉伯之春'的关联，我觉得自己没有资格所以拒绝了。还有许多人，我还没有想好要跟他们说这些，因为如果告诉了他们，即便他们不想，也会用不同的方式对待我——就连我自己对待自己的方式都变了。"

"很难想象经历这一切，正在经历这一切，对你来说是怎样的感受。"我说。我想说，重要的不是那个贡献精子的人，而是那个爱她、抚养她长大的真正的父亲，但我还没来得及想清楚该如何适当地表达自己的立场，就转而开始想象未来的亚历克丝，想象她和某人相爱，或许还会和"我们"的孩子一起搬出纽约。我会被看作父亲吗，还是只是贡献精子的人，或者什么都不是？

她不说话了，我觉得我有必要填补对话的空白，于是开始比较含混地谈起，讲故事和体力劳动之间的联系，后者如何促进了前者这项创造共同感知模式的工作。但她点头的方式表明她没有在听。

"很多时候，我依然觉得自己在等待那一下冲击，和我在餐厅里的感觉一样。哦对了，我妈妈现在和斯蒂芬同居了。他们没有结婚。我们都在努力寻求和解。我想说的是，这有点像——你有没有曾经和谁打电话，你说啊说啊，都没有意识到电话已经掉线了，一直说到最后觉得有点尴尬？"

我说有。

"我有个朋友，他哥哥老是欺负他，可他从来没有正面质问过他。细节不重要了。直到有一天，他打算鼓起勇气跟他哥哥说，想在电话上把话说清楚。他的勇气已经累积了好几年。于是他拨通了哥哥的电话，说：我只要你听我说。你一个字都不要说，就听我说。他哥哥说好。然后我的朋友说出了花了那么久才终于说出口的话。他在公寓里来回走，说着那些非说不可的话，泪水顺着脸颊往下淌。可是，当他说完的时候，一直到说完的那一刻，才发现他哥哥没在听，电话早已中途掉线。他惊慌失措地给哥哥拨回去，问，你听到了多少？然后他哥哥说：我听见你说你想要我听你说，然后就掉线了。结果，我的朋友，不知道是什么原因，就再也没办法再来一次了，没办法把说过的话再说一次。我的朋友跟我说了这件事，还说他现在感觉更想不通、更孤单了，因为在他终于跟哥哥把话说开之后，在这段饱含强烈情绪的经历之后，他变得有些不同了。这是他生命中的一件大事，事实上却没有发生过：因为那时好时坏的手机信号，他其实没能质问他的哥哥。发生了，却又没发生。并非什么都没有，却从来不存在。你懂我的意思吗？我的感受就跟这个差不多，"努尔说，"只是对我来说，既发生了又没发生的不是一通电话，而是到那一刻为止的全部人生。"

虽然我觉得努尔已经说了几个小时，其实我们的班才上了四十五分钟。当我们在给最后一点芒果干装袋的时候，有人从收银台过来，问有没有人做过收银，有一个收银员得早点回家，那里缺一个人手。努尔说她以前做过，于是摘下手套、头巾和围裙，微笑着和我说再见，然后上了楼。那一班剩下的时间，我都在装枣子，努力不去看时钟。

下了班我就离开超市，走之前买了几袋芒果干。因为天气反常地暖和，所以我决定多散一会儿步。我沿着联合大街走，经过公园坡和我住的街区波兰姆山，再经过鹅卵石山，走到布鲁克林皇后快速路的另一侧，走上哥伦比亚大街——左手边是海湾——一直走到弗曼大街，然后又继续走了大约一英里，下坡走到布鲁克林大桥公园。那里空荡荡的，只有几个跑步的人和一个推着购物车捡饮料罐的流浪汉。我找了一张长椅坐下，望着大桥华丽的灯带像项链一样悬在空中，同时倒映在水里，想象一股未来的巨浪劈过钢铁护栏。我觉得我能闻到提早开花的棉白杨若有似无的糖浆似的香味。今年暖和得太早，早得甚至都不能叫"假春"，棉白杨被骗得开了花。但也可能是回忆触发了嗅觉幻觉，抑或是——我心里在想——大脑中的肿瘤作祟。对岸有一架直升机小心翼翼地降落到靠近南街的下城直升机场，尾巴上的着陆灯慢慢闪动。

　　我呼吸着夜晚的空气，里面充满了时间错置的花香，或者其实没有花香。我感觉到了那微小的悸动——每当我看着曼哈顿的天际线，看着那无数灯火通明的窗口，罗斯福大道上那液体的蓝宝石和红宝石般的车流，还有那些存在却又缺失于视野的高塔，我多多少少都会感到这一阵悸动。这种悸动构筑起的空间只存在于我的体内，从来都不是自然世界，并且只在庞大或繁多得难以测度时才会出现——比如，那些小小的窗户，在那么遥远的距离之外，它们的人性维度并没有被辽阔的天际线吞没，而是成了天际线的一部分。天际线作为一种表达、一种实体象征，背后是一个集体性的人，而这个集体性的人并不存在，是空无一人的第二人称复数。所有的艺术，即便使用最亲密的语体，却都是向这个集体性的人言说。我只能通过体验一个城市，来感知崇高壮丽，因为恰好在这个时刻，共同体的直觉体现出了无法计算的伟大。

担保债务、自来水中微量的抗抑郁药物、庞大的交通动脉网络、不断变化且愈发极端的天气模式——每当我从河的这一边，惠特曼的这一边，望向曼哈顿下城，我都决心要成为那种艺术家，他能将集体性的各种糟糕的形式暂时塑造成集体性的多种可能，成为本体感觉的灵光一闪，比公共体的感应更快。当我试图去理解那天际线，却被天际线吞没的时候，我感受到的是一种完满，无异于被清空的完满。我的个性消解成了人性，抽象到属于我的每一粒原子也都属于努尔，抽象到虚构中的世界发生了自我重组。如果我能说得不像想当然的多管闲事，不像是上班时的瞎扯，我会告诉她：虽然你发现自己和过去的自己不再一模一样，甚至发现的方式让你如此心烦、痛苦，但你的发现蕴含着未来世界的微光，无论这微光折射成了什么样；在未来的世界里，一切都会是一样的，只有一些细微的差别，你可以参照引用过去的每一刻，包括在我们现在时的当下发生却又从未发生过的所有时刻。那个午夜，你或许看见过我坐在那张长椅上，头巾底下的头发被压得又扁又乱。我一边不顾健康地吃下大量的无硫芒果干，一边把我自己投射进未来，经历一场温和的与眼泪有关的事件。

*

"其实是投射到过去，认为存在某一刻，让一个人决定成为作家；或者是认为，作家有资格去知道她如何或为何成为一个作家——假如成为作家可以看作是一个决定的话。但这也正是这个问题有趣的原因，因为这是在期待一个作家虚构她的源头，期待诗人吟诵歌的根源，这也是诗人最原始的命题之一。有名字可考的最早的英语诗人在梦里习得歌的艺术：比德[1]说，有一个神向卡德蒙[2]显灵，叫他歌颂'所创万物之太初'。因此，有人邀请我来聊一聊我如何成为一名作家，大概是认为我的经历对于同学们有一些实际的用处，但恐怕在这一方面，我实在没有可以分享的。但是，站在现在这个比较有优势的立场上，我能够告诉你们的，是我如何虚构自己写作的渊源，把事实说给你们听。希望你们不会觉得无聊。

"在我最近跟自己讲的故事里，我成了一名诗人，或者说有兴趣成为一名诗人，是在 1986 年的 1 月 28 日，那时我七岁。和生活在当时的大多数美国人一样，我清楚地记得自己看着'挑战者号'在发射 73 秒后解体。你们当中很多人或许知道，人们对于那次飞行任务有一种异常的兴奋，因为七名宇航员中有一名教师，克里斯塔·麦考利芙。我不知道她是从多少申请者中脱颖而出，才被选为首个进入太空的教师和平民的。选拔的项目叫作'教师上太空计划'，在她罹难几年之后被废除。麦考利芙被选上的部分原因是为了代表'普通美国民众'，所以我们这些普通美国民众特别关注这次任务。当时还为数百万名学生开设了和这个

[1] 比德（Bede，约 673—735），英国历史学家、神学家。
[2] 卡德蒙（Caedmon），约 7 世纪活跃于英国的诗人。

计划有关的课程，他们都很期待那次发射。我当时上三年级，我们班集体给麦考利芙写信，表达我们的骄傲之情，祝她好运。我记得格雷纳夫人还跟我们解释'Godspeed'[1]这个词是什么意思。

　　"你们能不能举手告诉我，有没有看过'挑战者号'那场空难的现场直播？好的。大多数三十岁以上的美国人都记得自己看着航天飞机在电视直播中瓦解。这个事件一直被视作直播灾难或同步播出战争场景的时代的开端，比如后来辛普森开着白色的福特野马逃亡[2]和双子塔的倒塌，等等。虽然在这之前电视肯定也播出过其他的创伤事件。我没有一个朋友不记得观看那场灾难发生的场景——不是你知道航天飞机会出事以后看一场回放，而是你想当然地觉得航天飞机会顺利消失在太空中，却看着它被一团巨大的火球吞噬，看着碎片落回地面后，升起滚滚浓烟。我记得，有一刹那我无法理解，试图去想象我目睹的一切都是计划的一部分，航天飞机的一部分定时分离之类的，然后，心猛地往下一沉，连只有七岁的我也意识到了，那是不可能的。

　　"可事实上，几乎没有人真的看过那场直播：1986 年，有线新闻才刚出现不久，虽然 CNN[3] 直播了发射过程，但没有多少人会碰巧在一个工作日或者上学日的午后收看 CNN。其他几家大

---

[1] 送给即将踏上旅途的人的祝福语，原意是"希望在神的帮助下你能前途美好"。

[1] 送给即将踏上旅途的人的祝福语，原意是"希望在神的帮助下你能前途美好"。
[2] 1994 年，橄榄球明星辛普森（O. J. Simpson，1947—2024）的妻子被杀害后，辛普森成为嫌犯，后驾车逃亡。美国广播公司对州际公路上的追车过程进行了全程直播。
[3] 美国有线新闻网，美国的主要新闻频道之一。

的广播公司都在灾难发生前就切到了其他的内容。当然了，他们很快切回来了，但播的都是录像回放。因为'教师上太空计划'的缘故，国家航空航天局给这次任务安排了卫星广播，很多学校的电视都可以收看，所以我记得自己看见了，我哥哥也是。我记得格雷纳夫人眼睛里含着泪，记得学生们最初惊愕的样子，和几声尴尬的笑。但我们都没真的看见过：托皮卡兰道夫小学不在能看卫星电视的学校之列。所以，除非你当时在看 CNN，或者是在那几间特别的教室里，你是不可能以现在时的方式目睹那场灾难的。

"我们大多数人确实收看了直播的，是当晚罗纳德·里根的全国讲话。我知道，我们家里所有人都讨厌里根，但我能看得出来，连我的父母也被那场演讲感动了。那时，我不知道政客的演讲是别人写的，但我知道里根以前是好莱坞演员，因为前一年上映的我最喜欢的电影《回到未来》提到过。里根的演讲是佩吉·努南写的，那次演讲被公认为 20 世纪最伟大的总统讲话之一。努南后来给共和党写出了很多脍炙人口的金句——'听好了，不加税''千点星光''更善良、更友好的国家'[1]。（对了，她后来还为电视剧《白宫风云》担任顾问。）演讲只有四分钟，结尾部分不仅成了最著名的总统演讲的结语之一，更深深撼动了我的全身，烙印在了我的心里：我们永远不会忘记他们，不会忘记我们今天

---

[1] 均出自 1988 年乔治·赫伯特·沃克·布什（George H. W. Bush，1924—2018）在共和党全国代表大会上接受总统候选人提名时的演讲。

早上见到他们的最后一面，他们正准备踏上征程，与我们挥手再见，'挣脱地球凶恶的束缚'，去'触摸上帝的脸庞'。

"那句话最后一部分的韵律，那一小段抑扬格，既把讲话推向了高潮，也画上了句点；那交错的重音，赋予了那篇演讲一种权威与庄严之感，一种哀思与宽慰——这些感觉充溢着我的胸膛。这句话将我拉进了未来。那时候我不知道'凶恶'这个词是什么意思，这个修饰语在这个短语中显得很突兀，因为这不是这个词常常出现的语境，比如形容一个服务员粗鲁无礼，或是天气看起来阴沉不祥。我很难把这个词跟'束缚'联系在一起，但我能体会到它在一篇追思文中的用处，帮助我们想象那些宇航员逃脱凶恶的威胁，而非向它屈服——他们去了一个更好的地方，诸如此类。（正如比德形容卡德蒙：'他的诗篇让许多心灵勇于厌弃俗世。'）但是，比起第一次体会到诗的力量，字词的意思不值一提——诗的韵律使我即刻感受到了宽慰，心绪随之波动，并且我知道，那些韵律也同样牵动整个美国其他几百万民众的身心。请让我把我所说的这一切的荒谬之处，说得更明白易懂一点：我觉得，我之所以会成为一名诗人，是因为罗纳德·里根和佩吉·努南。他们用诗的语言，使一次不幸的事件和它的画面，成为有意义的广大图景的一部分，超越个体的韵律创造了一个共同体。在当时的我看来，诗人是默默无闻地为世界立法的人。

"假如我见过演讲的文字稿，我就会知道'挣脱地球凶恶的束缚'和'触摸上帝的脸庞'带引号，并非里根原创，也不是努南的原创，而是出自约翰·吉莱斯皮·马吉的诗《高空飞行》。马吉是加拿大皇家空军的飞行员，十九岁时因为'二战'中的一次空中撞机事件英年早逝。他的墓碑在林肯郡的失事地附近，上面刻了《高空飞行》开头和结尾的几句：'哦！我已挣脱了地球凶恶的束缚／伸出手触摸上帝的脸庞。'《高空飞行》是一首非常有名的诗，努南引用它并不意外。这首诗还是加拿大皇家空军的'官方诗歌'，不管这个称号具体是什么意思。它出现在许多军人墓地的石碑上。我高中写一篇学期论文的时候才了解到这些事实，但我并不觉得自己被骗了。一个青年在葬身烈焰之前的几星期写下了一首诗，然后在另一场空难之后，被撰写演讲的人引用，被总统朗读，触及上百万美国儿童的心灵，想到这些，我很感动。它体现了诗歌在不同的躯体与时间之间传导的力量，超越作者身后种种未来的力量。

　　"在准备今天的发言的时候，我浏览了一些关于马吉的资料——也没什么好隐瞒的，我的意思是，我读了维基百科上他的词条。我注意到，有一部分说的是《高空飞行》的'灵感来源'。说是'灵感来源'，其实说轻了，是委婉的说法，如果马吉是我的学生，给我看了一首诗，诗里有这么多'灵感来源'，我要么会说是拼贴作品，要么会说是抄袭。《高空飞行》的最后一句，'触摸上帝的脸庞'，也是另一个名叫库斯伯特·希克斯的人写的一首诗的结尾。他的诗比马吉的早三年，发表在一本叫作《伊卡洛斯：飞行诗歌选》的书中。希克斯的诗歌是这样结尾的：'因为我在天国的街道跳了舞，/ 触摸了上帝的脸庞。'而且，《伊卡洛斯》还收录了一首题为'新世界'的诗，作者是一个叫作 G. W. M. 邓恩的人，里面（很不幸地）有一句是'用笑声镶银的翅膀'，被马吉挪用到了《高空飞行》的第二行。还有，《高空飞行》的倒数第二行，'崇高而不可逾越的神圣长空'，和《伊卡洛斯》中另一首诗歌《主宰苍穹》里的一句极其相似：穿过不可穿越的神圣长空。这首诗只用首字母 C. A. F. B. 署名，也曾发表在《皇家空军学院杂志》上。里根未声明出处的引用，来自努南的手笔。努南引用的是一个年轻诗人拼凑而成的诗歌。而这个年轻诗人所摘取的诗句，又来自一本其他年轻诗人的诗集。他们写诗，是因为痴迷于飞行的力量，他们当中的许多人也因为飞行而丧命。除非维基百科上的这些是有人杜撰——也不是没有这个可能。我没来得及去搜寻《伊卡洛斯》原书。可是我觉得，这一切与其说是丑闻，更多的是一种美：一种类似于擦去羊皮纸上的经文进行重写的抄袭，超越了个体，超越了时间，形成了一首属于集体的颂歌，没有单一的渊源，或者说抹去了渊源——就像是一颗星星可能已经熄灭，但地球人依然能看见它的光。

"我想再说一说，1986 年，关于'挑战者号'的信息还以另一种方式在全国传播，我想在座如果有和我年纪相仿的人，应该知道我说的是什么。这种方式就是笑话。那年冬天，我和大我三岁半的哥哥去兰道夫小学上学的时候，以及放学回家的路上，他会一个接一个地讲给我听：你知道克里斯塔·麦考利芙是蓝眼睛吗？左眼炸烂了，右眼也炸烂了[1]；克里斯塔·麦考利芙给丈夫的遗言是什么？你喂孩子，我喂鱼；'NASA'是什么的缩写？还需要七个宇航员[2]；他们怎么知道克里斯塔·麦考利芙用的是什么洗发水？他们找到了她的头和肩膀[3]。不一而足。这些笑话不知道从哪里就冒出来了，或者说一下子就从四面八方冒出来了，就像从地下爬出来的蝉，那一两个月到处都能听到，接着销声匿迹。有民俗学家专门研究所谓的'笑话循环'，考察某些幽默的段子如何成为样板，循环往复地出现，特别是在某些集体性焦虑的时期，而且常常流传于小孩之间。1979年，我出生的那一年，爱尔兰共和军炸毁了蒙巴顿伯爵乘坐的渔船，人们就在说同一个关于头皮屑的笑话。1982年，一个名叫维克·莫罗的演员因直升机坠毁丧命，'头和肩膀'的笑话再次出现。（宝洁公司在1950年代研发出了这个品牌。）关于'挑战者号'的笑话循环，我们的父母好像并不知道，但那是我第一次遇见这种存在于集体无意识之中的、超越个人的、内容阴暗的句法。那是一种影子语言，伴随着里根用叙事来帮助大家接受国家悲剧的官方语言而存在。从 C. A. F. B. 到邓恩，到希克斯，到努南再到里根，挽歌的循环从他们开始（或许还有更早的源头），却未能完全被我们的生活消化，

---

[1] 英文中"蓝色"（blue）和"爆炸"（blew）谐音。

[2] "还需要七个宇航员"的原文为"Need Another Seven Astronauts"，首字母缩写就是美国航空航天局名称的缩写"NASA"。

[3] "头和肩膀"（head and shoulders）与洗发水品牌"海飞丝"的英文名称相同。

我们反复听到的那些佚名的笑话，便是我们用来处理剩余的创伤的方式。

"所以，我这个有关渊源的故事，开端便是对一段影像的虚假的回忆。我没有看过直播。我看见的是一段原作者不明的电视讲话，但通过韵律结构，那段讲话在那一瞬间触及了所有人。第二天，到了学校，另一种极富力量却也无从考证的语言将我包围。那些无须官方批准的问答仪式，无论听起来多么没有人性，却也是一种表达悲痛的形式。如果我非得要追溯自己作为诗人的渊源，我会定位在那一刻，定位在那些反复出现的语言之中。我并不认为《高空飞行》是一首诗——事实上，我觉得那是一首很差的诗。罗纳德·里根在我看来是一个屠杀犯。我不觉得关于'挑战者号'的笑话有任何真正有趣的地方，那个事件完全不值得开心，那些笑话甚至在当时听起来也并不好笑。但我在想，我们能否将它们看作是集体性的糟糕形式，虽然糟糕，却都能证明集体性真的可能存在：韵律和语法是我们构建社会的基础，是组织意义和时间的方式，这些意义和时间不属于任何人，却在我们所有人的身体里流动。谢谢。"

我以为我的发言收获了热烈的掌声，但应该是误会了，因为在随后的对谈中，几乎没有向我提问的人。这一场的另外两个作家比我有名得多。我在哥伦比亚大学艺术学院的台上，坐在一张现代风格的皮椅上，因为钨丝灯太亮而看不清观众。一位知名的文学教授主持，我基本在听另外两位知名作家讲他们的天才有何

129

渊源——他们实在有名，以至于我常常错以为他们已经去世了。（假如我说，其中一位知名作家就是十五年前我在伯纳德和娜塔莉家看见的，房间另一头的那个南非作家，你会相信吗？）他们聊的是老生常谈，呼吁文学要纯洁——不要将文学看作致富或成名的机会，而是你以自己独有的方式与文坛泰斗较量的机会。考虑到诗歌在经济方面的边缘程度，诗人不需要发出这种呼吁。不过用不了多久，在经济上，所有的文学形式都会离这样的边缘化不远了。

尽管如此，会议结束后，知名教授给我们安排了高级晚宴，在一开始的寒暄环节，所有人聊的都跟钱有关：你有没有听说张三的预付金；李四那本极其平庸的小说，被一个电影制作人预购了改编权，她拿到了多少钱；等等。两杯桑塞尔的葡萄酒很快下肚，知名男作家开始发表长篇大论，时不时拽一拽他花白的胡子，那是他的招牌动作。他从一则轶闻讲到另一则轶闻，要么是关于某个大名鼎鼎的朋友，要么是一段意气风发的经历，故事之间不做丝毫停顿，不给任何人回应的机会。餐桌上的所有人——只要见过喝酒的男人，尤其是获得过国际文学奖的男人——就都明白，这餐饭结束前他是不可能闭上嘴了。除非他现在发生剥离，我心里想。一个拉丁裔的小伙子端着水壶，正准备给他的玻璃杯里加水，这位知名男作家忽然用西班牙语厉声说，他喝的是气泡水，说话的时候脸都没有看向小伙子。紧接着他又切换回了英语，一拍都没有落下。知名教授就坐在知名男作家的正对面，看起来非常愿意倾听他滔滔不绝的发言。作家的旁边坐着一个年轻一点的女子——大概是一个英文教授，年纪还够不到知名的程度。她的脸上是英勇的微笑，意识到自己的这一晚算是完了。

我坐在餐桌的另一侧，知名女作家的对面，享受着葡萄酒清新、轻盈的口感，以及与这种酒完美搭配的餐厅的梨木墙面和明亮的水磨石地板。坐在我右边的是一个穿着考究的研究生，年纪与我相仿。他对知名女作家满脸崇拜，仿佛她是某个明星，或许他的论文课题就是她。知名女作家的左边是她的先生，大概也是某个领域的知名人士，神情是很多丈夫的典型：眉毛总是微微一耸，摆出一副感兴趣的面孔，充满戒备，不失礼貌，却掩饰不住内心的无聊。我不确定该用西班牙语还是用英语跟给我加水的小伙子说谢谢。即使是这个地方，一顿七个人的饭至少也要一千美元的餐厅，很多工作也都是由敏捷的、说西班牙语的下层阶级劳动者完成的。我想起罗贝托，想起他对约瑟夫·科尼的恐惧。我一边环顾餐厅四周，一边想象着在墨西哥的那些小镇，几乎所有四肢健全的男人全都背井离乡，来到纽约，在服务业打工。

"我很喜欢你在《纽约客》上的那篇小说。"知名女作家对我说。那篇短篇小说的灵感，有一部分是我如何对待先前的长篇获得的反响，结果这个故事获得的反响，看起来比那部长篇小说本身还要大。

"谢谢，"我说，"我一直很景仰您的作品。"虽然我只读过她的一本书，并且也没有留下太多的印象。她嘴巴的左边轻轻一笑，看起来对我的赞美抱有怀疑。我觉得这个表情挺有魅力。

"你得了脑瘤？"她问。我很意外，倒是不因为她的直白，而是因为她居然真的读了那篇小说。

"据我所知应该是没有。"

"会写成更长的作品吗？"

"也许吧。我想或许可以试试写成一部长篇。到了长篇里，故事里的作者试图篡改他的档案，伪造书信——主要是电子邮件，假装收到了最近逝世的作家们的书信，然后卖给一家走高级路线的图书馆。那篇小说其实就来源于这段构思。"

"他为什么需要钱？还是说他就是爱钱？"

"我想更像是他对有限生命的一种反应——有点像是他想要穿越时空，表达自己的声音，因为他正在面对自己生命的脆弱。一开始只是为了骗钱，但我想他或许会越做越投入，也许真的会觉得自己在和死者通信。就好像他自己是灵媒。但是读者不会知道，即使到了小说的结尾也不会知道，他是否真的打算把书信卖出去，还是说他只是在写一部书信体小说之类的作品。他还可以在小说里仔细思考利用时间赚钱的所有方式——档案里的时间、生前的时间等等。"我努力用兴奋的语气描述着这个写作计划，而且还喝着酒，却还是感到很沮丧：尽管其内核是受挫的理想主义，但那不过是又一部关于欺诈的小说。

我点的前菜是菊苣配烤虾，虽然我也不知道那是什么，主菜是煎扇贝。服务员夸我，都是很不错的选择。知名女作家说，她也要扇贝，感觉像是想表现出同侪之间的随和。

研究生问知名女作家最近在写什么。"什么也没写。"她说，语气很严肃，片刻的沉默之后，我们都笑了。然后她问我："他会跟谁通信，哪些逝世的人？"灰心的研究生不想再听我说，开始和那个百无聊赖的丈夫攀谈。我可以听见那个知名男作家在远处喋喋不休。

"主要是诗人吧，大概。和我通过信的诗人——因为我曾经给一本杂志当编辑，主人公也会是这本杂志的编辑——我知道要怎么模仿他们的语气。一下子能想到的比如罗伯特·克里利[1]。"

"我以前跟罗伯特·克里利很熟。"她抿了一口酒，"你会用真的信吗？我的意思是，有没有书信是你确实收到过，并且会放进小说里的？"

"没有，"我说，"几乎所有关于杂志的通信都是电子邮件，而且那段时间我用的基本上是另一个邮箱账号。我从来没有把邮件打印出来过。我手头有的内容都很无聊，纯粹是关于一些后勤的事务。"

"我可以给你写一封信——他可以伪造一封我写的信，但我可以真的写一封。"

"那就太好了。"我很喜欢这个主意。

"你真的应该试试。"我以为她的意思是试着把这部小说写出

---

[1] 罗伯特·克里利（Robert Creeley，1926—2005），美国诗人。

来，结果她接着说，"你应该想办法试试，把你写的信交给一个馆藏负责人。那样你才能知道小说是否站得住脚。"我哈哈大笑。

"我是说真的。我曾经想把我的文稿卖给拜内克[1]，跟一个估价师合作过，我可以帮你联系这个人。"

"我没那个勇气。"我说。她是认真的吗？一个服务员突然冒出来，给我们倒酒。另一个把我的前菜端到我面前。菊苣原来是一种绿叶蔬菜，叶子的形状跟蒲公英的很像。

"另外，关于航天飞机的那些东西，也可以找个办法放进去。我很喜欢。你说的孩子们观看爆炸场景和那些紧张的笑，让我想起一件很久没有想过的事情。我以前常常想。"

"这个太好吃了，"我说，指了指虾，确实很好吃，"你一定要尝一口。"她把叉子伸到桌子这边来。

"几百年前，我第一年的时候，我们的老师米查姆夫人没了女儿。"我猜，"第一年"应该是英国人对一年级的说法，"当然啦，没有人跟我们说过。代课老师来了几天，学校只跟我们说米查姆夫人有些不舒服，然后她就回来了，或许只是比平常冷淡了一点，但基本上没什么变化。她回来之后，大概过了一两周，我们在做背诵练习，她点我的名叫我朗读一篇课文——我记得那是《圣经》里的一段，可是想想又觉得不可能。反正就是，她点了我的名，我读了几段。然后她叫我停下。她直直地看着我，用平

---

[1] 原文为"Beineeke"，应为"Beinecke"，指拜内克古籍善本图书馆（Beinecke Rare Book and Manuscript Library）。位于美国耶鲁大学内，专门保存书籍珍本和手稿。

静得让人害怕的声音说：'你看起来跟我的女儿玛丽一模一样。'那个名字我记得很清楚。全班鸦雀无声。我们从没有听米查姆夫人说过任何课本之外的东西。接着，她慢慢地说：'我死去的女儿，玛丽。你看起来跟我的女儿一模一样，她死了。'她说的话，像是为了说明语法在造句。"那个研究生想要听这边说话，可是脸还是朝着那个丈夫，他在聊最近的印度之行。我们的酒杯加满了酒，倒酒的过程完全没有打扰到我们。"我们都惊呆了，"她继续说，"我记得自己低头看着书，心里很愧疚，好像被批评了似的。然后我抬头看米查姆夫人，她盯着我。然后我就听到了这糟糕的笑声。"

"笑声？"

"我的笑声。我还没意识到它是从我的身体里发出来的，就已经听到了。完全不是故意的，只是极度紧张的反应。我一个人笑了几秒钟，然后所有人都开始笑。全班爆发出发一阵响亮的、歇斯底里的笑声。米查姆夫人哭着跑出了教室。她一跑出去，笑声便停住了。戛然而止，仿佛是训练有素的交响乐团看见了指挥的手势。我们就坐在那儿，一片沉默，又羞愧，又不知道该怎么办。"她又吃了一口我的前菜。她说话的时候，我一直都没吃。

"然后，米查姆夫人回到了教室，"她一边咽下食物，佐了一口酒，一边接着说，"站回教室前面的位置，再次叫我的名字，让我读那篇课文。于是我读了课文。那一天就那样过去了，然后那一学年就那样过去了，好像什么事也没发生过。我之所以会想起来，我想是因为你提到了紧张的笑声和笑话，提到孩子们试图去理解和接受死亡。"

有一分钟的时间，我们没说话，只是喝酒。我吃了最后一只虾，然后问她："你有孩子吗？"

"没有。"

"你想要吗？"我同时问了问自己，有没有把轻微的醉意错认为是我们之间迅速建立的同情。

"有些时候想，但大多数时候不想。"

"你从来都没试过吗？"我决定不去理会关于是同情还是酒精作祟的思虑。

"我二十多岁的时候，做了一个子宫肌瘤切除手术，留下了疤痕组织，不能生育了。当时这样的情况更常见。"

"对不起。"我说。

她耸了耸肩。"我安慰自己反正也不想要孩子。你有孩子吗？"

"没有，但我最好的朋友想让我帮忙怀孕。我的意思是，我们在考虑做子宫内人工授精。但是"——我接下来说的，肯定只是因为喝了酒才能说出口——"我的精子有点异常。"研究生情不自禁地把脸转过来，看着我。

知名女作家笑了，完全没有恶意地笑了出来，问我："怎么异常？"

"实际上每个男人都有很多异常的精子——形状有问题，或是其他种种问题，不能让卵子受精。但是我异常精子的数目比正常的要多，所以医生说，要想成功让人怀孕，对我来说难度比别人更大。"

"但不是完全不可能。"

"对的。不过时间会拖很久，而我的朋友已经三十六岁了。他们建议直接做体外人工授精，但我觉得她不想。"

"所以你不用再继续为难了？你想要继续为难吗？"

"我不知道。他们想让我再做一次检查——刚做的这次可能不准。而且，不管怎样，亚历克丝——就是我的朋友——还是想要让我试一段时间的。我的意思是，试一下子宫内受精。"

"难道不是贵得离谱？"

"是的，而且亚历克丝暂时还没有工作。但我的经纪人觉得我的第二本小说能拿一大笔预付金。全靠那篇小说。而且我在教书。"

"伪造档案来补贴生育治疗，捏造过去来资助未来——我很喜欢。我这还没读到，就已经准备好给它背书了。还会写什么？"

还有另一个故事，我想好要安插进去，是最近才从亚历克丝的继父那里听说的。"我还不清楚具体要怎么放进小说里，但情节是，主人公更年轻的时候有过——我将会写到他有过——一段恋情，成了他很重要的一段过去。他后来捏造事实的倾向，就和这段过去有关。他当时读大学，爱上了这个比他大几岁的女生，阿什莉。他们在一起之后大约六个月，女生看完医生回来，流着泪跟他说，她被诊断出癌症了。"

"那么年轻就？"

"确实有可能的，对吧？说是做常规体检的时候发现的。一开始，因为要接受治疗，她好像打算辍学，和家人住到一起。但她后来决定留下来经历这一切，在一家离学校不远的医院做治疗。一部分原因是她爱着他，一部分原因是她和父母相处起来很困难。一方真的需要好好照顾另一方，而不是为了做样子讨好，这样的恋爱关系对于两个人来说都是第一次，这也是他离开家之后的第一段认真的关系。这段关系就这样在死亡的阴影下发展起来。不用做手术，但有更糟糕的放疗和化疗。每次治疗，他开她的车送她去医院，放她下车，因为出于一系列复杂的原因，她不想让他陪着进去，说希望他能尊重她和肿瘤医生之间的私密关系。肿瘤医生是一个女人，女生觉得她很好亲近。他在停车场候着，或者开车在四周转一转，抽抽烟，听听音乐。她减了体重，也掉了头发。她流了许多眼泪，也下了很多勇敢的决心。他学会煮富含生物类黄酮的食物，可以帮助提高免疫力。他主动聊他们的未来，总是说一定要孩子——其实他并不想要，只是为了让她坚信会有未来。你想想看这样过一年，"我对知名女作家说，"一个男孩，假装自己是一个男人，正在一点点失去自己的伴侣。他偶尔和一个骨瘦如柴、或许永远治不好病的女孩做爱，他的同龄人却在吃摇头丸、开派对之类的。他替她写论文，冒充她给教授发邮件申请延期，等等。然后有一天晚上，可以是新年前夜，他们窝在床上看电影，可以是《回到未来》，她对他说："

"'我想告诉你一件事，但我要你保证不发火。'

"'好的，我保证。'他答应道。

"'我没生病。'

"'什么意思？'

"'我没有癌症。'她说。

"'你是病情在好转。'他用肯定的语气说。

"'不，我从来就没有得癌症。'她说。

"'睡觉吧，宝贝。'

"'不，我是说真的——我从来就没得过。我想过跟你说实话的，但是一发不可收拾。'

"'嘘。'他说，一种奇怪的感觉漫过全身。

"'我是说真的。'她说，她的声音里有很坚定的成分，表示她确实没在说笑。

"'你是说你一直在假装接受治疗。'他带着戏谑的口吻说。

"'是的。'她说。

"'你为了一个假的诊断做化疗。'

"'不，我坐在厕所隔间里。'

"'还有那个辛医生。'他说，强迫自己笑出来。

"'那是我在波士顿的医生的名字。'

"'这不好笑，阿什莉。听上去像疯了一样。你轻了三十磅啊。'

"'我逼自己吐。我没有胃口。'

"他开始感到绝望。'你的头发。'

"'我自己剃的。一开始我直接一把一把地拔。'

"'那些药。'他已经站起身来。他站在床边,只穿着内裤。"

"'我吃的是左洛复、安定文,'"知名女作家说,扮演着阿什莉的角色,"'我吃大片的蓝色维生素,装在旧药瓶里。'"

"是的。他不想问为什么,因为不想就这样承认她真的有可能骗了他,但他还是问了:'为什么?'

"'我当时觉得很孤单。脑子里一片糊涂。就好像自己真的生病了一样。'

"'比起真相,那个谎言更能清楚地描绘我的生活。'"我补充道,"就这样,谎言说着说着变成了一种真相。"我喝完杯子里的酒,"'假如他们真的可以给我做化疗,我就会做。'"

知名女作家看着我,或许是在思考这个故事是不是出自我的生活。"要写,"她肯定地说,"这个故事你要写进小说里。"

我们每个人面前,同时摆上了一只长方形的盘子,里面珠宝般镶着几粒潜水采的扇贝 [1]。盘子里有一些小丁,看来像青苹果;还有很薄的几片,大概是进口品种的芹菜。然后还上了另一种酒。知名女作家和我这时已经放开了喝,丝毫不怕喝醉难为情。我们一边吃,我一边跟她说去自慰室的故事,她听得捧腹大笑。我们笑得很大声,甚至吸引了其他桌子的一些目光。吃甜点时,我们一起分了一块巧克力挞,各自喝了一大杯雅文邑白兰地。

---

[1] 采扇贝的方式分为直接用渔网打捞海床和人工潜水采收,前者会连带捞起淤泥,后者成本更高,但对海洋环境伤害更小。

餐厅外，在虚假的春天空气里，大家纷纷互相握手，尤其尴尬的是要和一起吃了饭却没有说过话的人握手。知名男作家严肃又动情地对我们两个人说，他很抱歉没来得及听我们说一说正在进行的项目，他相信一定都很精彩。我用更严肃的语气回应："我一直很景仰您的作品。"知名女作家假装咳嗽，其实是在笑。然后她与我拥抱，对我说："全做。"我问她："做什么？"她只是重复道："全做。"接着我们又拥抱了一下。我往南走去搭地铁，她和看起来疲惫不堪的丈夫叫了一辆出租车去东区。我经过林肯中心，看见衣着华丽的人从歌剧院里过滤出来，在发光的喷泉周围游荡。我在59街搭D线回布鲁克林，路上随着列车摇晃的节奏在心里一遍遍地默念：全做，全做。

我下了地铁，走去亚历克丝的公寓，按了门铃。我平时从来不按，通常只会给她发短信说到楼下了，她就会下楼来开门。她穿得稍微有些正式，要么是因为她早些时候去面试了，要么是去约会了。她穿着丝滑的缎面裙和威尼斯羊毛衫，在我看来格外美丽。我跟她问好，跟她上楼的时候，我集中注意力想要表现得清醒一些。我们走进公寓，她问我活动怎么样。我没有回答，而是用手臂环抱住她，将她拉近，贴着她，亲吻她的嘴，想要找她的舌头。她用力推开我，一边笑一边咳嗽，擦着嘴说：你他妈的在做什么？你醉了吗？我当然醉了，我说，试图再次靠近她。但她伸出双手拦住我。"说真的，你在做什么？"

"我全要做，"我的回答毫无意义，我接着说，"我不想在接下来的两年，每个月都回去那个地方，对着一只杯子自慰。好，就算我的精子有一点异常，但不是说我就不能让你怀孕了。"

"什么意思，你的精子异常？"

"有异常的精子，是正常的。"我说，仿佛她羞辱了我。她笑了。我坐到坐垫上，示意她也坐过来。我心里想：没事的，毕竟我们读大学的时候也亲热过几次。她真的走了过来，但只是从坐垫上捡起一只印第安绣花枕头，抢到我的脸上。"睡觉吧，你这个白痴，我是不会跟你做的。"我呆住了，张开嘴要说很多事情——关于笑话循环，诗歌的渊源，书信往来——但我没有。我只是躺下来，把枕头压在头顶，没有捂住脸，说：晚安。后来她告诉我，我一直在背诵《高空飞行》，吵得她没睡着。

*

亲爱的本，我写道，我也很高兴能在普罗维登斯见到你，尽管是匆匆一面。不过周围那么多人，实在也没法聊天。但就像人们常说的那样，我把脸跟名字对上了，假如人们还这么说的话。我希望很快会有机会，能让我们重逢。

我删去"我也"，改成了简单的"很高兴"，接着另起一段：我记得大概是在 1950 年，我写信给威廉·卡洛斯·威廉斯[1]，觉

---

[1] 威廉·卡洛斯·威廉斯（William Carlos Williams, 1883—1963），美国诗人。

得那封信很像是一种侵犯。并不是说我之于你就像威廉斯之于我，我只是想说，你说的那种担心，我记得我也有过，因而很能理解。你担心，这样的联络会让人觉得过分。但其实不会，你当然也没让我这么觉得。况且，还能用什么方式来和一个同时代的人打交道？还能用什么方式，来找到其他作家的下落，听到他们的回音？我说的回音，既指我们互相写信，也指更广阔意义上的——两个人的声音达成契合，就像我们常说故事与事实契合的那种意思。你肯定知道，杰克·斯派塞[1] 用这个词的时候，什么稀奇古怪的用法都用尽了，说他与亡魂通信，说他的作品是亡魂的口述。当然了，还有波德莱尔的《应和》。

作者可以之后再读一读，确保没有滥用克里利的标志性用词。我读了我们之间确实有过的一两封确认事实的邮件，还会再看一下他的《书信选》。

我还想起来，那封信是我二十五岁左右写给他的，因为跟你一样，我写的也是想创办一本小杂志，在信里我尽力解释杂志的"主旨"，当然也就表达了我对当时杂志的不满。你问我"我们是否需要再办一本杂志"，这是个好问题，但我在想，这本杂志的主体，在多大程度上是"我们"。当然了，大家都希望自己的杂志能流传，不管范围多小，希望它能有所影响，不管多难衡量。但这本杂志也是工具，帮你自己锻炼对艺术可能性的感知力。对

---

[1] 杰克·斯派塞（Jack Spicer, 1925—1965），美国诗人。

我来说显而易见的是，最好的杂志之所以存在，都是因为编辑"需要"这本杂志存在。正是仅仅出于这样一种需要，一本刚好也对大众有益的杂志才得以诞生。

特别馆藏负责人的名片和她推荐的估价师的名片，会挂在作者的书桌上方，用图钉钉在灰泥墙面上。在他担心肿瘤生长的时候，在我担心主动脉扩张的时候，信会一封封累积起来，把故事扩展成小说。

这封邮件的附件是我最近写的四首诗，如果能获得青睐，登上贵刊的创刊号，我会倍感荣幸。这几首诗创作的契机，是去年夏天去拉斯科[1]……

我点击发送，把大纲发给经纪人，胸部隐隐作痛，肯定是心理焦虑引起的。然后我出门，去下东区阿莱娜的公寓见她。

阿莱娜和她的一个有法律学位的艺术家朋友彼得在合作一个项目。她一直否认那是个艺术项目。她经常解释这项目给我听，但我基本上没去理会，觉得她是异想天开。她和彼得正在游说全国最大的艺术品保险公司，想让保险公司把一些"报废"的艺术品送给他们。如果一件贵重的画作因为运输、火灾或淹水等原因损坏了，或是被人为破坏了等等，并且估价师同意作品的所有者，认为作品再也无法修复至令其满意的程度，或者修复成本超出了作品价值，那么保险公司就会按照被损坏作品的全额进行赔

---

[1] 或指法国西南部的拉斯科洞穴。洞穴内有逾六百幅洞穴壁画，年代可追溯至一万多年前，于1940年被意外发现。

付，接着作品会在法律上被判定为"零价值"。阿莱娜问我，我觉得报废的艺术品会怎么处理，我说估计会销毁，但事实上，这家保险公司在长岛有一个巨大的仓库，里面堆满了数目不详的物品：全都是艺术家的作品，不少还来自著名艺术家。它们遭到了各种各样的损坏，正式从艺术品被降级为简单的物品，禁止流通，被市场驱逐，被贬到这样一个奇怪的地狱边境[1]中来。

彼得托了一个在这家保险公司上班的朋友，带阿莱娜去这个仓库参观了一次。自那以后，阿莱娜就迷了心窍，想要拿到几件那些本被判定为零价值的艺术品。她认为从美感或概念上来看，其中许多艺术品的艺术性反而比被损坏前更强了。她计划跟保险公司说，她和彼得成立了一家非营利性的"研究所"，专门研究受损的艺术品，以此鼓动保险公司捐赠。我觉得这个计划太天真。他们起草了一份关于机构使命的声明，我帮忙润色。机构以非正式的名义挂到阿莱娜一个朋友运营的非营利机构的名下。他们穿了一身很正式的行头，让自己看起来像负责任的成年人，然后跟保险公司的负责人开了一个会。结果这个负责人也是一个画家，对他们青睐有加。负责人赞同这些报废的作品仍具有美学和哲学研究的价值。而且，让彼得和阿莱娜意外的是，他说可以考虑捐赠一批，供他们做小规模的展览和批评讨论，具体的方案由他们来出。彼得用了几个月的时间，草拟了一份用语官方且得体

---

[1] 某些宗教认为不能进入天堂、未进入地狱的灵魂会去往地狱边境（limbo），也译作"灵薄狱"。

的和保险公司之间的合约（不得透露合约双方个人信息，等等）。同时，阿莱娜在调查各种场地，打算用来展出那些物品和举办研讨会，讨论那些昔日的艺术品及它们在艺术家们看来有何意义。结果，令我大为震惊的是，保险公司同意捐给"研究所"的"零价值"艺术品足够用来开一家美术馆，他们甚至还承担了运输费。那天早上，我收到阿莱娜的短信，说她和彼得想邀请我做首位参观他们"报废艺术研究所"的人。

阿莱娜按了按钮给我开门，我爬上四楼去她的公寓。她住的是一套面积巨大的租金限制房，开放式，以前是商用建筑，房东是她的一个叔叔。里面有一个单间，阿莱娜用作工作室，其余空间全部打通，大到可以塞下至少两间我的公寓。有时，阿莱娜的弟弟——他在纽约大学读书——会来她的公寓跟她一起住，不过最近几个月没有出现。几乎所有的家具都很容易移动，因此我每次去，房间的布置看起来都好像有些变化，这让我很不适。黑色沙发不靠墙了，换唱片机靠墙；绘图桌换到了另一个角落；诸如此类。我和阿莱娜亲吻问好，和彼得拥抱了一下，然后坐到一只空的板条箱上，问他们研究所位置在哪里。你已经到了，她说，接着就走到工作室里去。闭上眼睛，她朝我喊。

我闭上了眼睛——每当我在这座城市闭上眼睛，我就立刻能感受到车流那潮水般的声音——接着我听见她光脚踩在硬木地板上朝我走来。伸出你的手，她说，于是我伸出双手。她往我的手掌里放了一些感觉是瓷做的东西，像小球或者小塑像。睁开眼睛，她说，我手里捧着的，是杰夫·昆斯的气球狗雕像碎片，而且是早期的红色版本。这只狗是艺术界的商品化和为愚蠢赋值的典型代表，看见它破碎不堪，实在太妙；触摸那些镀了金属亮面的残片，看到一件故意肤浅的作品空空如也的内部，实在太妙。或许从艺术界的标准来看，它原本就不值那个价钱——大概五千到一万美元，也就是一次到两次子宫内人工授精的费用，中国劳动者一到两年的工资——但如果要说手握残片获得的那种僭越感，这段体验绝对值得那么多钱。阿莱娜和彼得开始笑我目瞪口呆的样子。阿莱娜从我的手中拿起比较小的一块，扔在硬木地板上，摔得粉碎。"不值钱。"她几乎是在低语。她看上去就像一个来自冥界的复仇之神。这不是我第一次想，她会不会是个天才。

　　已经蒙了的我走进她的工作室。那里有足够放满一家美术馆的艺术品，有的靠墙堆着，有的铺在她自己组装的当工作台用的厨房岛台上，有的放在地上。有些作品我能认出来自哪个艺术家，但大部分都不知道。有些破损得很明显，比如严重的撕裂或污渍。居然有那么多画遭受了水渍，我仿佛觉得自己被传送到了一个不远的未来，那时纽约大部分已经被淹没，你可以站在无人打理的高线公园上俯瞰，看着那些画沿着第十大道一路漂流。你怎么没摸一摸它们，阿莱娜说，现在可以摸的。她说着便拉起我的手，将我的手贴在一幅依旧是或者曾经是吉姆·戴恩[1]的画上。

---

[1] 吉姆·戴恩（Jim Dine，1935—　），美国艺术家。

"既然世界就要毁灭了，"彼得在我们身后引用道，"为什么不让孩子们摸一摸画呢？"[1]

彼得和阿莱娜让这些艺术界的活死人重见天日，但是最打动我的，让我觉得他们做的这件事意义深远的，并不是被划破、烧坏或弄脏的艺术品，让我意外的是很多物品并没有遭到丝毫损坏，至少用我业余的眼光来看没有。岛台上有一张卡蒂埃-布列松[2]的摄影，没有装裱，被一堆其他的摄影作品压在下面。我拿起那张照片，对着从工作室窗户投进来的冷白的光看，却没有发现任何撕裂、刮痕、褪色或污渍。我叫彼得和阿莱娜找破损的地方给我看，可是他们也同样毫无头绪。还有一对两联的抽象画，是一个著名当代艺术家的手笔，我们一样觉得完好无损。阿莱娜查了一下文书——保险公司删掉了其中很多内容——发现缺了一联，其实是一组三联画，现在在她手里的这两联并没有破损。

我坐到一张简易沙发床上，开始研究布列松的作品。这张床是阿莱娜用煤渣砖和旧床垫搭的，放在工作室里。床垫我检查过不止一次，看有没有臭虫留下红褐色的痕迹。这幅作品曾经蕴藏着巨大的经济价值，如今却被宣告价值为零。它没有发生任何在我看来可以感知的物理形态变化，就经历了这样的转变——分

---

[1] 彼得说的后半句话曾出现在作者2012年出版的小说《离开阿托查车站》（*Leaving the Atocha Station*）的结尾。

[2] 亨利·卡蒂埃-布列松（Henri Cartier-Bresson，1908—2004），法国摄影家，提出过"决定性瞬间"的概念。

毫未变，却已完全不同。有人将在我看来——很遗憾这么说——依旧是艺术界守护神的马塞尔·杜尚[1]的作品称为"语境重构"，而这幅摄影所经历的，就是一个截然相反的过程。杜尚利用的是"成品"。一件有实际用途的物品，比如一只小便池、一把铲子，凭借杜尚的谕令和签名，忽然变成了艺术品，成为艺术商品。这幅摄影是杜尚的反面，逆转了杜尚的过程。我觉得，它比它所逆转的过程更有力量，因为和大家一样，对我来说，实体的物品因为一个可以变现的签名而获取了某种魔力，这种事情已经司空见惯：这其实就是品牌营销的本质，而且不仅仅是在艺术品市场，不管是达明安·赫斯特[2]还是路易威登，都是一样。但是，能从这个逻辑的束缚中解放出来的物品，却极少遇见——稀少之程度让我想起风暴夜的那一罐速溶咖啡。形容这种解放的，是哪个单词？天启？乌托邦？当我拿着一件被剥夺了交换价值的作品，一个除此之外分毫未变的物品，我感受到一种完满，但又分辨不出这种完满和被清空之间有何区别。仿佛我可以感知到我的手中发生了细微却重大的质量转移：艺术品市场有二十一克的灵魂逃脱了；它不再是恋物者迷恋的商品，而是先于资本或资本之后的艺术。感动我的并非令阿莱娜兴奋的那些碎裂的或被划破的作品，而是那一堆库存中既没变又变了的物品：它们得到了双重意义上的救赎，一是通过理赔，迷恋被重新转换为现金，二是真的像被

[1] 马塞尔·杜尚（Marcel Duchamp, 1887—1968），法国艺术家。
[2] 达明安·赫斯特（Damien Hirst, 1965—　　），英国艺术家。

救世主解救一般，从某种境地中被解救出来，因为某种意义而被解救出来。艺术品市场的恋物癖是一种魔魅，一件艺术商品被祛魅，并且在祛魅之后还幸存了下来，它在我眼中便是乌托邦世界的成品——它是给未来的，或是来自未来的物品。在那个未来里，除了价格的暴政，还有其他某种价值规则的存在。我抬头看彼得和阿莱娜，他们等着我说点什么，但我只能发出一声："哇哦。"

当我离开阿莱娜的公寓，走回曼哈顿大桥另一头的布鲁克林时，目之所及，所有东西都好像经历了最美好的报废，虽然我知道这种感觉不会长久：一切都达到了最完满的程度和水平，绝对、极致、完整。那时刚过中午，却感觉已是日暮时的魔幻时刻，被照亮的一切仿佛是在由内而外地发光。每次我走过曼哈顿大桥，都以为自己走的是布鲁克林大桥。因为站在曼哈顿大桥上能看见布鲁克林大桥，也因为布鲁克林大桥更美。我回头望向曼哈顿下城，看见刚建成的弗兰克·盖里设计的大楼，波纹状的钢铁幕墙干净明亮。我俯瞰水面，看见一只小船徐徐经过，它留下的波纹仿佛是画作上的龟裂，和倒映在水中的云相互交融，我恍惚间把船错看成了一架飞机。但当我走到布鲁克林去见亚历克丝的时候，我已经开始有了错误的记忆，觉得穿过大桥的是第三人称，仿佛我不知怎么的看见了我自己走在布鲁克林大桥的防风拉索下。

我漫不经心地走在亨利街上，穿过布鲁克林高地。亚历克丝和我约在大西洋大道另一头的一家店喝一杯，虽然她不打算喝酒。她开始做一份新的工作，但完全是大材小用，报酬也过低，简单来说，她就是在卡罗尔花园那边的一个课后机构辅导小孩，但她觉得有工作了再另外找会更好，而且她想要生活得有条理，有能挣的钱就愿意去挣。我点了一杯带波本和薄荷的，给亚历克丝点了一杯气泡水，然后拿着我们的饮料坐到一个木头卡座里。墙上是精心挑选的旧印刷品，年代都在内战之前。如今新潮的酒吧仿佛在比赛，看谁能穿越到更久远的年代。我们在复古的壁灯下各自抿了一口饮料。

"我们要聊一聊你笨手笨脚勾引我的事情吗？"我给亚历克丝发了邮件，跟她说我精液分析的结果，但我们没有认真聊过我"全做"的想法。她希望我们先去一次医院，和生育科的专科医生仔细谈一谈分析结果。

"我很意外你居然抵挡住了我的魅力——我都背诗了。"

"我认真的。"

"那天真的很蠢，对不起。我当时，你知道，醉得不轻。"

"问题就在这里。这才是你应该说对不起的地方。"

"好吧，可是为什么？"

"因为假如我们想要生一个孩子，无论用什么方式去生，我都不希望你有借口否认，说你当时不想要，甚至否认整件事的发生。"

"什么意思？"

"'这是唯一一种他可以接受的初次约会的形式，因为之后他可以否认说这根本不算约会。'"

"那是小说，而且我们又不是在说第一次约会。"

"那你在出租车里给我捋头发，又怎么说？还有那之前的风暴来的那一晚。酒精就是一种保险。只要喝了酒，事情就好像发生了又没发生。"我克制住自己不去喝酒。

"好吧，但是你整个计划，就是要我参与，又好像不用我参与——没有决定我到底要参与多少，是捐赠者还是父亲。你是在叫我成为一个闪烁不定的存在。我捐出生殖细胞，剩下的就走一步算一步。"

"是的，但那是因为参与多少取决于你。我一开始就说过了，如果你想要共同抚养，参与所有的环节，不管具体是什么，我都愿意跟你一起。假如我不愿意，我根本就不会开口问你。说实话，我更希望能跟你一起。如果你想尝试做爱，作为生殖计划，"——听到"生殖计划"这个短语，我不自觉地耸了一下眉毛——"或者不管你叫它什么，反正就是作为这件事的一部分，我也可以考虑。如果那样的话，那我们就得聊得再仔细一点。比如你不能再跟阿莱娜睡了，至少那段时间不行。不然就太奇怪了。"

我喝光了酒。"什么，我们要变成一对？你是在求婚吗？"

"不是。很多人都这样做的。就好像我们是……和平离婚。"我们都笑了。我们完全不知道要怎么做。但我知道我们可以怎么付这笔钱：我告诉她我已经把大纲发出去了，然后描述了一下那篇故事的扩写计划。

她安静了半分钟，然后说："我不知道。"我原本期待她会说，这个想法听起来太棒了。每次我把写作上的想法讲给她听，她通常都会这么说。对于我在写作之外的任何想法，她从来都不会用"棒"这个形容词。

"你不知道什么？"

"我不想让我们的事情最后变成你为了写小说记的笔记。"

"没有人会为一首诗付六位数的重酬。"

"尤其是一部关于欺骗的小说。而且听起来很病态。我觉得你其实不需要写什么伪造过去。你应该想办法活在当下。"我记得当我把大纲发出去时胸膛里的躁动，仿佛故事的拓展和我主动脉的扩张互相联结，"再说了，你不应该写跟医学有关的东西。"

"为什么？"

"因为你相信——即便你会不承认——写作有某种魔力。而且你可能还会疯狂到要让你的小说以某种方式变成现实。"

"我不相信这个。"

"你担心自己长了脑瘤这件事，有多经常？"

"一次也没有。"我笑了，我在撒谎。

"撒谎。还记得你的小说和你妈妈的事吧。"在我的小说里，主人公和别人说他的母亲死了，其实她还活得好好的。小说写到一半，我的妈妈被诊断出患乳腺癌。虽然听上去很荒谬，但我觉得我的小说要负部分责任。我觉得，正是因为一个甚至只是虚构版本的我在父母的健康方面创造了不好的因果，才会冥冥之中让我妈妈得了癌症。我停下了那本小说的写作，决定要把它丢掉。我妈妈用了几个月，终于说服我把它写完。她做了乳房切除手术，而且很幸运不用做化疗，手术后恢复得很好。

"你知道我有一天忽然意识到了什么吗，"我说，"那天一个荷兰人视频采访我，让我谈谈小说，小说刚刚出了荷兰语译本。我意识到，那个关于主人公妈妈的谎言，其实是关于我爸爸的。"

"怎么说？"

"或者说是关于我爸爸的妈妈，我的奶奶。我从没见过她。我爸爸二十岁的时候她去世了。我不知道你现在是不是想听一个关于母亲和癌症的故事。"

"我想听这个故事。"

"我大学一年级的时候从普罗维登斯飞回家参加丹尼尔的葬礼，我爸爸才把一切都告诉我。他在机场接我，我们开车回托皮卡。我当时难过得不想开口说话。我记得因为下雨，车开得很慢，雨不大，但是是冻雨。故事的第一部分我已经听过：他母亲因为乳腺癌去世的那天，他给他的女朋友蕾切尔打电话。在他家里，从来没有人说过'癌症'这个词，但每个人都知道，包括孩子。蕾切尔不久后就成了他的第一任妻子，那段婚姻持续了整整一年。他打电话过去，还没说话，就发现女友在哭，他能听到背景里也有哭声，不，应该说是痛哭。他还没来得及跟她说自己妈妈的消息，甚至没来得及问她发生了什么事情，蕾切尔说：我父亲去世了。蕾切尔的父亲是华盛顿有名的商人，我爸爸住在那里，当时在那里读大学。大家都知道，她的父亲非常健康。但就在我奶奶经过多年可怕的病痛结束折磨而去世的同一天早上，他因为冠状动脉血栓忽然倒在了办公室里。"

"这也太离奇了。"

"或许他也发生剥离了，我不知道。蕾切尔告诉我爸爸，葬礼会在奥尔巴尼举行，她父亲的老家在那里。她希望他第二天能陪她一同北上，他说好啊，然后挂了电话，只字未提自己的妈妈。另一边，我爸爸的妈妈却完全没有得到郑重的悼念。我的祖父要么是拒绝接受，要么就是和别人有染，无论是什么原因，反正我爸爸和他的弟弟们吃的是冰冷的晚餐，被丢在家里看《荒野大镖客》[1]之类的，没有人安排任何形式的悼念仪式。所以，我爸爸就说蕾切尔的爸爸去世了，他要去奥尔巴尼参加葬礼，我祖父什么都没问，只说了一句：好啊。他和蕾切尔搭火车去奥尔巴尼，蕾切尔哭了一路——他依旧没提起自己的妈妈。最后他们到了蕾切尔老家，更倾向于犹太人传统的那部分亲戚一直在祷告，下葬后还要守七天习瓦[2]。那是一座很大的房子，他们分给他一间客房。他坐了一整晚，看着天花板。偶尔从房子的其他地方传来一阵哭声，夜深之后依然可以听见。他试图去想象他母亲的遗体所在的地方。虽然这个细节可能是我编的。"我举起一只手，向酒吧另一头的女服务员示意，然后举起我的空酒杯。

---

[1] 美国电视剧，西部题材，20 世纪 50 年代首播，一直播放至 70 年代。
[2] 习瓦（Shiva）是犹太教的葬礼习俗，为亲人守丧七天。

"猜猜看第二天的葬礼他负责什么？他们给了他嗅盐，他需要四处走动，让那些哭晕过去的女人醒过来，或是让哭到虚弱的打起精神。我二十岁的爸爸，一边在心里偷偷悼念母亲，一边在他母亲不会有的葬礼上走来走去，双眼干燥，把某种化学合成物送到因为哭号而晕厥的人们鼻子底下。这部分故事我以前就听过，但从来没有像我们开车回家、穿过冻雨去丹尼尔的葬礼那晚一样给我那么深的震动。我爸爸接着往下讲，讲了从没有跟我说过的那部分。"我的酒来了，我尝了一口，这一杯更甜。亚历克丝没有碰她的水，看得出来她听得全神贯注。她有一种让自己保持一动不动的能力，镇静得变成了一种优雅。

葬礼结束之后，我和她的家人告辞，他们要去那座奥尔巴尼的大房子里守丧，我爸爸跟我说，我得先坐火车去宾州站，再换乘另一趟去华盛顿。去宾州站的路上没什么事，只不过雪下得很大。接着，宾州站的火车就出了什么问题，肯定是天气的缘故。我记得我当时有多冷：我穿着仅有的一套正装，是专门穿去葬礼的；我的大衣跟正装不配，所以留在了家里。去华盛顿的队伍排得特别长——我从没见过宾州站的任何一趟火车排过那么长的队伍——我好像排了一辈子的队才到站台。站台那边一片混乱：人潮拥挤，人声鼎沸。原来，因为铁轨结冰之类的，前两班车都取消了，所以这一大群人都着急想挤上这一班，也是今天开出去的最后一班。他们加了车厢，想安排下过多的乘客。我能看见增加的车厢，看起来很老式，就像是 19 世纪退役下来的车厢。在我们开车回托皮卡的路上，我能在脑海中想象出那一切，我对亚历克丝说，栩栩如生，或许因为车窗都蒙上了一层雾，看不见什么风景，所以我不会分心。又或许是因为酒吧那属于另一个时代的装潢，让我能在亚历克丝的面前把一切描绘得栩栩如生。我爸爸想要回家，而我想象着宾州站的钟表，或许还插入了马克雷影片中的一个画面。但尽管如此，我爸爸跟我说，当我终于挤到车门边，那里有一个男人在验票，一个警察在安抚大家，他们说火车已经满了，已经没有多余的座位，我得在纽约过夜，搭明天的第一班早班车。

一开始——我爸爸跟我说，他的眼睛盯着高速公路被远光灯照亮的那一段，冻雨在前照灯的光里变成雪——我松了一口气。我不想回家，回到没有母亲那座房子里，面对父亲荒谬的漠视和不知道到底怎么回事的弟弟们，还要在他们的周围努力表现得好像一切都很正常。可是接着，我开始变得非常愤怒——我记得当时这让我自己也很意外——我对验票员说，语气狠到让他以及我们周围的几个人都回过头来看我：我要搭这班车。我觉得我当时听起来一定像个神经病。恐怕不可能，孩子，验票员端详了我一会儿之后说，我爸爸跟我说，我对亚历克丝说，或许是因为他的语气很友善，又说了"孩子"，我忽然就在站台上号啕大哭起来。我的意思是，我彻底控制不住了，眼泪、鼻涕，什么都出来了，一边站在那里，穿着正装，冻得要命，或许胸前的口袋里还留着嗅盐。所有被压抑的情绪，所有在我们的至亲死去那天我准备给蕾切尔打电话的时候向她倾诉的情绪，所有在她父亲的葬礼上憋在心里的情绪，全都开始爆发出来。然后我对列车长说：求求你，我说，求求你，我的母亲快不行了。我必须得赶回去。我必须赶在那之前回去，求你了，我一遍遍恳求。我的母亲快不行了。说着说着，我感觉那好像变成真的了，仿佛她真的是快死了，但还没有死，又仿佛那列火车可以带我回到过去。

我们沉默了一分钟，我喝着酒，亚历克丝喝着气泡水。然后我把一只手放到桌上，贴着她的手，表示我也想到了她的妈妈。接着我爸爸安静了，车里一片寂静，只听得见挡风玻璃外的雨刷，好像故事就这样结束了，于是我追问：然后呢？然后，他说，就好像是临时想起来的后续，他们让我上了车，上了其中一节退役的车厢，坐在我边上的是一个碰巧在站台上听见我失声痛哭的老婆婆。我记得她去餐车给我买了茶和饼干，我的头靠在她肩膀上，睡了大半程。我记得她不时对我说：你妈妈会没事的。

我喝完了酒，不小心吞下去几片薄荷。"哦对了，我们开错了方向。"

"什么？"

"我爸爸把车开去了密苏里州，开进去大概有一小时。他故事讲得太投入，错过了去托皮卡的出口。"

"也许他是开去华盛顿。"

酒精让我们的话多了起来。我接着跟她说了努尔和米查姆夫人的故事，她跟我说了一个关于她母亲的故事。她要我发誓，不能把那个故事写进任何东西，不管如何隐去信息，即便完全没有肖像描写或是我用其他名字，都不行。

*

一条蜿蜒曲折的路线连接起博物馆的几幢大楼，参观者可以沿途追寻脊椎动物的进化历程，仿佛是一幅可以行走其中的支序图。路线两旁是入墙的展柜，展示具有相同体征的物种，比如"四肢有可活动且被肌肉包裹的关节"（四足类）。我花了将近五十美元，买了两张美国自然历史博物馆的票，带罗贝托来参观遗骨，追溯生物如何进化出新的特征。我几个月前就答应他这趟校外考察了。终于有一天，下午上完辅导课，我把他交给他妈妈的时候，跟她提了这个想法。她要么是忘了我的提议，要么是考虑了几个星期，才让亚伦转告我只要是周六都可以，周日他们要去教堂，和家人一起过。我给她打了电话确定当天的安排：我会在他们离公寓最近的地铁站等她和罗贝托，也就是 D 线在 36 街上的那一站，在日落公园街区；然后他跟我一起坐车，在西 4 街站换 C 线，去上西区的自然历史博物馆。我们会在博物馆逛几个小时——如果他的注意力能坚持那么久的话，然后我再带他去吃午饭，会注意防止过敏，傍晚的时候送他回家。罗贝托的姐姐贾丝明起初打算加入我们——我想大概是为了让阿妮塔更放心——但是，当我们用西语在 36 街站打招呼的时候，阿妮塔跟我解释说，贾丝明临时要去弗拉特布什的"苹果蜜蜂"烤肉店上班。把罗贝托交到我手中的时候，阿妮塔看上去有点紧张，因为不安而微微颤抖。

我们站在站台上，罗贝托走到站台边缘，指着两只在车轨上的垃圾堆里钻来钻去的煤灰色老鼠。直到那时，我才注意到一个事实：我从来没有对另一个人负过这么大的责任，至少对一个小孩没有过。我去西雅图的时候照看过侄子们，但一直待在他们家里，从来没有出过门，去一个危机四伏的大都市；大学的时候我把昏过去的亚历克丝背回过宿舍，我们去了一个派对，分享了一份马用镇静剂；我陪乔恩去过三次急诊室，伤口来自莽撞的酒后运动，或是为了捍卫他或莎伦的名誉进行的简短笨拙的斗殴；等等。但是我的同伴没有跑丢的风险，也不可能成为绑架的对象。我心中升起一种不祥的预感，我意识到，如果我是阿妮塔，我应该不会答应把孩子交给我来带。可是亚伦早已给我打了包票：我是一名出过书的作家。

列车进站的时候，我叫罗贝托往后退，不要站在站台边上。我们一坐下来，我就给他看了我带来的笔记本，用来记录我们的观察——笔记本是亚历克丝的建议——然后详细讲了一下今天的几个目标，语气中暗示着我们即将开启的是一项严肃认真的古生物学任务，不允许一点随心所欲的态度，更不能不服从命令。笔记本里，迷惑龙的标本上方有一具异特龙的骨架，蓄势待发的模样，仿佛是在寻觅腐肉，罗贝托看见了特别兴奋，一个劲地从座位上往前扑，模仿那只两足食肉动物的姿势——他在网上见过——我不停地叫他坐好。

我们在西4街站搭上了C线，车上很挤。到了14街站，又一大批乘客涌进车厢，许多人硬是把身体往我和罗贝托之间挤。我在想如果我和罗贝托看不出有种族上的分别，他们是不是还会站到我们中间来。我往后挤到他身边，牵住他的手。这是我们认识这么多月以来，我们的身体第一次主动接触。他抬头看我，或许出于好奇，或许是因为我手心里的汗。我们要一直跟在对方身边，我对他说，注意到我的声音里充满了焦虑。为了让气氛轻松一些，我笑了一下，称赞了《侏罗纪公园》主题的红色T恤，还叫他帮我回忆一下巨型的蜥脚类最爱吃什么。当他在挨个列举史前植物群的时候，我在想：牵手是唯一一种可以允许的身体接触；假如他要从我身边跑开，我不能拉他，也不能训斥他；假如把他交还给妈妈的时候，他跟她报告了任何牵手以外的管教行为，谁知道会发生什么；一个没有居住许可的家庭是不会报警的，但他爸爸可能会开着罗贝托经常吹嘘的那辆卡车把我撞死；他们也许会举报亚伦，因为他违反规定，让我进入校园。"你又不是我的老师。"罗贝托不止一次在我试图强迫他把注意力放在书上的时候这么说。我想象他在博物馆里喊着这句话，然后消失在发光生物展区的深处，再也找不到。

当我们走到81街站的站口时，我在权衡两种策略：要么，在参观一开始就树立起一个严厉的形象，防止一切不服管教的举止，一有不听话的行为就一定缩短行程——我虽然以前从没担心过，但现在觉得这样做势必会引起麻烦——并且威胁说给他妈妈打电话，我有她的手机号码，甚至可以搬出约瑟夫·科尼，但在参观的最后，我会在礼品店给他买他想要的任何东西，通过慷慨解囊让他觉得我归根结底是一个好人；或者，直接跳过各种各样的管教，一有机会就贿赂他，直到把满载礼物和人工色素的他交还给此刻仿佛远在异国的家人。罗贝托和我在挤满了人的大堂里排队买票。我的大脑一部分用来和男孩聊博物馆有哪些亮点，一部分在为门票的价格而不满，但大部分的意识是在让自己渐渐醒悟，我完全没有能力带一个没到青春期的小孩进行教育一日游。我一边渴望贾丝明在这里——虽然从没见过她，一边能感觉到我的腋下冒出尿素和盐分——亚历克丝也行，所有孩子都本能地愿意听她的话。

我们买好了票，快速地穿过"太空与地球"展区。我们经过巨大的生态球，但罗贝托完全不感兴趣——"不要跑，罗贝托"——一直走到通往四楼的台阶下。一个保安给我们指了去导览中心的方向，那里是进化史参观路线的起点。怎么会这样，我问自己，一边因为刚爬完台阶而喘着气，怎么一个三十三岁男子，根据社会的各个标准来看都算正常——有工作（不管工作多少），有性生活（不管多不负责任），社交融洽（虽然没结婚、没小孩）——只不过带一个可爱的小孩来博物馆，却因此担惊受怕，甚至乱了方寸？我们沿着曲折路线开始了参观之旅，穿过脊椎动物起源厅，罗贝托着急地拉着我的手臂往前走，想快点走过无颌类和盾皮鱼纲的展柜，去鸟臀目恐龙厅。这时，我开始质疑自己到底算不算正常、成熟，从而引发了二级恐慌：我不仅害怕带罗贝托的时候出差错，还对这种害怕本身感到害怕，因为它表明了我多方面的缺陷。我想起第一次咨询生育科医生时，她询问我们的心理健康史：虽然我有过三段长期的严重抑郁，经常焦虑，虽然我断断续续地服用了很久的选择性血清素再吸收抑制剂和苯二氮䓬类药物，但我的家族没有严重的心理疾病，而且我认为自己只是常常陷入阴暗的沉思，比较容易产生不满情绪，而不是患有影响到生育和抚养的精神疾病。亚历克丝很了解我，当然表示同意。可是现在，当我听着我自己命令罗贝托把博物馆说明牌上注明的每一次重大进化（"脑颅的出现""上颚孔"）写下来，我的眼前浮现出一幕幕低落时刻的高光集锦。

我想起八岁的时候犯夜惊症，我哥哥不知道该怎么办，于是把他次等珍贵的棒球卡给我，想要起点安慰作用，但是除了那个可怕的夏天，我其实算得上是个快乐的孩子。和一般人一样，我到大学才出现比较严重的问题：双手麻木、发抖，感觉它们不是自己的，或者不属于任何人；我总是觉得，如果我不有意识地去呼吸每一口气，不靠自己主动呼吸，呼吸就会完全停止；在那些远古时期的脊椎动物之间，我感受到了回忆起的每一次病症发出的回响。接着想起来的，是在宿舍里，水泼在一张脸上，一张我无法认同为自己的脸，瞳孔放大。或者是在一场关于托马斯·霍布斯的晚间研讨会上，慢慢意识到爆发出歇斯底里的笑声的，原来是我自己。还有睡眠瘫痪以及随之出现的梦魇幻觉，严重到在没有亚历克丝陪伴的那几天里，不敢闭上双眼（"写下'眶前孔'，"我指导着罗贝托，"写下'三指手'"）。我想起哭泣——虽然从没有发生过——在马德里一家高级餐厅的洗手间隔间里，尽可能小声地哭泣，我的血液是一件由舍曲林、四氢大麻酚、氯硝西泮[1]和里奥哈葡萄酒构成的拼贴作品。这时我才确信，所有这些与泪有关的事件和每一次突然发作的人格解体[2]，无疑为精神分裂揭开了序幕。想想确实如此。我最近被诊断出的心脏疾病就很讽刺。它给我的情绪波动找了一个客观原因，却也正因此有利于我的情绪稳定：现在，我担心对我的存在构成威胁的，是一个具体的东西，而不再只是存在本身的虚无。可是，当一次又一次本体感觉的崩塌飞速掠过我的眼前，博物馆里的我感到认知的主次发生了颠倒：我不是一个渡过了几次难关的情绪稳定的人；我是一个阴晴不定，无视自己岌岌可危的心理状况的人；就像冥王星不是行星一样，我不是一个正常的成年人。

我们在一个展示脊椎动物颌骨如何演化的地方停了下来，我叫罗贝托在笔记本上临摹翼龙的骸骨。这时，我感到绝望像造影剂一样弥漫全身。这个八岁的小孩在学习进化，乐在其中，而他的向导正因为周围的陌生人和各种刺激而失控；我才是那个离家

---

[1] 这些都是抗抑郁或镇静药物。
[2] 人格解体是一种心理学症状，使人觉得自己不属于自己，是自己的一个观察者。

千里、思念父母、惊惶不安的小孩，罗贝托不是；我才是那个死死牵住他的手不放的人；我变成了我第一部小说里那个不可靠的叙事者。罗贝托兴奋得想要往前冲，跑去下一个壁龛展柜。我本能地抓住他的手臂，想拉住他，结果用力过猛了一点。"哎哟。"他叫道，虽然没有被弄疼，却自然有些不安。我说对不起，然后半跪着蹲下来，看着他的眼睛，用西班牙语跟他解释说，我们绝不能分开。我的脸一定很明显地在发白、冒汗。我接着跟他说，假如我们走散了，就在霸王龙的骨架前等对方。我的语气大概像是在下令执行一项自杀任务。他露出了微笑，但没说话。我在想他是不是替我感到难为情。

我们走进蜥臀目恐龙厅，这个展厅有这个博物馆最让人叹为观止的化石。我们找到了迷惑龙的骨架。说明牌上说，骨架根据最新的研究成果进行了重新组装，展现了恐龙最有可能的行进姿势：尾巴不再拖在地上，而是在空中摇摆。有一大群亚裔小孩，我猜是韩国的，站在骨架周围，穿着统一的蓝色 T 恤，听向导讲解。罗贝托没法站到他想站的那么近的位置。我叫他把尾巴画下来，话音未落，他就已经兴奋地朝着一群异特龙冲过去。异特龙的场景是在分食尸体。我极力让自己保持平静，跟上去，站到他身边，说出一些隐约有点教育意义的指导的话。然后他又跑向一组矿物化组织的化石，我又跟上去。这就是我们在这个展厅穿行的模式。罗贝托偶尔会逆进化历程而行，转身冲去看一个重点展品。我至少还有心思用我的手机帮他在巨大的霸王龙前拍照。霸王龙的姿势仿佛是在跟踪猎物。然后他又会跑回未来对某些展品发出惊叹，比如说一些根据生长过程排列的原角龙的头骨。我告诉自己，只要我保证他在我的视线范围内就没事；总不会有绑架犯潜伏在灭绝的哺乳动物的近亲周围；大部分疯子都付不起这离谱的票价。

差不多到合弓纲的颞颥孔发生演化的时候，我意识到我需要小便。我问罗贝托要不要去洗手间，他说不用，然后又跑开了。我得憋住。我不可能把他一个人丢在这里，没人照看，可我又没法想象自己把他拽进洗手间，等我小便。世界各地的人们，在各种超越极限的情况下，使出浑身解数照顾好他们的孩子，让他们在海啸和内战中生存，保护他们不受美国无人机的伤害，但我对于要怎样在照顾好一个参观博物馆的小孩的同时解放膀胱完全没有头绪。我跟着罗贝托穿过哺乳动物厅，穿过它们已经灭绝的近亲，帮他在渐雷兽前照了一张相。渐雷兽很可能是以柔软树叶为食的。当手机发出模拟的咔嚓声时，我发现自己正在把自己的重量从一只脚往另一只脚一点点倾斜。我小时候想上厕所的时候会这样做。接着，我并非自愿地想起自己四岁时去托皮卡动物园，可以小便的时候不肯去卫生间，结果尿在了身上，一股羞人的暖意顺着一只腿往下蔓延，我的灯芯绒裤子出现了一片深色。

我们一起站在高大的猛犸象骨架前，这是脊椎动物支序图的终点。底座旁边有一只柜子，里面是一只幼年长毛猛犸象干瘪的遗骸。这时的我已经发生了严重的倒退，甚至感觉是一种退化。

尽管笔法笨拙，罗贝托在安静地勾勒巨大又弯曲的象牙，而我在努力不尿湿自己，渴望有个人可以帮忙看管他。在化石周围走动的男人有一半胸前都绑着婴儿。我努力安抚自己，亚历克丝，这个我所认识的最正常的人，相信我在基因上和实际生活中都符合做父亲的要求，能够延续物种。可是究竟为什么，她选择了我？当然因为我们是最好的朋友——因为我们的关系比任何一段我们可以想到的婚姻都要经得起时间的考验，因为她认为我聪明、善良。我以前再怎么怀疑自己，也不会去怀疑她做事的理由，但此刻，我恍然大悟：她希望你捐精，正是因为她不认为你会有成为一个负责任的父亲所需要的那种沉稳；比起独自抚养孩子，她更害怕和一个会成为负累的父亲一起抚养孩子；她自己的家族里全是伴侣消失后依旧能够自给自足的女人。你能被选中，是因为你会对孩子好，会和孩子亲近，经济上能帮忙，她情感上需要建议可以来找你，但是她也断定，你过于破碎、恐惧，无法过多介入孩子早期的发育和日常生活。她不想完全由自己一个人来抚养，但又不想要一个完全意义上的伴侣。你来自一个很好的家庭——亚历克丝很喜欢我的父母，而且你永远不会说不见就彻底不见，但是你也足够幼稚，只顾自己，可以把抚养中要紧的部分全部交给她。她选择你，恰恰是因为你的缺陷，而非尽管你有缺陷。这是千禧世代女性新的择偶策略。对于她们而言，头等大事是拒更具灾难性的父亲于千里之外，而不是组建一个核心家庭。

"我得去一下洗手间，罗贝托。你跟我一起吧？"

"我不想去。"

"跟我一起去，在外面等我。"我又开始前后倾斜自身的重量。

"我在这里等你。"

"跟我一起。马上。"

"可是——"

"你想要礼品店的东西吗，还是不要了？"

我们走去洗手间的时候，我多次向罗贝托强调，如果我等会儿出来的时候，他还站在我进去时的同一个点上，那么他可以任意选择一件礼品。我开着玩笑，想借此消除心中的担忧，并试图把这件事变成一个游戏，来争取他的乖乖听话：看你能不能像化石一样站着一动不动。我把他留在喷泉饮水机边上，进了洗手间，他摆出恐龙的姿势待在那里。两分半钟后，当我一身轻松地出来，发现他不见了。我吓傻了，努力忍住才没有跑着回展厅。正当我走到拐弯处，他忽然扑向我，像迅猛龙一样尖叫着。他的叫声还没落下，我的恐惧已经化为愤怒。我单膝跪下，抓住他的肩膀，积累的所有焦虑和自我厌恶都随着一句恼怒的低语爆发出来：我要告诉你妈妈你不听话，礼品店的东西你别想要了。

罗贝托看向地面，说他只是在开玩笑，没有走远，也没犯什么错。我的怒气不禁开始化为懊悔，而他转身走开了。有一瞬间，我害怕他会加快脚步，想甩掉我——我叫他的名字，他不应——但其实他走得很慢，快快地走向台阶，下到三楼。我跟在几米以外，看着他闷闷不乐地走过太平洋人和平原印第安人的立体模型。周围的 19 世纪标本和画出来的背景感觉既过时又有未来感：过时是因为技术粗糙，方法上也非常想当然、自以为是；有未来感是因为像是末日之后的景象，仿佛一个来自外星的种族践踏了这片荒原，现在想要重建它的过去。我想起小时候，也就是 20 世纪 80 年代，看过的《猩球大战》，或是六七十年代的其他电影——人们能强烈地感受到这些电影与当代的距离，最大的原因是它们塑造的未来有了一种古朴的质感。我想，世界上没有什么东西，比那种在过去具有未来感的东西更陈旧。

在二楼意外空旷的非洲人厅，我叫住了他，向他道歉，解释说我当时很担心，我反应过大了。我答应会跟他的妈妈热烈地称赞他一番，他也可以随便挑他想要的礼品。于是我们牵着手朝礼品店走去。罗贝托原谅了我，但是兴致已经消失不见。我给他买了一盒六美元的霸王龙拼图，因为我会赚一笔六位数的重酬，并且这座城市很快会被淹没。我特别让收银员剪了标签，我还买了两袋太空冰激凌，罗贝托从来没吃过。

我们坐在博物馆前面的长椅上吃了冻干的三色冰激凌——一种来自过去的、为未来设计的食品，只在 1986 年跟着阿波罗七号上过一次太空。那天也是暖和得不像这个季节，古怪、新奇的食品让罗贝托重新开怀大笑起来，恢复了兴致。我掰下巧克力口味的那层，跟他换了一块草莓的，他觉得好恶心。他给我看他刚才画的各幅画，我表扬了他。我们还讨论了一下，说要给我们的模型加点东西，我告诉他有一天他会成为一位赫赫有名的古生物学家。他又充满了活力，仿佛我刚才制造的窘境从来没有发生过。我们在博物馆附近的"Shake Shack"汉堡店吃了午餐——这家快餐店有优质的肉源，产生的所有垃圾都可堆肥降解——不到四点，我就把满脸笑容的、收获了一大堆恐龙趣事的他交还了阿妮塔。

*

每天早晨，鲜活的小章鱼从葡萄牙被运送到这里。加入非精制盐，施以温柔却无情的按摩，直到生物功能全部停止。据菜单说，章鱼被按摩了"五百次"。摘掉硬颚，从后往前挤出小眼睛。尸体在温水中慢煮，上桌时配清酒和柚子汁调成的酱汁。这是这家餐厅的招牌菜，于是，一盘接着一盘，世界上最聪明、最柔软的幼崽被帅气、行动敏捷的服务员从厨房送到餐桌。最后被放在我和我的经纪人面前的这一盘里有三只。经过了短暂的惊叹和负罪感带来的犹豫，我们同时蘸了酱汁，将这柔软得不可思议的生物整只吞进了嘴里。

我来这里，吃一顿贵得离谱的饭，当作庆功。我依旧不敢相信，一个出版社愿意出那么大一笔钱让我来扩写我的故事。但是，我们一点完菜，小章鱼和几份蓝鳍金枪鱼都还没上，我已经飞快地签好了一式两份的合同。我让经纪人再给我解释一遍，为什么有人会给那么多钱来出一本我的书，尤其是在我还没动笔的时候，毕竟我上一本小说，虽然受到了评论界的诸多赞赏，甚至多得令我受宠若惊，但只卖了大约一万本。我的第一本书是一家小出版社负责的，经纪人说，大出版社的营销和推广能力更强，所以有信心能帮第二本书卖出一个好很多的成绩。另外，她继续解释，出版社也是花钱买名声。即便我写了一本不好卖的书，他们也想签一个可能会受评论界青睐的人，或者是可能会获奖的人。帮助出版社维系名声的是象征资本，虽然他们赚的钱基本上来自给青少年看的吸血鬼系列，或者是某个主流的"文学小说家"——这些小说家销量确实很大，可是屈指可数。如果这是在八九十年代，我还能理解。那时，小说还是一种有生命力的商品形式。但是为什么，在"后典籍"时代的世界，当所有的出版社好像都在不停地重组、缩编，挣扎着想要活下来，却依然愿意将真实的资本转化为只有象征作用的资本？"别忘了，你的写作大纲……"我的经纪人说，然后若有所思地停顿了一下，表示她在想如何让措辞小心一些，"那些出版社对你的写作大纲的兴趣，可能比书本身要大。"

"这是什么意思？"

"怎么说呢，你的第一本书很前卫，但评价很好。他们之所以肯买下大纲，其实部分是在买他们自己的一个判断。他们认为你的下一本书会更……主流一点。我不是说他们到时候会拒了你交的稿子，虽然可能性总是有的。我的意思是，你对下一本书的构思，比真正的书稿更容易竞拍出去。"

我喜欢这个逻辑：我那本只存在于构思中的小说，比真正的小说更值钱。但如果他们拒了稿子，我就得把钱还回去。尽管如此，我打算把这笔预付金预先用掉。

"而且，你得记住，竞拍也是讲气氛的。"

这我懂，或者至少说，我根据经验承认这一点：大多数欲望都是模仿别人的欲望。如果一所大学想买你的论文，那么另一所也会想买——关于你地位高低的共识，就这样产生了。竞争制造出新的欲望对象，这就是为什么人们总是把"竞争精神"挂在嘴边，这是有道理的。"竞争精神"是创造之神。

我用筷子夹起第三只也就是最后一只小章鱼，蘸了蘸酱汁，然后一边咀嚼，一边试图想一个"柔软"的近义词。对我只存在于构思中的小说的模仿欲望，将为人工授精和相关费用买单。我真正的小说，大家会弃之如敝屣。等我的经纪人抽去她的那部分，再扣完税（还有《纽约客》的那部分税，她提醒我），我能拿到手的大概有二十七万美元。或者说五十四次宫内人工授精。或者说四辆悍马"H2"系列的SUV。或者说两本珍本市场上的初版《草叶集》。或者说一个墨西哥移民劳工干二十五年的工资，亚历克丝现在的工作干七年。或者说我十一年的房租，假如不会涨价的话。或者说三千六百份蓝鳍金枪鱼，假如该物种不会灭绝。我吞了下去，这一切带来的壮阔之感和以谋杀为代价的愚蠢将我环绕，在我体内穿行：葡萄牙传统章鱼渔场的节奏，与之相协调的劳工移民的节奏，餐厅外昏暗的美术馆里命运沉浮的艺术商品和可以买卖的未来，刺身的汞含量和辐射含量，餐厅里美丽的人们的胸膛——一切都因为金钱而协调在一起，或者看起来是。一个巨大的笑话循环。一个巨大的报废了的韵律。

"当然，之前我们也谈到过，拿大数目的预付金也是有风险的——因为如果书卖得不好，没人会再想跟你合作。"

我们的隔壁桌是两对安静的情侣，他们一走，两对说话很大声的情侣几乎马上占了他们的位置。其中两个男子跟我年纪相仿，都穿着黑色西装，身材都很好，聊着一个他们共同的朋友或同事，嘲笑他喝醉了之后把红酒泼在天价的沙发还是地毯上。两个女人都画了眼影，一部手机递过来递过去地看，好像在惊叹一张什么东西的照片。我很确信，我的书是卖不出去的。

"只要记住，这是让更多受众认识你的机会。你要决定，你想要哪些受众，你认为哪些人是你的受众。"我的经纪人说。而我听到的是："情节要清晰，有设计；要有肖像描写，即使隔壁桌的也要；确保主人公经历一次戏剧性的转变。"我想，如果经历转变的只有他的主动脉，会怎么样。或是他的肿瘤。如果书到了结尾，一切都和原来一样，只有一点细微的差别，会怎么样？

喝了以清酒为基底的鸡尾酒，隔壁桌的四个人变得更加滔滔不绝。他们是二十多岁的投资人或是市场分析师，离我这么近，令我格外讨厌，因为此刻的我正第一次这么明明白白地站在艺术和金钱的十字路口，靠出卖我的未来赚钱。一年后交初稿。

"我认为我的受众是第二人称复数，多年处于存在的边缘。"

我想这么说。一个服务员摇着酒瓶，把沉淀物摇匀，让清酒变成白色。

"他们需要一个高度流动性的策略。"隔壁桌的其中一个人说。

"如果我交给他们的小说，跟大纲里的完全不一样，会怎么样？"我问。两小盘味噌煎黑鳕鱼放到了我们面前。他们给我加满了酒。

"不一定。如果他们喜欢，那没事。但我想你得把《纽约客》上的故事写进去。"

"我看不见我的受众，因为钨丝灯太亮。"我一口喝完了酒。

"你有其他的想法吗？"

"他们在龟岛办的婚礼。斐济。凯伦说她在海滩上看见了Jay-Z[1]。"

"一个年轻漂亮的概念艺术家，有一半黎巴嫩血统，把做爱当作一种运动，致力于激进的阿拉伯政治事业。她患了乳腺癌的母亲告诉她，关于她的父亲，她一直在说谎：她的亲生父亲其实是一个保守的教授，在哈佛大学做犹太研究。或者在新帕尔茨。她想要一个自己的孩子，于是选择了一个黎巴嫩裔的人捐赠的精子，想要把自己从未有过的过去投射进未来。"我摇了摇头表示不要了，说西班牙语的麻利的服务员收走了盘子，"或者更加科

---

[1] 美国说唱歌手。

幻一点：一个作家变成了一只章鱼。他来来回回地在时间里穿梭。坐的是一列退役的火车。"

她说不好意思要去一下洗手间。桌子上出现了新的蓝色小瓶子，快得好像在我跟女服务员示意并点单之前就上了桌。我闭上眼睛，很久没有睁开。"芳香和青春在我体内穿行，我是它们的尾迹。"[1] 我不在说话，也没有特地去听某个人，因此嘈杂声显得震耳欲聋。我闻到一丝梨子的味道，然后是桃子。有一瞬间，我听见的只有一艘注定失事的邮轮上，乘客竭尽心力、歇斯底里的能量。沉与浮。米查姆夫人课上的笑声。我的父母已经死了，但我能及时赶回去见他们最后一面。发射后七十三秒，我的主动脉解体，在高空制造出卷云，预示着即将到来的热带抑郁。

"那个市场已经沉底了。可能永远也不会有起色。"

我看了一眼我的手机。"报废艺术研究所恭请您的光临。"阿莱娜发来短信。

甜点是柚子冻舒芙蕾配梅子酱。金钱是一种诗。几杯甜酒是赠送的。我已经很醉了，索性干了剩下的清酒，没有留着。油墨有一种成分，让嗅觉失灵，章鱼因此更难觅踪迹。

"你具体要怎么扩写？"她这样问，眼神落在远处，因为她在计算小费。

"就像《日月无光》[2]里的公主，我会列一个能让心跳加速的

---

[1] 引自惠特曼《草叶集》中的诗《沉睡者》。
[2] 《日月无光》（Sans Soleil）是 1983 年上映的法国纪录片，克里斯·马克执导。

事物的清单。"我们从餐厅里出来，走进流动的空气，"清单上可以有你。"街上湿漉漉的，但此刻没有雨。我们走到高线公园在26街上的入口，登上台阶。荚蒾要么是冬季开花，要么是早开了。花香和汽车尾气的味道混在一起。

"我要写一部能溶解为一首诗的小说，诗说的是情色的小规模变形必须被政治利用。"当我触摸着一丛丛在废弃的铁轨上精心排布的漆树，五分之三的神经元在我的手臂上汇聚。我再也不会吃章鱼了。

"我以前也卖过几个大纲。我的建议是，不要拖太久。"此时，我们坐在俯瞰第十大道的木头阶梯上，车流像是液态的红宝石和蓝宝石，"我的意思是，动笔写。你拖得越久，就越会因为交稿期限的逼近而焦虑。那是会把人逼疯的。"她点了一支烟，"驻留项目是一个完美的时机。不要低估自己在五个星期里能完成的工作。"

我两天后出发。得克萨斯州马尔法的一个基金会提供了一座房子、一份津贴和一辆车。我差不多一年前就已经接受了邀约，知道自己会离开课堂一阵子。但那时候我还不知道自己有扩张的主动脉根部，也不知道有人会急需我异常的精子。我从没参加过驻留项目，也没去过得克萨斯。那是克里利去世的地方，2005年春天。当时他们赶紧把他送去最近的医院。医院在敖德萨，过去要三个小时。我的小房子会跟他的故居隔街相望。"我希望很快会有机会，能让我们重逢。"我用他的口吻，给某一版本的我写道。

四

我像是驾驶着绿色混合动力车的幽灵，慢慢地在马尔法的黑夜中四处游荡。这是我在马尔法的第一晚：那天下午，迈克尔在埃尔帕索机场接上了我。他是驻留作家的住宿管理员，也是个画家。他开了三个小时的车，穿过高原沙漠，送我到位于高原北街308号的小房子，一路上没怎么说话，但非常友好，我至今还记得这个地址（你可以把"小黄人"的图标拖到谷歌地图上的这个位置，在街景模式中逛一逛周围，像鬼魂一样漂浮在自己的上方；我此刻单独打开了一个浏览器窗口，正在这样做），因为在驻留期间，我让人往那里寄了两次 β 受体阻断药。这个药能帮我降低心脏收缩的强度，但也存在矛盾效应，引发了轻微的手抖。房子是平房，有两间卧室，一间改造成了作家的工作室，所有房间都没门。尽管还是傍晚，我到那里放下行李后就立刻上床睡觉了，快到十二点才醒来。我躺在陌生的被单里，慢慢回想自己在哪里：坐车的大部分时间以及剩余的白昼，我都是睡过去的，感觉自己好像不需要任何中间过程，直接从布鲁克林来到了奇瓦瓦沙漠。我试图回忆那天早上纽约的小雪，飞机起飞的时候，一粒粒雪飞快地掠过椭圆形舷窗。那天是周四。假如我在家，我会听见穷人从放在街边的可回收垃圾里把玻璃拣出来，周五早上那些垃圾会被收走。这里很安静，按理说我能听见自己的心跳。我想，听不见大概是因为药在起作用。

我本来打算在周围走一走，不开车，但是外面一片漆黑。全景的天空和多到不可思议的繁星让我呆住——一看见那样的景象，任何一点残存的时差感都立刻烟消云散。冬天薄薄的空气尽管有凉意，却暖和得不像是这个季节，大概有 40 度 [1]。车库门打开的声音将夜晚撕开一道口子，我感觉到许多小动物听见了那个声响，在我周围四处逃窜，不管是不是真的有。我把车倒出车库，用遥控器关上门，接着便开始在街道上窸窸窣窣地移动起来，既紧张又充满活力，像是一个开着父母的车偷偷溜出来执行秘密任务的少年。我往市区开去，绕过 19 世纪建造的法院大楼，拐进马尔法最大的商业街，街上一个人也没有。我把车停在一盏路灯下，然后下车走，路过临街昏暗的铺子。那些铺子里有各个小镇的市政办事处，有废弃的店面，也有高级精品店，混杂在一起。自从唐纳德·贾德 [2] 在 20 世纪 80 年代成立了辛那提基金会，马尔法就成了一个"艺术旅游"目的地。基金会其实是一家博物馆，就在市区边上，有贾德的大型永久装置作品，也有与他同时代的艺术家的作品。我听纽约的艺术家说过来这里朝圣的事，收

---

[1] 此处应是华氏度，约为 4 摄氏度。
[2] 唐纳德·贾德（Donald Judd，1928—1994），美国艺术家。

藏家坐私人飞机南下参观，但很难想象在这里遇到他们。街对面一幢有趣的建筑吸引了我注意，我穿过街道想仔细看看。后来我才了解到，那是马尔法羊毛马海毛公司大厦。我走到建筑物的侧面，沿着铁轨，踩着各种沙漠灌木，走到大厦侧面的窗前往里看。

透过玻璃，一开始什么也看不见，然后我渐渐辨认出硕大的轮廓，轮廓又变为用金属压制而成的巨大花朵，或是定格在一瞬间的爆炸。我把手罩在眼睛周围，额头贴着冰凉的窗玻璃，很久才辨认出眼前的是约翰·张伯伦的雕塑。雕塑的原材料基本上是镀铬喷漆的断钢片，大多来自压扁的车身，一种报废的艺术。我在纽约看过几件他的雕塑，当时没什么感觉，但此刻它们却充满了力量。它们的颜色在防盗灯微弱的灯光下变得更加鲜明。或许是因为我无法靠近，需要站在固定的位置上，透过一层玻璃去看，所以才更喜欢。只有这样，我才会不得不投射自己，让自己迎接它的立体性。我往后退了一点，透过自己映在窗中的幽微身影去审视它。或者，也可能是因为我正潜伏在夜色中，周围只有沙漠和三齿拉雷亚灌木，而我的神经在歌唱，布鲁克林的生活早已远在十八小时之前且渐行渐远，所以我才更喜欢他的雕塑。

我听见了墨西哥北方民谣。手风琴和十二弦吉他的声音交错。就在这时，一辆卡车往这边开来，我看见了车的光束。出于本能，我笨蛋似的单膝跪在砾石土上，以防有人发现在黢黑的大楼边上躲着一个人，不管我在干的到底是什么勾当。坐副驾驶座的是一个女人，在跟着电台唱歌，好像喝醉了，车窗摇了下来：

我愿为你放弃所有，我愿为你放弃所有，我愿为你放弃所有。[1]
等卡车开过去，我起身，拍干净裤子上的土，走回去开我的车。
我越过铁轨，向右开上一条大马路。有一家加油站还开着。我
停下车，买了四包黄油、玉米薄饼、鸡蛋和一大罐巴斯泰罗牌[2]
意式浓缩咖啡，然后安静地开回高原北的住处。我正要拐进车
库，车的前灯映出一双闪着绿光的眼睛。是一只小动物。可能是
哪个邻居的猫或狗，但也可能是一只浣熊，如果马尔法有浣熊的
话。眼睛后的脉络膜，也就是俗称的"明毯"，将可见光反射回
去，光穿过视网膜，让瞳孔闪闪发光。我想起早年拍的照片里的
红眼睛，镜头记录下了自己的闪光，好像是在自己捕捉的图像上
题字。一回到家，我就热了几张玉米饼，一边吃，一边等生锈的
明火浓缩咖啡机煮出咖啡。接着，我把墨黑色的咖啡端到工作室
的书桌上，连接好电脑，开始写东西。

　　这便是我驻留时光的开端。我并没有六点起床，没有在昏暗
的清晨散步几英里，工作，吃午饭，又去散步，继续工作，吃晚
饭，第三次出门散步——在离开纽约之前，我给亚历克丝大致描
绘过这个严格的作息，她礼貌地点点头。日出时分，当第一缕光
渗进厨房，我吃完玉米饼，然后去睡觉。我醒来的时候是下午五
点。因为前一天已经在床上醒来过，所以我感觉此刻像是第二个

---

[1] 西语歌曲《一生一世》，在上文出现过。

[2] 巴斯泰罗（Bustelo）是美国品牌，创始人是西班牙裔，曾经居住在古巴等拉丁美洲
　　地区，后来在纽约创立了这个咖啡品牌。

整天的早晨，而非第一个整天的傍晚。我已经掉落在了时间之外。我走进卫生间，拿出剃须刀，看向镜子里的自己，这才发现我的脸上全是发黑的、干了的血。霎时间，我因为恐惧和困惑而头晕目眩，紧接着才意识到自己流鼻血了。我第一时间想到的是脑瘤，但我冷静下来，在谷歌上搜索了一下，才想到一定是海拔的问题。小时候放假去科罗拉多，我就流过几次鼻血。我用一块旧布把脸上的血渍擦洗干净。虽然是虚惊一场，可我没再让剃刀刮过自己的脖子。

我坐到桌子前，开始了我的一天，这时太阳已经快落下了。凌晨一点，我坐在门廊上吃炒蛋，这是我的午饭。我第一次仔细地观察克里利生命将尽时住的那座房子。我没开门廊上的灯。那座房子的房型看起来跟我的一模一样，里面有人住。迈克尔在从机场来的路上告诉我，对面的驻留作家是一个波兰译者、诗人，他的名字我没有听过。（第二天其实安排了午餐，给所有的驻留作家一个互相认识的机会，但我早已发了邮件给迈克尔，跟他说很抱歉，我得专心写作，况且作息颠倒。）那座房子有一个房间亮着灯，可能是工作室，街上其余的窗户都黑着。

我正打算进屋，已经站起身打开了纱门，却听见对面门廊上的纱门发出"嘎吱——砰——"的声音。这阵响动引发了一连串狗叫声。我犹豫了。我既已经犹豫，又知道了有人已经看见了自己，所以即便是在黑暗中，也产生了转过身和另一个昼伏夜出的驻留作家打招呼的压力。他门廊上的灯也没开。我确实也转身了，一手端着盘子和餐具，看见他点烟时用手半掩住的火光，觉得依稀能辨认出胡须和眼镜。我尴尬地站在那里，过了一会儿，他举起手，我也举起了手。当我走进屋子的时候，我感觉——这种感觉让我感觉很荒谬——我刚刚和克里利招手了。

我知道这座房子里有很多书，所以只带了一本过来，美国图书馆出版社出的惠特曼。这本书的纸张薄到可以用来卷香烟。我特地带了那一卷，因为来年秋天我会教一门惠特曼的课程，假如那时我没有请病假的话，而且我有好几年没有认真读过惠特曼了，他的散文我更是从来都没怎么读过。在驻留项目的头几天，或者说头几晚，我会坐在书桌旁读他奇怪的回忆录《日子的样本》，一读就是几个小时。这本书的奇怪之处在于，惠特曼没法写一本只是巨细无遗地回顾一生的回忆录，因为他想代表每个人，他想成为民主人士的象征，而不是一个历史人物。假如他展露自己的性格特质，剖析塑造自己性格的根源，假如他展现的是单一得不能再单一的个性，那么他就会失去成为"沃尔特·惠特曼，一个宇宙"[1]的能力——他的"我"就只属于一个以过往经验为基础的人，无法被看作一个未来的读者也可以代入其中的代词。因此，虽然他回溯了一些基本的生平事实，但是书的大部分内容是在描绘自然史和国家史，就好像这些历史是他私人传记的细节。他的许多回忆非常普通，足以成为任何一个人的回忆：比

---

[1] 出自惠特曼的诗《我自己的歌》（"Song of Myself"）。

如他在一棵开花的树下休息，诸如此类。（惠特曼总是"优哉游哉"，总是在休息，好像闲适是诗人接纳事物的一个前提。）对一本回忆录来说，这是一种有趣的失败。和诗歌里的他一样，他必须做一个不特定的、谁也不是的人，从而成为一个民主的普通人。他必须清空自己，他的诗歌才能成为他将自己投射进入的那个未来的文本公地。他总是在投射自己："我与你们同在，同世代的男女，或是从今以后的世世代代；／我投射自己——我也会回来——我与你们同在，我都明白。"[1]

《日子的样本》中，最引人注目、最让人不适也最独特的，是写内战的片段。我读到，年轻人心甘情愿地为联邦而死，他却为此感到欣喜，这让我感到不舒服——无论误读与否，至少我读来就是如此。他觉得自己注定是书写联邦史诗的诗人。而且，当周遭是一片屠杀的惨象时，他却在对物质的丰厚表达几乎是感官上的愉悦。也许是我过分投射，当惠特曼走在临时医院里，给伤员送去富人委托他分发的钱财时，当他给那些肺部或脸部没有受伤的人递上香烟时，我认为他体验到了某种极度的快感。在这个无人机帝国驻留地的深夜，他对战争双方以鲜血浇灌自由之树的青年男子的爱，恕我难以认同。有时我的注意力无法再集中在书页上，我便会躺在硬木地板上，听克里利的录音。网上可以找到很多他的录音。我一遍又一遍地播放他在 60 年代初读他的诗

---

[1] 出自惠特曼的诗《乘坐布鲁克林轮渡》（"Crossing Brooklyn Ferry"）。

《门》的录音，音频里静电干扰的声音仿佛雨声，有时可以听见背景里纽约的车流声。然后我会不时地听一听惠特曼现存的唯一录音。他读了四句《美国》，由爱迪生录制，网上的录音是从蜡筒唱片转成的电子音频。

日子就这样过去：日出而息，日落前一两个小时醒来；我与其他人类仅有的接触，是和加油站工作人员或者墨西哥老婆婆瑞塔交换三言两语。我后来依旧去那个加油站买食品杂货，虽然市区有一个有机产品市场。丽塔是迈克尔推荐的，她在自己家里卖卷饼。（我会在起床后不久开车去她家买一个卷饼，半夜的时候重新加热，当作一天当中的那一餐。没过多久，这一餐就成了我唯一坚持的一餐。）有一次克里利出来抽烟，我跟他又招了一次手。除此之外，我再也没见过住在街对面，我房子的映象里的那个作家，也没见过其他任何人。我的手机信号很差，大部分时间都关机，和亚历克丝通过几封邮件，和阿莱娜没有联络，也没和家人聊过天。在睡觉前，也就是日出前的那个小时，我会绕着市区走一圈。牧场往郊外绵延。我踩在碎石上，脚步声惊起树上的老鹰，也或许是秃鹰。当太阳升起来，我能看见远处的飞艇。那是一架联网的监控飞行器，装载了类似雷达的设备，搜索从墨西哥北部越境过来的毒贩，或者还有移民。这只充着氦气、漂浮在地平线上的怪东西，开始进入我的梦境。另一个版本的它，在很久以前，就出现在了罗贝托的梦里。

终于，市区有人给我写信：一个朋友的朋友在马尔法过冬，问我想不想喝一杯；还有另一个驻留作家，写小说的，以前打过照面，问我要不要一起去看贾德的展览；因为迈克尔的安排，我还收到了邀请，参加专门为一个途经马尔法的艺术家举办的聚会。我作息颠倒，我正在发狂似的工作，我因为海拔的变化身体抱恙，我很愿意过两周再约你——我拒绝他们的时候，几乎没去在意自己用了什么借口。再一次，在日落的时候，我会发现自己站在那儿，手里握着剃刀；再一次，我会决定不刮胡子，想着我的胡子要多久才能留到邻居那么长，遮住脸颊；再一次，当我散夜里的最后一次步时，我会看见一个女人在她的院子里给一株福桂树浇水——即使沙漠的夜晚很冷，而且她再一次没看见我招手。

我确实在工作，只是没有在做我该做的事情。我本该在编造小说中作者的书信档案，挣我的预付金，但我却在写一首诗，一首奇怪的、沉思型的抒情诗。我有时会在诗里变成惠特曼，主题是驻留项目本身为什么奇怪。在将我的小说的未来变现后，我便把它丢在一边了，转而去创作一首由某个百万富翁资助的诗。这首诗，和我写的大多数诗一样，也和我答应扩写的那篇故事一样，结合了真实与虚构。我还意识到——这个想法并不是第一次出现，却带着一种新的力量——我之所以喜爱诗歌，是因为诗歌中的虚构与写实之间不存在界线，诗歌本身的强度比文本与世界是否契合更重要，并且在阅读的当下能激发出各种各样的感受。我把地点设定在马尔法，但时间是极度炎热的夏天："我是驻留此地的异乡人，光／于我是异物，我的脚步踩在碎石上／惊起树上的老鹰，我坐在窄小的门廊上／读《日子的样本》，晒到灼伤，街对面／另一个诗人死了／或开始死去……"

……他们死后，以不同的方式存在，

这些诗人，不过两位我都见了，因为

驻留期间，我有的是时间，你不确定钱

从哪里来，或者钱是什么，

你如何能把它放在一个士兵床边，

然后走出去，穿过洒满月光的林荫道，怀着

对联邦的爱，醒来，再次充满活力，

把烟草送给那些肺部或脸部

没有受伤的人。今晚

我打开了多个窗口，同时

听他们的录音,《美国》的四行

或许是一个演员朗诵的，但是

房间里蜡筒留声机的噪音是真实的，听起来就像是

我想象中旧船发动机的声音，

同时,《门》的声音里

透露着悲伤。前一个说

他在前面等我，但我怀疑自己能不能

按时到达……

一天早晨，也就是我的深夜，我已经睡着了，腿上放着惠特曼的书，突然被榔头敲打屋顶的声音惊醒。这是我幽灵般的作息第一次被真实地打断。接着我听见轻微的音乐，来自一台便携式收音机，有人说着西班牙语：有人在屋顶上干活。噪音让我无法入睡，于是我决定煮点咖啡，然后散一会儿步——这是我来到这里后，第一次在大白天散步。我从房子的后门出去，只是回头瞥了一眼屋顶，结果与其中一个在屋顶上干活的墨西哥小伙子对视了。我转身招手，说早上好。我太久没说话，听自己的声音觉得陌生。他叫来另一个墨西哥男人，那个人用英语说他们得为房子做些修缮，接下来的几天都在这儿，希望没有太吵。我说不会，如果需要屋子里的什么东西就跟我说，咖啡和水之类的。然后我便继续在炫目的日光中梦游，没有洗澡，没有刮胡子。我想象他们会如何想象我，以及他们维修的房子里的其他驻留作家。这些驻留作家的劳作，看上去跟休闲、优哉游哉没什么区别，而且作息奇怪，假如他们的作息有任何规律可言。这些工人有本地的合法居留权吗？对他们来说这里是北方，对我来说这里是很南的南边。

两三个小时后，我回到屋子里。他们还在干活。于是，当他们在我的头顶敲敲打打的时候，我把他们写进了诗里虚构的夏天，把白天变成黑夜：

我回来的时候，屋顶上

有人在做白天热得做不了的活。

我招手，他们看见了，用西班牙语

尴尬地交谈了两句。他们能听懂我说的，

虽然我搞混了条件式与未完成过去式。

他们的收音机唱着墨西哥北方民谣，

屋子里也听得很清楚。我希望他们知道

房子不是我的：我只是在这里写作。

没过多久，他们就去了他的屋子。

我说是"他的"，因为这一区的管理员迈克尔

把他从那儿急急忙忙地送去了米德兰

或敖德萨的医院……

工人们转移到克里利的房子之后，我终于能读书了——我只能在安静的环境下阅读，但我能顶着噪音写作——我又返回去读写内战的片段，几乎每天如此：

……他觉得没有必要克制这种爱，

他爱他们垂死的、联邦的身体之丰裕，

手指、脚趾脱离了这躯干，

床边的水桶专门用来盛放血肉，他几乎

不提种族，只写过有许多

黑人士兵，干净的黑人女性

能成为优秀的护士，他一次又一次地

给器官穿孔的男孩们送钱：

"联邦主义"，他们将带着闪亮的头发，

枕着小额纸币死去，这些都是为了谱写

最伟大的诗篇。还是说，这乌托邦式的时刻

其实就是爱粪便和鲜血的气味，爱白兰地

徐徐淌过伤口，是纯粹感官的

政治？当你死在专利局里，

到期便成了双关语，你必须躺进

一只巨大的玻璃柜子，里面放满了

机械、工具、奇珍异宝的模型。看，

你的总统会在剧院里被枪杀，

演员会变成总统，小额的金钱

经过流通、转移，会变成天文数字：

我来自未来，给你警告。

　　来这里之后，我第一次在白天醒着。我干脆不睡了，来找回一点平常的作息。当我累得写不动了，便在电脑上看德莱叶的《圣女贞德蒙难记》，这是亚历克丝最喜欢的电影，感觉就像是我在和法奥康涅蒂视频。德莱叶让她跪在石头地上，使得痛苦的神情看起来更真实。我决定来计划一下第二天去参观辛那提基金会，翻了屋子里的好几本关于贾德的书。我要刮胡子，然后从诗歌里的热浪走出来，重新进入时间。明天，我要开始写小说。

明天我要去看唐纳德·贾德
陈列在旧飞机库里的永久装置作品，可是
现在已经是明天，我没有去，没有刚过中午
就出发，不戴帽子，迷了路，很快就
犯了飞蚊症，于是回到住处，
屋子里看起来是一片蓝绿色，后来眼睛才习惯过来，
我躺了一会儿，梦见我真的去看了展览。
今晚我会刮胡子，和一个朋友的朋友
喝两杯，但那是上周的事，我取消了，
说海拔让我有点不舒服，我们
可以等我调整过来再联络吗？
昨天我在他们留在屋子里的一本书里
看到唐纳德·贾德的作品，决定不写完诗
就不去。之后那首诗便搁置了，
我总会再继续写的。我需要的是
驻留内的驻留，那样我就能
恢复精神，重回这个驻留里来，和朋友
的朋友们一起逛逛贾德，看血红的小点
在脖子上盛开，从而知道

我按时刮了胡子，我从来没留过

现在这么长，虽然离络腮胡还有距离。

刮胡子是开启工作日的一种方式，

一个有机会割破喉咙却不割破的仪式，

"傻子才要洗洗刮刮——

我要雀斑和刺人的胡须"[1]，

读惠特曼，很多时候读到的是尴尬。

今天醒来，梦里有长得像

法奥康涅蒂的护士帮我刮过胡子，

我的床被巨大的铝箱[2]围绕，我依然

打算去参观那些盒子。然后我真的刮了胡子，觉得

这一天要做的事就到此为止，这是我

回到未来的时刻。基金会在周日和夜间

闭馆，而驻留只有

这些时间，所以事先安排好

你的参观，要么就只绕着摆放张伯伦雕塑的大楼

外面走一圈，

雕塑是喷漆镀铬的钢，最好的参观方式

是透过映在窗户里的自己去看：

在巴斯蒂昂－勒帕热的《圣女贞德》（1879）里，

---

[1] 出自《我自己的歌》。

[2] 这里是指贾德 1986 年完成的装置艺术作品，由 100 只铝盒组成。

贞德伸出左手，或许是受了感召后

精神恍惚，想要扶住什么。但她的手

并没有抓住枝叶，而是，在这么关键的场景里，

消失了一部分。手被精心安排在了

一个天使从画面对角看过来的视线上。

悬着的三个半透明的天使，他因

未能调和好他们的超凡缥缈

和未来圣女的真实感而遭到攻击，有人说手

对空间的分解是一个"败笔"，背景

开始吞噬她的手指，让我想起

那张人像消失的照片，

"马蒂"用来推测还有多少时间留给未来的

那张照片，我们在这个未来里看了这部电影，

只不过吞噬着贞德的手的，是未来的存在，

而非缺失：你那么快

从织布机旁站起来，撞翻凳子，冲向画面，

不可能不吓到画画的人，你听见

这一媒介无法描绘的声音，

不可能不在身体某处留下印记。

但从我们的角度来看，正是

因为手代表的不再是手，而是

颜料，失去了温度

和力气，手才触达了物质的

当下，因为不确定，而比雕塑更真实：

她正过快地浮现。

现在我觉得，我浮现得太快了。我已经有两个星期没有和任何人真正地说过话。这一段时间的沉寂，对我来说是生平第一次。这或许也是我最久一次没有跟亚历克丝说话。她在给我的一封邮件里说，她是在尊重我希望保持的距离。我终于刮了胡子，洗了澡，洗了衣服（车库里有洗衣机和烘干机），觉得自己至少能算半个人类、变回昼行动物了。我去马尔法图书公司逛了一下。书店在市区，据说很不错。路上我偶然发现一家咖啡馆，在这之前从没见过。我要了最大杯的冰咖啡，很好喝。店里有几个年轻人，各自敲着笔记本电脑。当我看到其中一个女人，一阵原始而强烈的生理欲望穿过我的身体，然后转瞬即逝，仿佛离开了我，要去进入另一个人的身体。

我小口喝着咖啡，来到诗歌区，书的品质好得出乎意料，有很多来自小出版社。这时，一个男人朝我走来，大方地叫了我的名字：

"听说你在这里——黛安娜和我一直等着碰见你。"黛安娜是谁。我依稀觉得他有点面熟。光头，透明镜架，四十多岁——我在纽约的几次艺术展开幕式见过他。或许是阿莱娜的朋友。我想不起来和他有没有熟到不适合再问他名字的程度，但为时已晚。

"你怎么会在这里？"

"来参观辛那提。黛安娜顺便来看望一个老朋友。"他说"黛安娜"这个名字的语气，好像她很出名，"我们再过几个小时就去看贾德的盒子，是私人参观，然后吃晚餐，喝东西。看你有没有兴趣？"

"我没有特别迷贾德。"

他听了我的话笑了。在马尔法说这句话的人，一定不是认真的。

"我很累，"我在撒谎，冰咖啡驱散了所有疲惫，"我很久没睡觉了，再不睡今天晚上可能会死。"

"你明天早上又不用工作。"他调侃道。

在沉寂那么久之后，我已经不知道该怎么社交了，更不用说第一个碰见的是一个莫名其妙冒出来的纽约人。我拼命地想该怎么礼貌地坚持拒绝邀约，但那好像是一项步骤复杂的行为，而我已经记不起来要怎么操作了，就像在高中数学考试上，绞尽脑汁地去解一道文字题。"我想我可以去。"我说。挑战失败。

我把地址给他。日落前一个小时，他们来接我。我立马认出了黛安娜（认识她的时候我只知道她叫"黛"），她是一个画家，也是一家美术馆的负责人。我给美术馆的展览写过评论。那时她五十多岁。但是男人的名字我依旧想不起来。我希望黛安娜会叫他的名字。

辛那提基金会占地方圆几百英亩，原先是一处军事堡垒。一个年轻女人和一个更年轻的男人在办公室门口接我们。那天是周日，基金会不对公众开放。黛安娜介绍我认识那个女人，莫妮卡。莫妮卡补充说她是柏林来的，做雕塑，受辛那提资助来这里待几个月，做驻留艺术家。她个子高，应该和我差不多重，却看起来更壮，大概二十五岁；金色头发，剪得很短，牛仔外套的领口露出半截火焰文身，或者是花瓣。男人看起来还不到二十岁，是辛那提的实习生，穿着紧身牛仔裤，黑色的头发抹了东西，抓得凌乱而有型。他拿着存放贾德铝盒的那些棚屋的钥匙。

我没有对贾德的作品有过任何强烈的感受，不过我也不是什么专家。他想摆脱的东西，正是我钟爱的——一幅画内在组成部分之间的联系，形式上的微妙差别。他关注的是模块，是工业组装，他希望能消灭艺术和生活的区别，坚持在真实的空间纯粹地展示物品本身——这一切，我觉得我只要逛一逛开市客、家得宝或者宜家[1]就能感受得到。我对贾德的"具体物品"的关注，并不比对世界上其他物品的关注要多，它们都是真实的物品，仅此而已。我以前看他的作品——总是在博物馆或是小型美术馆——看完只觉得冰冷，所以，当他的诸多拥趸都在赞颂他的冷静时，我从没有怀疑过我的第一印象。

可是，当我变成一个驻留高原荒漠的异乡人，走进一个改造后的、曾经关押过德国战俘的炮兵棚时，事情变得不一样了。砖

---

[1] 开市客（Costco）、家得宝（Home Depot）和宜家（IKEA）都是大型仓储式商场。

墙上还留着用德语涂写的字句。"DEN KOPF BENUTZEN IST BESSER ALS IHN VERLIEREN"，有一句这样写。我请莫妮卡帮忙翻译。"动动脑子，好过丢了脑子。"她说。在贾德接手的时候，这些棚屋都是断壁残垣。他把给车辆进出的门换成了方形落地窗，每一扇有四块玻璃，连成四壁。他在原先的平顶上搭了一个镀锌铁制成的拱形屋顶，让建筑物的高度增加了一倍。室内光线充盈，加上铣削铝做的盒子反光能力很强——你可以看见盒子映出棚外草地和天空的颜色——过了一分钟我才把眼前的东西看清楚：长长三排的银色盒子，闪闪发光，间距均匀，精心排布，与窗户的排列规律相互呼应。虽然所有的盒子在外形上大小相同（长41英寸，宽51英寸，高72英寸），但每一个的内部构造都独一无二。有些是内部空间的分隔方式不同，有些是侧边或顶部开口，等等。这就意味着，当你走在盒子之间时，或许会看见黑暗的立方体，或者是一条窄窄的黑暗把两块充满光亮的立方体分隔开，又或者是，在某些角度，根本看不见空间的存在。一个盒子是镜子，另一个是深渊；这一秒看都是平面，下一秒看都有深度。虽然作品的实体属性用三言两语就可以列举完毕——实习生逐条背诵，语气有点像在说教，整个棚里都响着他的回音——但在整体效果面前，实体属性早已荡然无存。作品包含了时间属性，随着光线的变幻而瞬息万变，映在盒子里的干枯的草渐渐变成金色，而天空很快就开始变成橘黄色，给铝染上几分别样的色调。所有正对着空地的窗户，反光的表面，盒子不尽相同的内部构造——有些盒子里还映出模糊的风光，这一切结合在一起，折叠了我对内部和外部的感知。这种力量，我从来没有在纽约那些方方正正、四面刷白的美术馆里感受到过。有一瞬间，我注意到一只盒子的表面隐约有东西在移动，我转头看向窗外，看见两只叉角羚羊飞快地跑过荒原。

　　人们对这些盒子的赞誉，我读到过，也偶然听到过，但没有人提到墙上用镂空模版涂写的德语标语，没有人谈论过，将改造后的炮兵棚作为场地如何影响了他或她对这一作品的体验。对于我，一个刚从沉寂和惠特曼的书中走出来，享受着特权，驻留在军事化边境地区的人来说，这些作品给我的第一感觉是一种追忆：一座军事建筑，曾经关押过来自隆美尔[1]率领的非洲军团的战俘，如今成排地摆放着盒子，让人联想到一具具棺材（我想起惠特曼去走访临时医院）；盒子的内部构造各不相同，形成一种不断变化的律动，让人感觉是在对一场任何器物都无法容纳的灾难表达哀思；抑或，有些"棺材"的内部映出棚外的风光，象征着这场灾难本身已经大到装下了整个世界。不过，说是"追忆"，其实不完全准确：作品并没有聚焦于我的记忆，它们诉说的对象并不是我，或者其他任何个人。这种体验更像是去参观巨石阵——虽然我从没去过，像是看见一座显然是由人类建造但人类无法解释的建筑，这个装置仿佛在等着某个外星人或上帝降

---

[1] 德国陆军元帅埃尔温·隆美尔（Erwin Rommel，1891—1944）。

临。作品被放置在即时的、实体的当下，映照出存在和光线的每一次波动，同时也被放置在巨大的现代灾难之中——"动动脑子，好过丢了脑子"。但是，这些盒子也被精心设计成一种非人类的、地理的、恒久的存在，就像是岩浆与岩床，随着这颗星球渐渐变暖，铝会熔化蔓延。随着夕阳西沉，盒子越发赤红、深沉，我感受到各种时间秩序——生命的、历史的、地理的——相互融合，相互扰动，然后消失。我想起布朗克诗里的"不可能存在的镜子"。

我们离开辛那提，驱车前往"胭脂红"，那是市区的一家餐厅，黛安娜挑的。她邀请了莫妮卡和那个实习生，不过他们骑车过去。我们只比他们早到了一两分钟。我在辛那提基本上没说什么话，于是，在等饮料上来的时候，我努力找些平常的话来聊。我感觉自己像是一个重要的配角，正想尽办法回归以前的角色。在喝下第一口酒之后，一切努力都化为乌有。我意识到，没有说话、没有喝酒的这几周，是我记忆中十二三岁以来戒断谈话和酒精最久的一次。第二杯马提尼下肚，我累积的所有昼夜失调通通转化为狂躁的能量。没有任何准备动作，我叉起我点的那块巨大的牛排，基本上可以说是狼吞虎咽地吃下去，连骨头上的肥肉也没有放过。别人的澳洲肺鱼只动了一两口时，我的盘子已经一干二净，于是我便专心喝酒。我注意到，这家餐厅没有服务员讲西班牙语。

酒似乎对莫妮卡产生了相似的作用。我们聊贾德的时候有点激昂。不过我在承认自己被触动的时候，还是有些难为情，并且不想把话题带向德语标语和"二战"。她英语很好，但好像调动的词汇有限，词语像模块化的盒子一样不断重组。她喜欢形容事物"微不足道"（"弗莱文[1]是个微不足道的艺术家"，对马尔法来说这是个大胆的论断）或"值得称道"（"我在思考能通过雕塑做些什么值得称道的事情"）。她自嘲用词重复，打趣说方才所见的日落美景实在"值得称道"，我觉得这样形容很好笑，但也很优美。每当实习生试图加入谈话，那个谁也没有叫过他名字的男人就用更大的声音盖过他，打断他的发言。

或许是因为喝了酒，或许是因为贾德的作品有让人心智迷惘的力量，或许是因为我突然间回到了人群之中，又或许是因为这些因素的共同作用，我想要慷慨一回，坚持要用津贴为大家的晚餐买单，虽然几乎可以肯定，黛安娜和那个无名男子很有钱。我们和实习生说再见，他骑车走了。黛安娜提议大家去她一个朋友办的派对。我说我得回家写小说了，但其实心里完全也没有这个打算。很快，我们四个便开着车穿过黑夜，朝派对奔去。远光灯照出几片雪花，融化在挡风玻璃上，但我以为是飞蛾，或者说恍惚间看见两者交替变幻，仿佛前一秒还是冬天，一眨眼又变成了我诗里的仲夏。

我们和实习生同时抵达。他刚才一定是不知道自己有没有资

---

[1] 指丹·弗莱文（Dan Flavin, 1933—1996），美国艺术家，与辛那提基金会有诸多合作。

格邀请我们。当我们在石子车道上撞见彼此，他尴尬地笑了。他还没来得及解释，我就拥抱了他，好像他是一个暌违多年的老朋友，再次见面令我十分激动。这样的幽默行为完全不符合我平时的性格。大家都笑了，摆脱了难堪。我心里想，我究竟要做多少不符合性格的事情，四周的世界才能自我重组？

房子只有两层，所以当黛安娜直接推门而入、让我们进去的时候，里面的巨大空间令我大吃一惊。我们走进客厅，那里看起来有一英亩那么宽敞。地板是橙色的西班牙彩砖，四处铺着动物皮毛等各式地毯。房间里有好几套家具，大多是黑色和红色皮面，围绕着一张张小桌子摆放。有些家具是装饰艺术风格，有些我不知道该用什么词语称呼，只知道是西南地区的风格。有人坐着，有人抽烟，有人大笑，三五成群，大多比我年轻。不知道藏在何处的立体音响唱着乡村音乐。虽然是乡村音乐，但歌词是法语。这里有一种不自洽的奢华感：一面米色的墙上，同时挂着一幅巨大的祭坛画和一幅利希滕斯坦[1]的画或印刷品；一幅隐约有些眼熟的抽象画旁边，有一大幅银盐照片，照片中是一个亦男亦女的半裸儿童，面对镜头，一只手里握着一具鸟的尸体。

实习生离开了我们，加入了另一伙人。黛安娜带我们走出客厅，来到隔壁的厨房。这里也很宽阔，中岛台跟我的公寓一样大，上方的一个架子上挂着一千只各种各样的铜锅。黛安娜介绍

---

[1] 罗伊·利希滕斯坦（Roy Lichtenstein，1923—1997），美国艺术家。

她的朋友给我认识。她的朋友是个很漂亮的女人，银色头发，银色珠宝，绿色眼睛。这个朋友又把我介绍给围在桌子边的其他人。他们正喝着葡萄酒和啤酒。桌子是用一块门板改装的。而莫妮卡跟每个人都熟。厨房里的人比客厅里的年纪大很多，就好像父母全数退到此处，好让孩子们在派对上玩得尽兴。整个画面中只有一个例外：一个有些胖、留着长发和胡须的男人趴在一只银色托盘上，在用一把直刃剃刀分一撮可卡因。他的 T 恤上印着："耶稣恨你。"黛安娜的朋友给我们指了指喝的东西。

那个男人礼貌地问大家有没有人想跟他一起，只有桌子旁的一个女人用英国口音回应说她可以来一点，就当是怀念旧时光了。于是男的从那一小堆可卡因里划出细细的两条，把一张崭新的纸币卷成吸管，递给他的朋友。她凑到盘子上吸了一条。她吸得很猛，其实不必那么用力。然后她把头往后一仰，笑着说很久没练习，生疏了。男的拿回吸管，演戏似的望着比较少的那条，犹豫了片刻，然后吸了没分的那一整堆。我目瞪口呆地盯着他，等着他猝死或剥离。桌子旁的所有人都大笑起来。这时，一个戴着牛仔帽的年轻女人从客厅走过来，一条很长的辫子垂在背后。她问什么事情这么好笑。"吉米吸了一整堆。"黛安娜的朋友说。年轻女人微微一笑，表情很明显是在说那是吉米的经典动作了。他把吸管让给周围的人，谁想要剩下的那一小条的话可以吸。莫妮卡接了过去。

我拿着啤酒回到了客厅，一边闲逛，一边观赏墙面。这地方简直充满奇观。酒红色的皮面长沙发上，一个年轻男人和一个女人互相缠绕，分析在他们的院子里养鸡的利弊。他们身旁的地板上坐着一个年轻女人，穿着泳装，肩膀上披着毛巾，正在发短信，不知道向谁说了一句："这就是我为什么会离开奥斯汀。"实习生出现了，带了一瓶白葡萄酒来给这群人喝。他看见我在乱逛，于是把我介绍给大家，说我是驻留作家，写小说。更像是诗人，我说。他们要到外面去吸一卷大麻，虽然室内看起来并没有禁烟。他们问我要不要一起，我说我跟着去吧，这个短语我从来没有用过。

我们走出屋子，来到院子里。这里有一个地上泳池。我们加入了另一群吸烟的人，围着一张桌子，旁边有几台高高的便携式露台取暖器，让我联想到那种游客会去的餐厅。参加派对的一些人似乎跟辛那提有关系，一些住在市区，还有一些是来马尔法玩，只是黛安娜朋友的朋友。说是派对，其实这里更像是一个常年有人来玩的地方。我一点点推断出来，黛安娜朋友的丈夫是某个导演。院子里的所有人都比我年轻。其中有一个卷发女人，微弱的灯光下，我只能看出她的头发是红色的。她把那卷大麻递给我，说："你知道我们头顶的天空，是北美最黑暗的天空之一吗？"

我吐出烟的时候，仿佛已经有点兴奋过头了。我呼吸变得沉重，并且难以跟上周围人的语速和抑扬顿挫。我忽然站起身，却又不想回到光亮里去，不想去面对成年人，于是重新坐下来，没有做任何解释。我感觉孩子们在笑我。莫妮卡走了过来，拉了一把椅子坐在我们边上。她给我递了一支烟，我接了过来，但没有抽，只是在手指间翻转。没过多久，有人把更多的可卡因从一只塑料袋里全都倒在了桌子上，披着毛巾穿着泳装的女人变戏法似的掏出一张信用卡，把可卡因分成小份。我怀疑毒品比取暖器更能让她感到暖和。我心里有一个声音在说：吸一小撮可卡因，你就能感觉清醒，集中精神，重新控制自己的意识，大不了会有一点亢奋。而一个更理智的声音说：你心脏有问题，不要犯傻，等兴奋消退一点就回家。理智的声音轻松赢得了辩论：我决定不吸了。但是，当我决定不吸的时候，我已经从玻璃桌面上抬起头，吸完了一小条。

我把吸管传给实习生，等着晶体状的生物碱把我变得清醒，把我带入一种注意力超常的状态，抹去因为吸毒而产生的一切焦虑。我一边等，一边看着那个我请他吃了晚餐的实习生一连吸了足足三条，动作飞快。我隐约觉得，他想让我觉得他很厉害。莫妮卡跟他说"勒住你的马"[1]，她其实是想说"悠着点"。大家都笑她用错了俗语，但反而很贴切。

我也在笑——事实上我脱离了自己，以第三人称的视角，在一个新的窗口里，看着自己大笑的慢镜头——可是，服用药剂之后，我为什么会脱离自己？时间为什么会变慢？没等我意识过来，我就已经在非常努力地思考这两个问题了，觉得这是我和我身体

---

[1] 原意是叫人停下来仔细想想再做决定。

之间唯一的纽带，但很快，问题便不属于我了，它只不过是院子里的一件东西，我的意识正从这个东西上移开。接着，我成了取暖器、天空和一池蔚蓝波光的联结。然后我消失了，变得什么也不是，成了北美最黑暗的天空。我仅存的一丝个性是对个性消散的恐惧，所以我用尽力气抓住它，像绳梯一样攀上它，爬回我的身体。一回到身体里，我就叫我的手臂把香烟放到嘴边，我看着它移动，却完全感觉不到手臂或嘴唇属于我，本体感觉为零。但当我吸了一口烟之后——我不知道香烟是怎么点着的——我能看见它进入我的胸腔，在那里落定，过程很舒服。这是在医生诊断出主动脉扩张之后，我抽的第一支烟。穿泳装的女人说："K粉，氯胺酮，主要成分是这个，我以为你知道。"她说完我才听见自己问了一句："这他妈是什么？"

我只吸了一点，所以不久后灵魂便基本回到了身体里，还算及时。但如果我的头转得太快，我的视觉会散成一帧一帧的。除了莫妮卡和实习生，所有人都回到屋子里去了。不过实习生的状态不太对劲，我觉得他也不清楚自己吸的到底是哪种毒品。我看他把双手举在胸前，就像在推杠铃。他的眼睛睁着，但眼神涣散，眼皮跳得很快，嘴角有口水流下来。莫妮卡喊他的名字，他最多只能发出哼哼的声音。让我意外的是，她笑了起来，说他没事的，然后便走开了，只留下我们两个坐在桌子旁。我的嘴还没有什么力气，费了很大的劲说了一句："你不会有事的，药效很快就会过去。"不过他好像听不见我说话。

我不知道我们在那里坐了多久。我打算等有人出来,确保实习生有人陪着,再说我得走了,然后溜达回家,虽然我也不确定我的腿能支撑我走多远。正当我在脑海里练习台词——"我得走了,我明天要早起"——实习生吐了自己一身,却好像没有意识到自己吐了。他应该是喝了很多。我不知道该怎么办,问他还好吗,他咕哝了一句,我只听清楚几个词语,"萨克拉门托""死",或许还有"债"。我努力站起来,歪歪扭扭地走回屋子里——我的协调性还没有完全恢复——想找一个他的朋友来照顾他。

客厅空荡荡的,看起来是刚才的两倍大。我们在外面待了多久?厨房好像有一英里远,我想大家应该在那里。我总算跋涉到了厨房,却只看见莫妮卡和黛安娜的那个没有名字的同伴在桌子旁。我隐约觉得他们在私密状态下被我吓了一跳。

"大家都去哪儿了?"我问。

"有些人去骑夜车了,"男人说,"大部分都去睡了。"

"实习生状态不太好。我得回家了。有谁可以照顾他一下吗?"

"他没事的。"男人说。

"他吐了。"我说。

"那就好,"莫妮卡说,"吐一吐能帮他恢复。"虐待狂。

"我得回家了。"我又说了一遍。

"好的。"男的说,显然是迫不及待地希望我快点离开厨房。

"你可以帮我把实习生放上床,开车送我回家吗?"我好像是在水下说话。

"很近的，走走就到。"我恨他。

"你叫什么名字？"

"什么？"

"你叫什么名字？我不知道你的名字。我一直不知道。"莫妮卡尴尬地笑了。我觉得我听上去一定像是疯了。

"保罗。"他说。他疑惑的语气让他的回答听起来像是一个问句。

"保罗。"我重复道，仿佛是在确认，仿佛是用钉子把他和他微不足道的自我固定在一起。

"你知道的。"他说。

"我对你发誓，"我把一只手贴在胸口说，"我不知道。"我走向巨大的银色冰箱，打开门，发现两罐青柠苏打水。我从架子上取下洗碗巾，用水龙头浸湿。我走出厨房前停了一下。"保罗。"我又说了一遍，几乎是在厉声呵斥，就好像这个名字荒谬得显而易见。

当我走回实习生那里的时候，他已经有力气转头了。这是个好征兆。但他几乎就要哭了。"我吓坏了，朋友。我看见了各种东西。很恐怖。"

"你不会有事的。"我一边说，一边打开两罐苏打水，放在桌子上，给他擦了擦脸和衬衫，"最难受的阶段已经过去了。我陪着你。"我引用道，"我都明白。"他哭了出来。他大概二十二岁，并且远离家乡。虽然整个场景荒唐可笑，但他的恐惧是出自真心的，因此我的同情也是。

"你觉得你可以走进去吗？"我喝了一点苏打水之后问他。苏打水味道很好，实习生还腾不出多余的精神来品尝他的那罐。他摇了摇头，但我看得出他想试着走走看。他的系扣衬衫散发出令人反胃的气味，于是我帮他脱下来，然后把这已经湿透的衬衫丢进了泳池。我把他的手臂搭在我的肩膀上，抱住他的腰，扶着他慢慢走进屋子。我是在模仿惠特曼，既是诗人也做护士，照顾着他负责的伤员。

吉米坐在一张椅子上，正翻着一本艺术书。"这孩子怎么了？"他问。灯光下，实习生苍白得可怕。

"他吸了一整堆。"我说，"有没有卧室可以让他躺一下？"

"穿过那扇门，下楼梯。"

我们总算找到了门，走下铺着白色地毯的楼梯。我打开灯，看见一张很大的四柱床。柱子没有挂床帘，看起来像是一个立方体，一件当代艺术品。我把他扶到床边，轻轻放上床，帮他盖好被子。"睡吧。"我说。

"不要丢下我。"

"你马上就会睡着的。我得回家了。"我说。

"我看见了各种东西。我完了。我感觉我一闭上眼就会死。"

"你没事的，我保证。"

"拜托你。"他几乎是在啜泣，绝望又无助。我躺到柔软地毯上，问他看见了什么。我们都凝视着白色的天花板。

"我坐在椅子上。我能感觉到椅子。但是椅子没有压着我的背，而是压着我的胸。压得很用力。但我知道椅子其实在我背后。我也讲不清楚。反正我的背和胸变成了相同的东西。不分前后。变成了同一个东西。我吸不进空气，身体里没有空间了。没有内外之分了，也就没有地方可以让空气进去。然后你和其他人也开始变得扁平，像橡皮泥一样。"

"橡皮泥？"

"对。把橡皮泥在报纸上压平压扁，就会印上报纸的图案。我当时想到了它，然后你就变成了它，刚才外面的所有人都变成了它，变成了图案，印在一个被压扁的东西上。你变成了一块橡皮泥。比橡皮泥更恐怖，是一块肉泥。上面印着你的模样，会说话。形状扭曲。我知道你们之所以会变成它，是因为我想到了它。我觉得像橡皮泥，你们就变成了橡皮泥。然后我发现，如果我觉得一个东西像另一个东西，它就会变成那个东西。我努力移动，我感觉我在动，但是视野没有变化。我的视觉被锁住了。我记得我当时想到'像下巴一样被锁住了'。锁颌。[1]然后我的下巴就被锁住了。然后我想到了狂犬病，得了狂犬病的狗会锁颌。就像是小时候古泽克家的狗，不得不杀了。然后我就感觉到嘴里有泡沫。或者说我不是感觉到，那样说不太准确，我是看到了。我口吐泡沫，像狗一样。粉红色的，不知道为什么。那么我是从哪

---

[1] 指下颌无法正常开闭的症状。

个视角看的呢？我还没想，我就知道我要开始想了：好像我已经死了，好像我是鬼魂，看着自己的尸体。我努力不往那方面想，因为我一想，我就真的会死。可是，我接着便意识到，不去想一个东西，跟去想一个东西是差不多的。你懂我的意思吗？形状是一样的。'想'本身有一个形状，如果你去想一个东西了，那想的形状就会被那个东西填满；如果你不去想，那形状就是空的。无论去不去想，'想'的形状都一样。我一想到这里，我就觉得所有东西都没有区别了。然后就真的没有区别了。因为没有东西跟任何东西都不像。"

"那个毒品不适合我们。"我说，纯粹为了说点什么。

"我依然感觉不到我在这里。"他又开始啜泣了，"你可以跟我说话吗？"

"你就在这里。"我说。我从地板上伸出手，抚摸他的肩膀、额头，然后，让我自己有些吃惊的是，我站起来，把他的头发往后捋。我想起小时候发烧，我的父亲会这样做。换作惠特曼，他甚至会亲吻他。惠特曼会在乎实习生对失去自我的恐惧，就像他会在乎一个士兵临终时的恐惧。

"接着说。"他说。于是我躺回地上，接着说。我先说了我对贾德的作品的感受，但是他呻吟了一声，我便在脑海中搜寻了一下话题，最后决定来讲布鲁克林大桥的修建。几天前的夜里，我在我的电脑上看了一部关于这个主题的纪录片。我说，哈特·克莱恩[1]在布鲁克林高地的一间公寓里写了《桥》。他后来才知道，那间公寓也是主持修建布鲁克林大桥的工程师华盛顿·罗布林住过的。罗布林在患上减压症之后住到了那里。（我想跟他细说修桥的工人在照明极差的潜水箱中作业，一旦从水里出来得太快，就会有在血液中形成氮气气泡的危险，但我想这个部分可能会让实习生不安。）大桥竣工时，庆祝仪式之隆重超越了内战结束——我记得旁白这样说，配的画面是人潮和烟火的静态图像。那是1883年，马克思死在书桌旁的那一年。卡夫卡出生的那一年。我又讲了一会儿卡夫卡，说我最近才知道，这位作家生前是一名非常成功的保险律师，很擅长对未来下注。我重复了好几次"风险汇聚"这个短语，说这个短语很可爱。然后我就开始说1986年的事情了。

实习生睡着了，呼吸均匀。我亲吻了他的额头，上楼回到客厅，发现已经有不少年轻人在那里休息。应该是骑完车回来了。倒是没看见莫妮卡和保罗。我问一个红头发的女生怎么去高原北街308号。她的眼睛跟黛安娜的朋友一样是绿色。毫不羞耻地说，她很吸引我。她跟我说出了车道右转，一直走到底，再左转。

清冷的空气让我放松了许多，药效也逐渐退去。想到那些毒品和那一段小插曲，我觉得自己很愚蠢，但也很开心帮忙照顾了实习生，对他表现出体贴。我正走着，听见了火车的汽笛声，想

---

[1] 哈特·克莱恩（Hart Crane, 1899—1932），美国诗人。

象我爸爸坐在那辆火车的退役的车厢里。我想起炮兵棚里闪着微光的盒子，想象它们连接成一列火车，每节车厢都是闪烁的铝盒，盒子映出火车正穿过的月光照耀的沙漠。

我拐进高原北街——我希望是这条街，因为我没看见任何路牌。一辆电动汽车安静地驶过，朝我的反方向开去。它开到了路口，又掉头回来，为正在走路的我照亮前方的路。汽车慢慢减速，开到我身边。开车的是克里利，他的坐姿很别扭，因为座椅太靠前了。他停下车，摇下车窗说你好。他说他要去看"马尔法之光"，问我是否愿意赏光同行——他的英语说得正式、诚挚，带着口音。

接着，这位作者便发现自己已经坐在了车上，在67国道上奔驰了九英里，前去一睹"幽灵之光"。他的身体里还残留着兽用分离麻醉剂，依然有些沉重。他为同行的男子赋予了一个亡魂的形象。在黑暗中行驶了二十分钟后，我们到达了观测中心。那是一个平台，被昏暗的红色灯光照亮，旁边有一幢不大的建筑，里面有洗手间。我们在平台上一边瑟瑟发抖，一边朝西边眺望。

从至少一百年前开始，就不断有人声称自己看见了发着亮光的球体，篮球大小，漂浮在地表之上，有时悬在高空。球体大多是白色、黄色、橙色或红色，但也有人看见过绿色和蓝色的。它们停在大约齐肩的高度，或者以很慢的速度横向移动，有时忽然散开，方向没有规律。有人说"马尔法之光"是幽灵，有人说是外星人的飞船，有人说是鬼火。但研究者认为，它们最有可能是大气反射汽车的前灯和营地篝火而产生的现象。原来，冷暖空气层之间如果存在巨大的温差，就会出现这样的效应。

　　终于，我看见了。但是在另一个方向，也不是球体。我看见在东边很远的地平线上，有橙色的光，周围有一片一片的红色。起初我以为是某个城镇的灯光，接着便意识到那是野火，或者是为了预防灾害的可控式烧除[1]。我提醒诗人朝那边看，他点了点头。

　　诗人用一支烟点着了另一支。对他来说，我是谁呢？我很好奇。我希望他也把我看作鬼魂，一个已故的波兰诗人。我没看见任何光球，但我觉得那听上去很有意思——人间的光被反射回我们眼中，却被误认为是超自然现象。我幻想有几个铝盒放在远处，帮忙制造了那神秘的光芒。

　　　　有人说 67 国道附近的光球

　　　　是超自然现象，有人解释说

　　　　不过是大气的障眼法：静电、沼气、前照灯

　　　　和小火堆的光线反射，可是，为什么会把

　　　　用错觉就可以解释的，我们发出

　　　　又回到了自己眼中的光，说成是异象、显灵？

　　　　他们造了一个水泥观景台，

---

[1]　可控式烧除，指在政府组织下人为烧除一部分森林植被，以预防山火。

用低亮度的红光照明，那红光

从它远远眺望的地方看，一定也很神秘。

今晚我没有看见光球，但我将自己

投射，往回凝望，重要的障眼法，因为

我要让自己存在于诗的两侧，

往返于你我之间。

　　我想起惠特曼在深夜眺望东河对岸，那时布鲁克林大桥还没
有建起，城市也没有通电。他相信，他眺望的是时间的彼岸。他
将自己清空，这样才能在未来被读者填满。在他多次邀请之后，
我终于决定给他回信，无论我发出的回音多么微不足道。我想象
我没看见的光球。被反射的不仅有沙漠中的火和前照灯的光，还
有第十大道上前照灯的光，还有波兰姆山的社区花园里，女孩们
的仙女棒雪亮的白色镁光，还有东村的消防梯上一阵余烬的星
火，还有 1912 年或 1883 年布鲁克林高地的煤气灯，还有一只在
黑暗中靠近的动物发光的眼睛，还有一部设定在西班牙的小说里
红宝石色的汽车尾灯，消失在蜿蜒的盘山公路的尽头。自驻留以
来，我一直对惠特曼很苛刻，对他不可能实现的梦想很苛刻，但
是，在度过了漫长的白天和荒唐的一晚后，当我和克里利站在那
里，看着幽灵之光的幽灵时，我和惠特曼达成了某种和解，假如
还算不上契约的话。可以说，正是因为站到了那里，我才决定要
将大纲里计划写的那本书，换成你正在读的这本。这部作品和诗

歌一样，既不属于虚构也不属于非虚构，而是在虚构和非虚构之间来回闪烁。我决定，在我的故事扩写而成的小说里，我不要写文学造假、编造过去，我要写真实发生的当下和多种未来。几个星期后，在小说动笔之前，诗歌会这样收尾：

我比偏颇更过分，但那的确是他

所呼唤的，他依然在呼唤，我能听见

他通过我呼唤，当我并非出于本意

向一群不存在的民众说话的时候，

或当我把艺术视作休闲，视作在没有合法身份的工人

建造、维修的房子里工作。

它置身于最伟大的诗歌中间，它却不是，

因为它想要真实，便只能成为

散文，这是那本书原初的错误，

而我们都从这本书里被驱逐。

但是你看，从观景台上看，看那些

神秘的红光穿过大桥，在某个

我也许会、也许不会返回的布鲁克林，

看那些科学无法解释的现象，

看车轮滚滚，冲进黑暗，

车窗摇了下来，播放着音乐。

永久装置作品

五

"照片的质量高得离谱，"我说，"而且一颗星星也没有。"

"拍摄角度和影子不一致，意味着使用了人工光。"她引用道，眼睛开始发光。

大学的时候，亚历克丝交过一个天体物理学专业的男友，一个缺乏幽默感的人。他现在是麻省理工学院某个领域最年轻的正教授。约会几个月以后，他们更加亲密了，她觉得要介绍给我认识一下。我们三个人约在一家离学校不远的柬埔寨餐馆吃晚餐。我一听又一听地灌着吴哥啤酒，坚持说阿波罗登月是假的。我一点也不肯让步，以至于让他觉得我并不是完全在说笑，他因此感到不可理喻。说着说着，玩笑话变成了冗长而严肃的争论。亚历克丝几次想要转换话题，而我还在激情澎湃地列举照片和宇航员的报告里据称前后不一的地方。（我很熟悉怀疑派的论点，因为我在修一门心理学课程的时候，写过一篇有关阴谋论的论文，讨论过这件事。）那名科学家实在受不了我，而且看得出来，他想不通为什么亚历克丝会把我当成她最好的朋友。她火冒三丈，好几天没有接我电话。

此时，我们并排坐在新帕尔茨一个后院里的秋千椅上。院子很宽阔，但疏于打理。现在是白天，不过天空中的凸月已经清晰可见。我指了指月亮，再次开始列举我"相信"登月是一场骗局的种种理由。几年来，这已经成了我们确认彼此的关系比其他两人关系更重要的一种仪式——既是只有我们懂的玩笑话，又像一段考验信仰的教义问答[1]。我用一只手臂环抱着她。癌细胞扩散到了她母亲的脊柱。

"有几张照片有'热点'，说明用了一台大型聚光灯。"

"奥尔德林从着陆器里出来的那张照片，可以看到那台聚光灯。"

"那他们为什么要造假呢？"她病弱的母亲笑着问道。现在已经是晚上了，我们坐在装了落地门窗的门廊上。亚历克丝的继父在厨房里准备一道味道寡淡但是富含生物类黄酮的晚餐，我们三个人在吸大麻。大麻是她妈妈叫我带来的，说是她的医生给的非官方建议。我带着就当是从预付金里拿出的钱，在圣马可街的一家大麻店买了一只雾化器，乔恩称这款为"雾化器界的劳斯莱斯"。它不会产生让她嗓子发炎的致癌颗粒。我们坐在编织椅上，充满大麻烟雾的小气球在我们之间来回传递。她戴着金色头巾。大麻烟雾本来是没有味道的，但今天这个有一点薄荷味。

"你在开玩笑吧，埃玛？"我用戏谑的口吻反问道，故意摆

---

[1] 天主教有一套成文的关于教义的问答，常用作信徒加入教会的测验内容。

出一副难以置信的激动的样子，"冷战时期的太空竞赛？肯尼迪说的'最后的边疆'？"

"'最后的边疆'[1] 是《星际迷航》里说的。"亚历克丝纠正道。

"随便了，"我说，"登月计划在 1972 年就突然中断了。同一年，苏联研发出了侦测深空飞船的技术。或者说他们发现我们在深空里没有飞船。"

"在越南的官方军事行动也差不多是在那个时候结束的。"亚历克丝的继父说，他拿来一个餐盘，上面是切过的蔬菜和鹰嘴豆，"电视直播登月可能是为了转移美国人对战争的注意力。"

"很有道理，里克。"埃玛和亚历克丝都在嘲笑我煞有介事的专家语气。里克坐下来，打开啤酒，吃了一块黄椒，然后站起来，走回了厨房，却把啤酒落下了。他半分钟都坐不住。不久，亚历克丝也跟着进屋了。

"更别提宇航局会为了募集资金打主意了。"我说，但我知道已经不好笑了。在已经转变的气氛里，埃玛礼貌地笑了一下。我很想打破随之而来的沉默，但我得抵挡住诱惑。大约过了一分钟：

"所以，我们不知道这样还要多久。"她说。她说的"这样"，指的是走向死亡。我们没人知道自己还能活多久，但这句老套的话被我咽了下去。我转而说：

---

[1] 原文为 "final frontier"，是《星际迷航》开场语中形容太空的短语。美国总统肯尼迪提出的政策是"新边疆"（new frontier）。

"我们会陪着你的。陪你走路上的每一步。"她盯着我看。我觉得她在感谢我。

"虽然说不关我的事，"过了一会儿她说，"但我不希望你们两个——怎么说呢。我有点担心——我担心你和亚历克丝急着要做那些事情，是因为这个。"她说的"那些事情"，指的是生育。

"她想要小孩很久了。"我说，却想起了我爸爸和蕾切尔仓促、短暂的婚姻。

"她想要过，也不想要过。她有很多机会，遇到过一些愿意安定下来的男人。至少愿意要孩子。有个约瑟夫——"

我哼了一声，表示对约瑟夫的不屑。

"他们在很多方面都很配。我想问题还是因为她自己的爸爸，我跟她也这么说。她没有想好要不要给孩子一个父亲。"我感到我的存在在闪烁，"我只是想确定，你们知道自己在做什么。"我们不知道。但我们已经约好了之后的几次子宫内人工授精，下一次就在几天后。他们有把握可以清洗出我的精子。如果把人送上月球都可以……我在心里打趣道。然后我说：

"或许这"——停顿了一下——"是个挺好的契机。"我想到了一些具体的理由，但没有说，只是把结论摆在了那里。她思考了一会儿。

"或许是吧。"

或许是吧。我们睡在地下室。那里装了热水浴缸，用来定期做水疗，可以缓解疼痛，但她妈妈一次也没用过。也许我们想当然地以为水可以帮助润滑，也许我们认为水描绘了我们正在继承的未来，或者可以通过某种方式模糊我们身体的边界，从而消除尴尬，但是我们本应该知道，水会冲走充当天然润滑剂的体液，而含硅的人工替代品不推荐计划受孕的情侣使用，即使我们手边就有一支。

可能都是在洛杉矶或沙漠里的一个隔音摄影棚里拍的。高速摄影机拍下了慢镜头，因此没有受重力影响。

并不是说我们是情侣。我们从浴缸里出来，走进隔壁房间。那天早些时候，里克在那里铺好了折叠沙发床。但是等我们到了沙发床，我在生理上已经没感觉了。她想用嘴来刺激，但出于一些复杂的原因，我阻止了，然后带着并没有感受到的激情亲吻了她。可是当我假装的时候，我体内真的燃起了激情。不一会儿，我又可以继续了。我松了一口气，坦白说同时也吃了一惊。

但是，润滑依然是个问题。造成问题的原因之一，是在我们或许错误的印象里，舔阴会不利于受孕，因为唾液会妨碍精子的游动。所以我只用手来刺激，她从旁协助。她也闭上眼了，不知道在想象什么。在这一切的帮助下，我们终于能进行下一步了。我在她上面的时候，她睁开了眼睛，深色的上皮，清晰的基质。她说："操我。"毫无疑问，这既是为了刺激我，也是为了刺激她自己。但是，一个我所认识的最不做作的人，说出如此做作的话，让我笑了，然后我们两个人都大笑起来，我感觉一下子就软了。我从她身上翻身下来，我们平躺在那儿。根据图片的说明来看，一些照片的拍摄地点相隔几英里，土壤形态却一模一样。

我们又吸了一点大麻。刚才我把雾化器放在墙边充电——谁知道大麻对我的精子有什么影响。终于，她想重新开始。这一次我没有拦着她。我盯着天花板，努力不去想她的母亲正在两层楼之上。这对受孕也有害吧？我想起派对上那个红头发马尔法女孩的模样，在她的协助下，我们很快又恢复了状态。她爬到我身上。我还没看清她强壮的身体，她就用掌根用力抵住我的下巴，然后，或许是不想看见我的脸或眼睛，她把我的头往后推，于是我的眼睛只能看向后面的墙。我咬到了舌头，烟雾留下的薄荷味和血的铁腥味混在一起。

但是，专家不建议使用精子需要对抗重力的体位，所以现在，我们两个又侧躺着了。我在她后面，努力思考我的手可以用来干什么。我觉得手有些麻。不知道为什么，即使我们已经结合了，我也还是害羞得不敢去碰她的胸部或外阴，虽然我的本能正命令我这么做。终于，我问她想要我把手放在哪里，语气礼貌又正式，和当前的状况格格不入，导致我们又笑了出来。但我们决心不能再因为可笑而脱轨。她转过来，毫无遮掩地面对着我，又开腿，伸进我的两腿间。我把她的头发往后抓，让脖子露出来，然后把我的脸埋进去。经过了犹如数月的努力，我射了。

她妈妈的细胞在我们头顶失控地分裂。海洋就像贾德的盒子，在变暖的同时扩大。如果我说，这段经历最强大的力量，在于它没有造成任何改变，你明白我的意思吗？旗子看起来迎风招展，但月亮上没有空气。小时候的亚历克丝在她妈妈隔壁的房间睡觉，绿色的塑料星星在天花板上闪耀，她的呼吸和我身边三十六岁的亚历克丝同步。我们的关系并没有因为这件事而变深，至少没有任何明显的变化。这恰恰是这段关系本就深厚的有力证据。只不过有一点细微的差别。

不知过了多久，我沿着铺了地毯的楼梯漂浮到楼上，去冰箱拿一瓶气泡水。我蹑手蹑脚，尽管根本不可能吵醒谁。我准备拿着绿色的玻璃瓶回到楼下。就在这时，我感觉装了落地门窗的门廊里有动静。我转头，看见一块 LED 屏幕在发光。是里克。他肯定看见我了。我觉得我应该打声招呼，于是朝他走过去。

"你在读什么？"我问道，一边坐到编织椅上。

"没什么。我看这些论坛看上瘾了。约翰·霍普金斯。妙佑。[1]"他合上电脑，我们被黑暗包围，"没什么用。一群绝望的丈夫和妻子罢了。"

"你怎么样，"我说，"各方面？"

"还行，只要手头有事可以做。"他说，"但夜里很糟。"

或许周围太暗，他看不见我点头。但我点头了。

"我总是忍不住去想——我知道听起来像发疯——我总是忍不住去想阿什莉。"他说。

"正常的。"我说，"不疯。"

"但我一直在等着埃玛对我说：'我想告诉你一件事，但我要你保证不发火。'"

"承认她在装病。"

"对。比方说，有时候如果我失眠了，比方说凌晨四点，我会开始在心里想：她可能是装的。我会开始怀疑。很难解释。虽然我知道这很疯狂，根本不可能。我并不是真的这样想，但就像是关于艾什莉的回忆又活生生地重演，又有了那时我看清现实而产生的感觉。"

"你当然会希望是假的。我理解。"

"但是，这比'希望是假的'更复杂。我想象她告诉我，并且我也意识到，一切都是一场骗局。但我想象的并不是因此而如释重负。我想象的是在屋子里愤怒地摔东西，离开她，再也不见她。如果我得知她是假装要死，那她对我来说就是死了。"

我在想能不能把里克和阿什莉的故事写进小说，他会不会觉得被出卖了。

"而且，还有，尽管很荒谬，我还会发现自己这样想：假如阿什莉没有装病呢？假如她说自己骗了我，是在撒谎，是为了让我解脱呢？"

两天后，我又来到另一个女人的怀抱：她一只手扶住我，另一只手握着超声探头。探头的一端涂上了冰凉、无色的凝胶，在我的胸前移动，采集清晰的图像。我闭上双眼，而她的眼睛盯着屏幕，那上面有我黑白色的心脏在假装跳动。每隔几分钟，她会叫我换个姿势。我的纸袍在垫纸上挪动，噼里啪啦地响。或者她会叫我憋气，这有利于成像。这个超声师和我年纪差不多，我猜是多米尼加人，比上次的那个更温柔，肢体接触也多得多。我在闭上的双眼里想象她是亚历克丝。前一秒，你还在新帕尔茨一个装修完整的地下室吸着大麻烟雾，笨手笨脚地试图让你最好的朋友受孕；下一秒，一个润滑好的传感器就在往你的胸腔里发射声波了。我觉得自己怀孕了。怀孕的步骤和做超声心动图没有差别。我把自己的心脏想象成胚胎。差别无非是，窦房结的生长意味着死亡。

从马尔法回来后，我在一个月左右的时间里出现了一系列症状：头疼、言语失调、虚弱、视觉障碍、恶心、脸部和手部麻痹。而安德鲁斯向我保证，这些症状是我因为接下来要做检查而产生的心理作用。比起剥离，我更害怕检查，因为比起死亡，我更害怕手术。我能够想象，心脏科医生走进来，告诉我扩张的速度很快，必须立即手术。画面是那么清晰，就好像已经发生过一样。虽然是预测，却感觉像是在回忆一次创伤。

她把探头用力地压进我的肋骨，我吓了一跳。"不好意思哦，亲爱的，马上就好了。"她说，是在对我身体里的小孩说话，几分钟后又说道，"好，医生应该想再看一眼。"然后她就离开了检查室。她为什么要这么急着去找医生？

永远别忘了，在医生来解读你器官的未来之前，你是可以穿上衣服离开医院的。这是现代版的脏卜[1]，而且贵得离谱的保险报销不了多少。你可以说一切都是一场骗局，走到外面暖和得反常的天气里去，不理会这偶然发现的、没有症状、原因不明的病症，赌自己没事。无论那算怯懦还是勇敢，都是一种选择、塑料桌子上的我有点心动。但凡有几毫米的增生，他们就会用我想象中的直刃剃刀，把我切开。我看着屏幕，上面是一幅静止的图像——我的心脏和动脉。屏幕的右上角闪着几个数字：4.77 厘米，5.2 厘米。一阵冷意扩散至我的全身。假如有任何一个数字代表我主动脉的直径，我不出几天就会躺上手术台。

我真的走出去了，只不过是走到候诊室去找亚历克丝。她跟着我来到检查室，我跟她说我看见了这些数字，觉得情况不妙。她让我冷静，别说话，然后我们一起等。屏幕变成了屏保画面："洗手可以拯救生命"，红色的字在黑色屏幕上滚动。地月之间实时通信的延迟时间不够长。从来没有人离开过地球，只有人踏进了地球。

他微笑着进来了。银发，戴无框眼镜，白大褂里系着一条紫色领带。他和我们握手，然后说："我们来看看吧。"漫无尽头的一分钟过去，"看起来没事。显示你是 4.3 厘米。"

"但核磁共振说是 4.2。"亚历克丝抢在我前面说，她的笔记本电脑摊开在大腿上。在这么短的时间里，一毫米的变化将意味

---

[1] 指古时候通过分析动物内脏来预测未来的占卜形式。

着需要立即动手术。

"超声波回声的误差范围很大，两个数值是一样的。"

"4.2 和 4.3 怎么会一样呢？"我问。我既因为他说没变化而松了一口气，也因为数字的变化而害怕。

"我们在这里能看到的，是没有超出超声心动图误差范围的变化。我们也会对你保持密切观察，看它怎么发展。如果它发展的话。"他后来才补的"如果"，让我很不放心，"你可以这样理解，它基本上可以说是没有变化得很快。"

"可是如果它真的已经变大了一毫米，那怎么办？"我问。

"那它就会继续变化，我们下一次做检查就能发现了。"

"所以是说，4.3 可能表示大于 4.3，可能表示就是 4.3，也可能表示 4.2。"亚历克丝确认道。

"是的。"

"所以我们什么也没有发现，只知道它没在膨胀？"我听起来有点生气，其实没有任何感觉。

"我们证明它还算是有一点稳定。"他说，然后，他见我们什么也没说，又补充道，"这是好消息。"

"这是好消息。"亚历克丝确认了一遍。他跟我们握手，然后离开，去帮助那些病症不像我这么虚无的病人。

过了两天，我在纽约长老会医院，对着"高质量素人合集 3"自慰，射在一只收集精液的杯子里。他们洗出我不一定合格的精子，放进亚历克丝的身体。然后我们两个穿过公园，走去泰勒潘餐厅吃晚餐，给她庆生。她三十七岁了。作者是 4.2 或 4.3。他们说她妈妈还剩下几个月。我们吃了南塔克特港的扇贝——市场价，全靠我的预付金。我们以子宫内人工授精为主，同时在排卵期性交作为补充，或是反过来，都是为了尽可能提高我们成功的概率。并且，虽然我们都没有明说，但这样做的话，假如真的成功受孕，我们至少可以把受孕的方式说成是"可能并未借助医疗手段"。

又过了两天，我跟阿莱娜提出要结束或至少暂停我们的性关系。因为亚历克丝出于一系列复杂的原因，不能接受我在和她进行间歇性的性交同时，还有另一个经常往来的性伴侣。我们在唐人街的一个地下酒吧。那里的环境给人一种用蜡烛照明的感觉，但实际上并不是，而是纸灯罩产生的效果。我解释说，我需要中断和她的关系，把我没有爱只有性的友谊放到首位。这些关系并非不能共存，除了这段以怀孕为目标的时期，希望不会太久。我知道她会生气。

但她并不生气。"你确定你没有不高兴？"

"完全没有。"

"没有受伤？"

"没有。"

"没有妒忌？"

"妒忌你和一个朋友按时性爱然后还要去医院？"

"连留恋之类的感觉也没有？"

"我其实不知道留恋是什么意思，确切的意思。"

"我的意思是忧伤的渴望。念旧。"

"你希望我现在就已经开始念旧了？"

"你可以预想自己会念旧。"

"我倒是会渴望念旧。渴望有一天我会渴望过去。"

"我很开心你没有不高兴。"不高兴的是我。

"然后在未来，我就可以渴望过去，在那个过去里，我渴望在未来渴望过去。"

"好的，我很开心你能理解。"

"当然理解。况且，我已经八九个星期没见你了。我们的关系已经停滞了。"不知为何，我之前竟然没有想到，这一场谈话完全没有必要。忽然间，我觉得我自己不是在试图放她走，而是在努力挽留。

"等她怀孕了，或者是我不需要再帮她了，也许我们可以——再联络。"

"必须联络。"她大笑着说，"但是一码归一码，场刊的文章你还是得写。"她要在切尔西的一家美术馆办一场大展。

几杯边车[1]过后，我们才说了真正的再见。我们在格兰街 D 线的站点附近。街上没有人，只有老鼠。她还约了一个人在上城见面，我打算回家。我感觉她的指甲可能把我的脖子后面划破

---

[1] 鸡尾酒的一种，常用干邑白兰地、橙味甜酒和柠檬汁调制。名称"边车"（sidecar）的确切由来已不可考，本意是挂在摩托车侧边可以载人的车斗。

了。那是独立电影史上最性感的亲吻。当我逐级迈下台阶，往下城方向的站台走的时候，感觉很糟，因为我知道，可能很难再见到她了。

但是，当我走到站台上的时候，我又看见了她，在轨道对面，等上城方向的列车。站台更远端，还有一两个人在等车。木头椅子上有一个穿连帽衫的男人，已经不省人事，或者已经离开人世。除此之外，只有我们。两个人刚刚饱含激情地道别，此刻又在寂静的隧道里凝视着对方的鬼魂。你知道那种尴尬的经历吧？已经说了再见，却发现这个人和你走同一个方向。也就是说，一段社交往来已经以仪式作结，却不得不延续，到了这一阶段，没有任何现成的社交习俗来教你该怎么办。我已经在地面上将事情了结，到了地下竟然要重新拾起。通电的轨道给我们之间的距离充电。她平静地望着我，我不由自主地跟她招了招手，简直愚蠢又尴尬，然后就朝站台更深处走去了。

可是，等等：我这是将结尾，从吻别换成了一个别扭的、连手都没有抬多高的招手？这个招手会波及我们的过去，改变她对我的记忆。这可不行。我往回走，但这时，她已经转身对着贴瓷砖的墙，正在端详一幅电影海报。我喊她的名字，可是没有想好要说什么。让我意外和不明白的是，她没有转过来。她不可能听不见，除非塞了耳机，我看不见。她在哭吗，不想让我知道？她生气了吗？她是想表现得冷漠吗，还是故作镇静，内心已经火冒三丈？我可以看见我左边的隧道里，列车发出黄色的灯光。随着列车靠近，铁轨开始闪光。我冲上台阶，下到开往上城的那一边。列车呼啸着进站，穿过站台，我抓住了她——意味着这并没有发生。第二天早晨，我在报废艺术研究所醒来。

*

亲爱的本，我删掉，感谢你盛情邀请我为贵刊的创刊号写稿，也感谢你随信附上你的诗作。布朗克该不会连电子邮箱也没有吧？他是 1999 年去世的。当一个无人问津的作家自有好处，但在享受这些好处之余，也希望有所宽慰，我把他在 60 年代早期写给查尔斯·奥尔森[1]的信用自己的话复述出来，因此你能来信已是一番美意。但我恐怕没有诗作可以呈送。受你的来信启发，我审读了自己的笔记。当我试着去阅读最近的笔记时，我渐渐意识到，读我写的东西要求读者怀有许多包容心和对我的偏爱。不知道我这样说会不会让你开心：我很珍视你对我诗歌的品读，尤其是你对《仲夏》的欣赏。而且是伯纳德把我的诗集送给你的，这更让我觉得珍贵。我希望你能帮我向他转达美好的问候。能在黑暗的日子里听到朋友的消息，真的太好了。最后一句听起来一点也不像他。

伯纳德准备转去普罗维登斯的一家康复中心，于是娜塔莉把

---

[1] 查尔斯·奥尔森（Charles Olson，1910—1970），美国诗人、文学理论家。

我带去医院的那本布朗克的诗歌选集寄给了我。诗集多了一圈光晕。书页的角落里有我本科时的笔记和仿写，用铅笔写的，字迹已经辨认不清，另外还有一些咖啡渍。这些是那时的我留下的痕迹，那个爱着作家夫妇不存在的女儿的我。我也终于把这本书当作礼物带给了他们。如今，所有那些真实或虚构的距离，都映在了布朗克的诗里，就像是映在了一面不可能存在的镜子里。

我删掉：

　　我不确定我知不知道该如何解读你所附的诗歌。我很容易困惑，请你理解。我记得西德·科尔曼曾经把我的作品登在《起源》[1]上，你提到这本杂志对你有所启发。不过，我每次读这本杂志都会想，这些人到底是谁，他们到底在讲些什么东西。或许只有读克里利的时候不会。我会收到其他供稿人的书，以及言辞热诚的信，但我对他们的书一点兴趣也没有。而且我也是这样跟他们说的。那时候，我觉得这样做虽然不礼貌，但有必要。我反对互相吹捧，换手抓背，假装互相欣赏。这些做法让诗歌变得和其他行业无异。我们不应该——不，是不可以，因为这是一个实际怎么做的问题——期望一个诗人经常发自内心地喜欢另一个诗人的作品——至少同时代的诗人不行。甚至当我们认为我们是在写东西给对方的时候，我们也不是在"为"对方而写，因此必然存

---

[1] 西德·科尔曼（Cid Corman，1924—2004），美国诗人、翻译家、编辑，创办了杂志《起源》（Origin）。

在读不懂的地方。奥朋[1]常说，诗人和诗人不可能是同时代的。更别提我们的读者了。从这个意义上来说，"大众"认为诗人都被错置了时代，是正确的。这也是我永远也无法做杂志编辑的原因之一。

我环顾公寓，想着假如这些信不作废，我可以往里面添加哪些物理细节。比如，济慈总会在信里描述他的坐姿和房间里的环境，我很喜欢。他写过这么一句："火焰发出最后一点噼里啪啦的声音——我坐在这里，背对着火，一只脚歪着放在垫子上，另一只踩在地毯上，脚跟微微抬起。"但我能感知到的只有天窗上的雨，没在运作的空调外机旁一只咕咕叫的鸽子，楼下飘来的香菜味，窗台上仙人掌花的淡淡黄色，一杯水边上的 β 受体阻断药。我想布朗克在哈得孙瀑布镇的大房子里，应该感受不到这些东西。

我选中这一段，文字的底色变成了蓝色，然后我按了删除键。不知为何，销毁伪造的书信，反而把这些书信变成了真的似的。有多少作者烧过他们的信？废弃这个关于伪造档案的书稿，让我觉得我好像真的有过一个档案，好像我是在保护自己的过去，使其不被公之于众。另一个窗口播着半岛电视台[2]的新闻。"各个机构都已经残缺不全，"一个人在说，"真正完成过渡可能需要几年时间。"远方传来警笛声。我敲了一下真正的窗户，又

---

[1] 乔治·奥朋（George Oppen，1908—1984），美国诗人。
[2] 半岛电视台是一家国际新闻媒体，总部在卡塔尔多哈。

用力锤了一下，想要赶走那只壮硕的雀形目的鸟——无论我在这座城市的什么地方遇见它们，我都觉得我是在跟同一只鸟互动。（我刚刚在谷歌上搜索"pigeon"——鸽子，发现它们并不属于雀形目。它们和体型较小的鸽子"dove"共同组成了鸟类的一个分支——鸠鸽科。）"现在，我们来关注加勒比地区的天气变化。"过了一会儿，我出门了，去学校见一个学生。

一个异常巨大的暖核气旋系统正在逼近纽约，几天后才会在尼加拉瓜沿海登陆。用不了多久，市长就会把城市划分为若干区域，勒令其中的低区实行撤离，并关闭整个地铁系统。我们将在一年中第二次面临几十年一遇的极端天气。外面依旧暖和得反常，但可以感到空气中有一种人为制造的兴奋正蠢蠢欲动。真是好事成双，我在街上碰到一个邻居，他微笑着对我说。好像只有在我们的世界面临毁灭危险的时候，他才承认我的存在。

我还在休假中，但是仍然和研究生们保持联络，我会在私底下给他们的论文提些建议。我还指导两三个本科生写荣誉论文[1]，他们的选题都大得天真。除此之外，我尽量不出现。可是我得去人力资源部填几张表格处理扣税的事情，所以决定难得地去学校一趟，顺便在办公室见一个写诗的研究生卡尔文。

过去的几个月里，卡尔文给我发的消息变得越来越频繁，也越来越难断句。他不给我发他修改过的诗，也不发他对我推荐的

---

[1] 指本科生在导师指导下撰写的论文，通常在研究的原创性、学术性等方面有比较高的要求，可以作为授予荣誉学位的参考。

读物的评论，而是在密集的邮件里长篇大论地谈什么"文明衰落的诗学"和"激进末世论视野下的革命实践"。然后，邮件又会忽然切换到更贴近日常生活的语域，有理有据地批评教学和学费，说他觉得读研究生并没有帮助他成为一名更优秀的写作者。另外，他因为读了《纽约客》上的那篇故事，所以频频表达对我健康状况的担忧，尽管我已经坚称没事。

我坐 2 号线去弗拉特布什。出站的时候，有一个年老的耶和华见证人塞给我一份用光面纸印的启示文学读物。学校大门口的保安比平时多，我走到草坪才发现，原来有一场占领形式的抗议活动。我的办公室所在的大楼前围了一大圈人。当我走进人群，才意识到这并不是什么抗议活动，而是为飓风救济行动做准备的动员会。集会虽然缺乏领导者，但进行得很顺利，比我想象中要好得多。在离开人群去办公室见卡尔文之前，我报名了当志愿者，做学校和合作社之间的联络人，帮忙协调食品救济，说白了就是发邮件牵线搭桥。人群里说话最积极的学生中，有一个叫玛卡达的，前一年上过我的本科生讨论班。看着她果断、沉着的样子，我感到骄傲，但我凭什么骄傲？这让我觉得自己像一个慈祥的长辈，而且老了。

我一看见卡尔文，就觉得他非常不对劲。他坐在我办公室门口的地上，背靠暗色的紧闭的门，大腿上摊着一本书。但他双眼无神地望着对面的墙壁，耳机里咚咚地响。像这样遇见学生的场景，本来没什么异常之处。只是当我和他打招呼，走上前去开门的时候，发现他既着急，又反应迟缓，有一种奇怪的矛盾之感，好像他得一直提醒自己对外界的刺激做出反应，却反应得用力过猛。

我终于找到了对的那把钥匙。刚打开门，一阵疾风忽然扑面而来，我吓了一跳。几张纸在风中打转。面朝草坪的大窗户没关严实，留了大概十英寸的缝，或许已经这样好几个月了，幸好我后来发现电脑和书桌没被打湿，完好无损。当我从走廊踏进办公室的时候，觉得自己在看一间主人已经不在人世的办公室——虽然窗户开着，还是有些许霉味，还有凌乱的纸张，曾经装过冰咖啡、被落在这里的星巴克塑料杯，一小塑料袋杏仁，一本翻开扣在桌上的《诗章》[1]。就感觉是有人打算去去就回，却再也没有回来，发生了剥离。我捡起那些纸，匆忙整理了一下书桌，然后打开电脑，听见苹果的开机音效才放下了心——升 F 大调和弦，甚至注册了商标。

我的书桌面朝墙壁。我坐到椅子上，再把椅子转过来，正对着同样坐在椅子上的卡尔文。之前我们也经常以这样的位置坐着，但他一直看屏幕，或者看我背后的窗户，用力盯着，以至于我也忍不住向后转，看他在看什么（什么也没有）。我问他最近怎么样。

"挺好的，挺好的。"他说。

---

[1] 应指美国诗人埃兹拉·庞德（Ezra Pound，1885—1972）的作品《诗章》（*The Cantos*）。

我问他最近在忙什么，论文写得怎么样了。

"很好，很好。"他的右腿上下抖动，抖得很厉害，我也有这个习惯，但看见他这样让我有些不放心。我怀疑旺盛的精力来自处方安非他命，我以前在主动脉被诊断出疾病之前服用过，半是为了消遣。

"你读了奥布赖恩[1]的诗了吗？"

"噢，我什么都读。全在读书，没怎么睡觉。"阿得拉尔[2]。也可能相反，是阿得拉尔的戒断反应。他往嘴里放了一粒口香糖，给了我几颗，我接了过来。

"你觉得《大都会》怎么样？"这是我们计划要讨论的奥布赖恩的诗集。

"你知道吧，那些诗像蜘蛛一样爬，像蜘蛛一样在书页上爬？"

"接着说。"我说。我没听过这个说法，这让我有些不安。

"它们会朝任何方向移动。一行可以有一千种不同的读法。一边读，句法一边变化。"这倒是真的。诗歌常常如此，但奥布赖恩那首与诗集同名的长散文诗尤甚。他的评论能够成立，使我松了一口气，因为我本来害怕卡尔文和我在两个完全不同的宇宙里。我聊了几句《大都会》的形式，觉得可能会对他有所帮助。他低着头，在黄纸横线的笔记本上记笔记。可是我说完了之后，

---

[1] 根据下文的诗集《大都会》（*Metropole*）判断，应指杰弗里·奥布赖恩（Geoffrey G. O'Brien，1969—　），美国诗人，生于1969年，曾经也在布鲁克林大学教书。

[2] 阿得拉尔，一种治疗注意力缺陷综合征的药物。

他还在写。

"那读了《大都会》，你对你论文讨论的那几首散文诗，有更多的想法吗？比方说，或许你可以有策略地给论文断一断句？"

依然在写。

"卡尔文？"终于，他从笔记上抬起了头，看着我的眼睛。他的眼睛是淡褐色，闪着亮光——闪着亮光应该是我的想象。我觉得自己体内有一股狂躁的能量，就好像喝多了咖啡。

"看见这个了吗？"他一边说，一边把笔记本举到我面前。纸上写满了密密麻麻的小字。

"你的笔迹很难认。"我说。

"书写的物质性摧毁了书写的意义，我们在课上也谈到过。一开始是写，慢慢变成了画。或者一开始是读，后来变成了看。形式不稳定性的诗学。被推向坍塌的那一点，然后越过那一点。"

我向他推荐了一篇很有名的关于写作中的视觉元素的文章，想借此把他骇人的能量重新导入到学术讨论中来。我把椅子转到电脑前，搜索一个文献数据库，找到了完整的论文信息。当我转回来的时候，他看着窗外，就像圣女贞德看着画外。他也受到了感召吗？

"这是什么口香糖？"我问。

他过了好一会儿才看向我，微笑着说："尼古丁口香糖。"难怪我有一点犯恶心。效果很强。我没把它吐出来：这是为数不多的将我们联结在一起的事物。

"你在戒烟吗？"

"没有，但是我妈妈在圣诞节的时候给我买了一大堆这个。"

"除了跟诗歌有关的事情，其他方面都还好吗？"既然聊到了家人，我觉得可以问。

"这个嘛，你有一次说过，我们与其担心自己的文学职涯，不如担心被水淹没。"一定是我在课上开的玩笑——半开玩笑，"任何一个新的文明，都需要有人能理解什么是有用的历史，能从科学出发，重新构建概念，至少是基本概念。还有就是，所有文学都字面化了，因为天就要塌了，如果你知道我说的是什么——那不仅仅是一种修辞手法了。很多人会无法接受，一切都变成了象形文字。我的女朋友就是因为这个跟我分手了。比如说，没有器官的身体。我能吞咽，但吞咽需要代价，因为我的喉咙不再是同一种了。这当然是打比方，但确实有实际意义，可她理解不了。而且难办的是，你想试验一下，想通过服毒之类的行为来表现你能吞进去，却不知道在那种情况下，它是会变成符号，还是会像蜘蛛一样爬。"

这所大学提供不了好的精神健康服务。而且他才二十六岁，任何人都不可以强迫他寻求帮助，联系他的父母也是违法的。谁都不可以。

"没有人认为自己听说的有关福岛的事是真的。想想你从便利店买的牛奶，那里面的放射性物质，加上激素，想想它们的副作用。那里生出来的兔子有三只耳朵。海水也被污染了。看这个——"说到这里，他把头发抓到后面，或许是想露出他的美人尖，我也不确定——"我住在科罗拉多的时候没有这个的。而且我知道，我下巴的骨量也变少了，我能感觉到它咔嗒咔嗒地响，但是我付不起医保。好了，现在又来了这个风暴，可是它的名字是谁定的？原来有一个大概五个人组成的委员会，在风暴形成之前，就聚到战情室里想出了那些名字。世界气象组织第四区区域协会飓风委员会——我查到的。我查了之后，手机就再也收不到信号了。打电话全断线。"

"我同意最近疯狂的事情挺多，"我说，"但我觉得，越是这种时候，我们越需要和别人保持联系。虽然世界很混乱，我们得想办法让自己开心。我们应该专注于让自己觉得，做自己就很好，就像人们常说的，舒服地活在自己的皮肤里，假如有困难，也愿意敞开心胸寻求帮助。"我竭尽全力模仿我父母的语气，像是灵媒让鬼神附身。

"太对了。而且现在很多信息就是从皮肤进来的。毛孔。毛孔就是皮肤的诗人。谁说的来着？竟然还有人想把它们堵住，不让它们说话。我猜是我说的。我的女朋友会用蛋清和那些垃圾堵她脸上的毛孔。她根本不知道那些垃圾的原料是什么，虽然商家说都是天然的、有机的。你知道为什么机场能卖那么多化妆品吗？他们不需要在动物身上做实验。如今的超级计算机，基本上已经可以感知疼痛了。就像是分子填缝剂，但那样是挡不住粒子的。你只是把自己跟社会隔绝。跟将要发生的事情隔绝。"

"卡尔文"——我慢慢地说——"你说的很多东西，其实我听不太懂。"是吗？"我感觉你压力很大。这是个让人有压力的地方，如今也是让人有压力的时代。听上去你正在经历一场分手。我写东西写久了，常常会觉得精疲力尽。"他看着我，神情既意外又受伤，"不知道你是不是在接受咨询，或许你可以考虑一下。无非是有个倾诉的对象。"

"噢，哇哦。哇哦。你也想把我变成精神病人。我猜是你的工作让你这么干的。你代表大学。你执行大学的意志。但是，让我问你一个问题"——我目测了一下卡尔文的身形，他比我高，差不多有那个抗议者那么高，但是瘦，几乎是干瘦，我不由自主地想象一拳打在他脖子上的画面，假如他扑向我的话——"你能看着我，说你认为这，"说到这里，他用一只手臂在空中划了一圈，表示他说的"这"是个很大的东西，"会继续存在吗？你不承认周围有无数种东西要让我们中毒？你难道想告诉我，这些风暴不是人为制造的，即使已经连政府都控制不了了？你不认为联邦调查局在窃听我们的电话？语言正在变成记号，变成了文字的图画，不再是文字——你应该跟所有人一样都清楚。还是说你吃了药？你让他们控制了？"他猛地站了起来，我吓得往后一缩，接着便因为这一缩而有些难为情，"对不起，浪费了你的时间。"他说，然后，或许强忍着眼泪，冲出了我的办公室，忘了拿笔记本。

换作惠特曼，他会如何照料这个病人呢，会给他发什么礼物？没有南北方，没有制服，没有从这折磨中锻造出什么统一的国家。我执行大学的意志，做了一般人会做的事。我给关系最近的同事和系主任发了邮件，向他们表达了我的担忧，并寻求建议。我给两个我认为是卡尔文的朋友的学生发了邮件，问他们最近是否和他有过接触，不过没有说为什么这么问。然后我给卡尔文发了邮件，说如果我让他难过了，我很抱歉，但我很担心他，如果有任何可以帮忙的，我都愿意。我没说我们的社会以目前形式将难以为继，没说我相信风暴在一定程度上是人为制造的，没说周围有无数种东西想让我们中毒，没说联邦调查局窃听公民的电话，虽然所有这些，在我看来，显然都是真的。以及我的情绪受药物控制。以及语言有时候是一堆乱七八糟的记号。

我仔细看了看他的笔记本。最上面是一些我在聊奥布赖恩的诗歌的时候用的短语，加了引号。然后是一些来自卡尔文自己的关于这些短语的短语，例如，"可以用来分析沃尔德罗普的三部曲[1]"，这些画了五角星。但大部分笔记像是一种密码，包括微缩、简化的字母，竖线，还有几处像是测量地震的仪器绘制的图谱——总之是在速记我们的语言无法复述的东西，是一首诗。

---

[1] 基斯·沃尔德罗普（Keith Waldrop, 1932—2023），美国诗人，诗集《超验研究：三部曲》（*Transcendental Studies: A Trilogy*）曾获美国国家图书奖。

*

　　大约是风暴袭击古巴，肆虐圣地亚哥的时候，那箱书送到了我的公寓门口。我在自印出版的网站上完全没想过省钱，一次就印了五十本精装，全彩插图——单本的成本大概是五十美元。阿妮塔想要寄几本回萨尔瓦多，给那边的家人；亚伦打算在每间教室的图书角都放一本；罗贝托想送给他的朋友们。我喜欢这样想：这部分开销，已经从我那本还没写好的小说的销售分成里出了。我为这次阔绰的举动感到自豪，而且没有告诉罗贝托。我很想看看书长什么样，于是把箱子搬上了楼。箱子意外地沉，毫无疑问，我的胸内压因此飙升。搬到公寓后，我用一把钥匙划开褐色的打包胶带，迫不及待地打开了箱子。

　　我意识到，我以往任何一次收到自己的出版成册的书，都比不上现在这么开心。把胶带扯下来的时候，我忽然有一种奇怪的感觉，觉得自己在开的这一箱书，是我被付了预付金要写的那本；我迟疑了一会儿，热切开始消散，然后我才掀开盒顶，看见了精美的《向着未来》。正文本身只有八页长，但那八页是长达数月的劳动成果：网上研究，拟大纲，手写草稿，打字，修改，整理格式。制作过程的每个阶段都扩展成了一节有关语法或电脑技能的学术课。书的装帧颇为专业，所以沉甸甸的，给人的感觉不像是一个只是为了表现自己才做的项目，而是一本真正的儿童读物。一想到罗贝托会有多激动，我就很激动。

　　我提着书，沿着第四大道走去日落公园。虽然只有十五本，却越来越沉。空气潮湿得不像是这个季节，我走得大汗淋漓。道格拉斯大街上，BP 加油站[1] 的队伍已经排到了街角。骑摩托车的人想赶在风暴来临前多囤些汽油，有些人除了给车加满外，还拿了红色的塑料桶来装。除此之外，街上并没有灾害即将来临的迹象。终于，我拐进了第五大道，想避开第四大道上的围栏和搭了脚手架的人行道。那一段正在造新的公寓，号称"最时髦的城市居所"。等我走到绿荫公墓，手臂和肩膀已经不堪几本小书的重量，开始酸痛，仿佛不仅仅是物理上的沉重。当我经过公墓的时候，能听见正门的尖顶那边有和尚鹦鹉在歌唱。这种艳绿色的鸟，从肯尼迪机场的破木箱里逃出来，在这里安家落户，如今已经繁衍了几个世代。[2] 我还没走到学校，忽然想到，这两千美元对于罗贝托一家人来说或许能派上更实际的用场。在这之前，我也想到过这个。但话说回来，就算阿妮塔需要这笔钱，她也绝不会接受我给的钱。也许等我们的辅导课结束之后，亚伦可以帮忙给罗贝托安排一项小额的匿名奖学金。我的预付金可以同时用于多种捐助。或者，我应该资助卡尔文接受心理咨询。又或者——这时我打断了我自己：你应该庆祝这种冲动的花费，而非自我怀

---

[1] 前称"英国石油公司"，后来将缩写"BP"作为公司正式名称使用。

[2] 和尚鹦鹉的故乡是南美洲。据说在 20 世纪 60 年代，第一箱和尚鹦鹉被送到肯尼迪机场，但箱子破了，鹦鹉趁机逃了出来，从此在美国立足。

疑；不要计算机会成本，或是把它看作抽象交换网络中的一环。

结果，罗贝托却完全没有要庆祝的意思。他向书投去礼貌的微笑，拿了一本随便翻了一下，看上去并不自豪，或有多么喜出望外。我努力按捺住告诉他这些书花了多少钱的欲望。我对他再三表示热烈祝贺，恭喜他成为一名有作品出版的作家，但徒劳无功。他反而想跟我聊被他称作"超级风暴"的事情，说他担心自己得搬去匹兹堡跟表亲住。我解释说——亚伦也一定这样解释过——日落公园那边比较高，水淹不到；他家里或学校可能会停电一阵子，但他不用害怕；他可以放心，他的父母已经做好了准备。可是如果我们水喝完了怎么办？他问我。如果发生了"水资源战争"怎么办？显然他又看了一集发现频道的特别节目。

近一半的世界人口将在 2030 年之前面临水资源短缺。但我向他保证，他不需要担心，同时努力把他的注意力重新引导至我们自己对物种灭绝的研究，以及高水准的制作。

"我们接下来做什么？"他问道，"我们的下一个项目？"

"我还不知道。"我回答，心里有些失落。我甚至不知道，一旦我的假期结束，我还能辅导他多久，而且我马上就会面临明确的交稿期限，或是在某种程度上成为一名父亲。我原以为《向着未来》会为我们画上句号。

"我们还会再做一本书吗？"他的语气听起来像是希望我们不会。

"你都没看过这本。"我说，尽量让语气听上去轻松一点，而不是失望，"这是我们辛勤工作了那么久的结晶。每一句话我们都花了很多力气。"

"因为我接下来想拍一部电影。"罗贝托说，微笑中带着一点歉意。一颗已经是恒齿的门牙长成了一个不太好的角度，这是我去马尔法之后的新发展。"你的苹果手机有电影镜头。我们可以加很多特效，然后上传到 YouTube。"

"谁都能用苹果手机拍电影，"我说，"但不是每个人都出版过这样的书。"我用指节在硬皮封面上敲了两下。我觉得自己像是一个卖二手汽车的销售人员。

"我们可以拍一部关于海啸的电影。"他说，他其实想说飓风，"如果能有摄影机来拍人的话也很好，这样他们就不会抢你的机器。不会打你。不会以为你在监测他们。"他说，其实想说"监视"。

"罗贝托，"我说，努力挤出微笑，模仿佩吉·努南的语气，像是灵媒让鬼神附身——说起来佩吉·努南自己就是一个频道，"这本书说的，不正是科学一直向前发展，更正过去的错误吗？"我想到了沙漠中的贾德的盒子，那些盒子一直在变，缺乏耐心，"像你这样的小小未来科学家，应该要相信人类解决问题的能力，"和殖民月球的能力，未来不属于胆小的人，而是属于勇敢的人——勇敢且有合法身份的人，但我没有说往下说，"人们会一起努力，为你担心的所有这些问题找出对策。比如说，"我说，"他们"——不管他们是谁——"在发明新的海堤，不让水漫进来，一种特殊的防洪闸。"我决定要继续我们的辅导课，"或许我们可以写一本关于这个的书？如果你真的很想，我们可以先给书拍一个预告片，我是说，用苹果手机制作一个关于这个主题的小短片。"我翻开一本书，立在书桌上，"但是我们先好好庆祝一下这本书，好吗？"

我们坐在那儿不安地朝对方微笑，中间则是我们的大作。罗贝托点点头，但没说话。那间教室有一种独特的安静，是吵闹人群刚离开后的那种安静。孩子们在楼下被亲戚和监护人接走，我能听见他们在马路上嬉笑、尖叫。我觉得我还察觉到了一丝绝望、无助，仿佛孩子们注意到了大气压的剧变。我能听见背后墙边的笼子里，全班一起养的仓鼠昌乔在碎步快跑，我想象丹尼尔正在给它的水瓶装水。我抵挡了回头的诱惑。远处传来电钻声，飞机的轰鸣声，小贩推车来卖水果冰沙的铃铛声。一辆汽车停在了最近的街角，放着震天响的拉丁舞曲。绿灯一亮，音乐声便渐渐远去了。

向着未来

罗贝托·奥提兹

目录

第一章　谬误

1877 年，古生物学家奥塞内尔·马什发现了一只恐龙，取名"迷惑龙"，希腊文原名的意思是"骗人的蜥蜴"。这是一个有趣的名字，因为连马什自己也被迷惑龙"迷惑"了。

1879 年，马什认为自己又发现了一种新的恐龙。事实上，他发现的是迷惑龙的骨骼，只是没有头。他找到了一只头骨，认为它属于这种新的恐龙，但其实那是圆顶龙的头骨。他将这只假的恐龙命名为"雷龙"！希腊文原名的意思是"雷蜥蜴"。

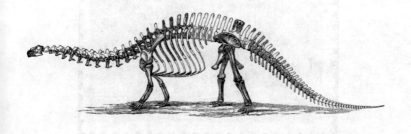

第二章　纠错

　　1903 年，科学家发现雷龙是假的！他们意识到，雷龙其实是安错了头的迷惑龙。但是，尽管科学家意识到了错误，大多数人并不知道这一新发现。许多人以为雷龙依然存在，因为博物馆一直在他们的标签上使用这个名字。另一个原因是雷龙真的真的

USA 25 Brontosaurus

很受欢迎！所以，虽然科学家发现了错误，我们大多数人并不知道。

这枚邮票体现了雷龙有多么受欢迎。直到1989年，也就是制作这枚邮票的时候，距离科学家发现雷龙不存在已经过去了八十六年，人们依然在使用"雷龙"这个名字，翻印那只恐龙的模样。

第三章　恐龙的真面目

　　迷惑龙生活在大约一亿五千万年前的侏罗纪时期。迷惑龙是在地球上生活过的最大型的动物之一。它体重30多吨，身长90英尺，臀部可以高达15英尺。它的头部长度不足2英尺，相对于巨大的身体来说是很小了。它的头骨较长，大脑很小。它的牙齿很细，像铅笔一样。它的尾巴可以长到50英尺。迷惑龙是食草动物，意思是它只吃植物。它也会吃石头，以便碾磨和消化植物。

　　迷惑龙有一个奇怪的特征，它的鼻孔位于头顶。科学家不知道原因。起初他们认为这或许能帮助迷惑龙在水中呼吸，但是发现迷惑龙化石的地点距离任何水体都很远，因此科学家推翻了那个假说。这至今都是一个未解之谜。

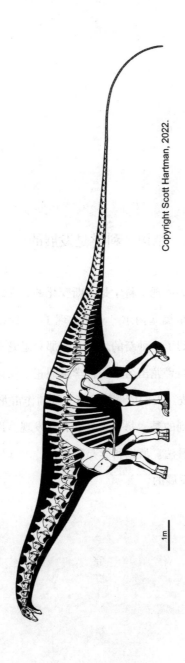

Copyright Scott Hartman, 2022.

1m

结语　科学是发展的

迷惑龙的故事体现了科学是不断变化的。它之所以能体现这一点，是因为最早奥塞内尔·马什发现了一只叫迷惑龙的恐龙。后来他认为他找到了一种新的恐龙。但那只恐龙只是换了头的迷惑龙。然后这只假恐龙出名了。科学家纠正了错误，但是许多博物馆的标签没有改。人们依然认为有一种叫作雷龙的恐龙。

科学家学习到的是，每一天都会有新发现。许多新发现改变了我们对过去的看法。所以科学是无限的，永远延续的。科学是面向未来，不断发展的。

完

*

我们又做了一次一般人会做的事：给所有能找到的适合盛水的容器接满水，拔了各种电器的插头，找来一些给收音机和手电筒用的电池，给浴缸放满水。然后我们爬上床，把《回到未来》投到墙上。我向亚历克丝提议，这可以成为我们的传统，一有几十年一遇的天气就这么做，就像是有些家庭每年圣诞都看同一部电影，只不过我们不是家庭罢了。树枝刮着窗，把它们的影子投在 20 世纪 80 年代，20 世纪 50 年代；几只垃圾桶被吹到街上，一路翻滚，雨点用力地打在天窗上，响得犹如冰雹。风暴登陆时，马蒂在教查克·贝里怎么演奏摇滚乐，意味着当马蒂回到未来之后，这种音乐形式就是由白人发明而不是挪用的了。我花了几分钟跟亚历克丝解释这一意识形态的机制，结果发现她睡着了。我也跟着迷迷糊糊地睡着了。醒来后，我走到窗边。雨依旧下得很大，但是黄色的街灯映出一片乏味的景象，有几根大的枝丫被吹断，但树都没事。我们没有停过电。又一个历史性的风暴没能抵达，仿佛我们活在历史之外，或是掉落到了时间之外。

其实它的确抵达了，只是没到我们这儿。曼哈顿下城的地铁和隧道全部积满了水，淹死了不知道多少老鼠，我忍不住去想象它们的尖叫声。39 街以南、红钩区、科尼岛、洛克威和斯塔顿岛的大部分地区断了水电。医院的备用发电机停转，正在进行撤离；新生儿和做了心脏手术正在恢复的病人被轻手轻脚地抬下楼梯，送上救护车，火速送往根本没有经历风暴的上城。沿岸一带的房屋被彻底毁坏、淹没。不久，皇后区的一个街区就会发生火灾。应急工作人员正在打捞尸体，他们是在风暴潮来临时溺水的遇难者。谁知道有多少流浪汉丧生？切尔西有几十家美术馆被洪水淹没，保险公司的大型仓库很快就要迎来最新报废的艺术品。我记得阿莱娜的艺术品没放在一楼，而且她很有远见，已经提前损坏了她的那些画，因此它们能抵御风暴。

第二天，我们去了合作社，买了一些食物用来捐赠——合作社和洛克威之间建立了对口援助，志愿者接力进行救济，有一部分就是"我"的学生在协助。我们一直在说情况有多危急，却仍然没有切身体会。布鲁克林地势比较高的区域充满了节日的气氛，让人想起下雪天停课的日子：家长和孩子待在家，不用上班上学，在公园里玩；我们那儿，六个街区以内唯一可见的破坏是一棵大树倒下来，砸在一辆没人的汽车上。附近的商店没有食品和饮用水短缺，餐厅坐满了人。我们认识的人都没事。曼哈顿下城的朋友都撤离了，或是像阿莱娜一样，在外面住帐篷，供应充足。亚历克丝有朋友的公寓被水淹了，水是从戈瓦纳斯运河流过去的，非常脏。但是在我们直接认识的人当中，那已经是破坏的上限了。

风暴袭击后的第二天，我给西奈山医院打电话，确认亚历克丝的预约没有变动。他们说医院各方面没有受到任何影响。有几班公交车从布鲁克林市中心开去曼哈顿市里，但是队伍排得很长，路线也很曲折，我说服亚历克丝让我们打车去。交通有点堵，但没到不能忍受的程度。我们一过布鲁克林大桥，进入不通电的曼哈顿下城，车流就顺畅了，尽管每个路口的红绿灯都熄灭了，我们不得不当作遇到红灯一样停下。到处都有警察，但他们看起来更像是在准备游行，而不是在处理灾难的余殃。许多商家看着像是已经开门营业，我倒是确实看见几个满溢的垃圾桶，我想那些垃圾应该是厨余。街上相比往常要冷清一些，犹如周日的早晨。我们往北开，一路上不时有扎堆的卡车，包括联邦紧急事务管理署的、联合爱迪生[1]的、新闻媒体的。沿途的景象很快变成了曼哈顿平常的模样。我们的司机指着远处的吊车，那是市中心偏北的地方。飓风袭击的时候，吊车被吹离了公寓大厦，此刻正在一个居民已经撤离的街区上空摇晃，岌岌可危。除了这些，当曼哈顿下城已经被我们甩在身后，这一天仿佛一如往常。

我们高估了从布鲁克林到这里的车程，抵达诊所的时候，早了将近有一小时。我们看着关于这场我们一再未能经历的风暴的报道——候诊室里没有哪个位置是能够避开电视不看的。他们把多普勒雷达上云团带着触手旋转的图像和风暴登陆时的录像、房屋被横扫的录像、紧急救援老年人的录像剪接在一起。然后总统在说明损坏的情况，展现——或者像人们常说的——"投射"出

---

[1] 联合爱迪生，美国最大的私人能源之一。

262

领导人的模样。大选很快临近。这是第一次有全国性的政治人物公开谈论极端天气和气候变化的关系，谈论这座城市需要提高防御风暴的能力，虽然说得含糊其词。接着是新泽西的州长乘坐着直升机，在视察风暴造成的损坏。我提醒亚历克丝，2010年，斯蒂芬·霍金声称，人类这一物种要想生存下去，只能依赖于月球殖民。她提醒我，在玛雅历中，世界会在今年（2012年）的12月22日毁灭。她在桌子上的一堆育儿杂志中找到一本《纽约客》。"这期杂志我算是甩不掉了。"她说。她左右活动了一下下巴，可能是下意识的动作，就像是下巴酸了一样。我想起卡尔文说他的下巴因为辐射变小了。至少印第安角的核反应堆因为风暴而被取缔了一个。

故事来到我坐在一只小转椅上，在倾斜的塑料躺椅旁，看着医生在亚历克丝的肚子上和超声探头上抹上透明凝胶。通用电气的"Vivid 7 Dimension"超声系统是超声仪器界的劳斯莱斯，有4D成像功能、血流成像功能、组织追踪功能和血流彩色成像功能。一般超声扫描由技术人员操作，不是医生本人。但是那个技术人员，医生解释说，住在洛克威——至少飓风来之前住在那儿。我们看见高挂在墙上的平板电视里，播放着临近的风暴的图像。它的触手在实时地转动，半透明的头骨里可以看见大脑。医生在听见快速跳动的心脏时停住了，调高了音量让我们听。距离我在一台类似的机器上听见自己的心跳声才过去几个月。心跳很有力，她说，完美，这是个好消息。亚历克丝有过一些原因不明的出血，甚至有凝块。医生警告过我们，这些会让她本来就高的流产率变得更高。虽说确认了心跳，风险降低，但是这个生物还是有不小的概率无法顺利登陆。要再过几个月，我们才能仔细观察主动脉。当医生在测量胎儿的头颅直径时，我忍不住去想那些小章鱼。亚历克丝和我都没有说话，没有问题想问医生，也没有握着对方的手，但我能感觉到两人目光平行时的亲密，就跟我们站在油画前，或是走过一座桥的时候一样。[1]

后来我们就在散步了。我们沿着公园慢慢往南走，两个人都没有说话。因为风暴的缘故，寻常的事反而让人觉得离奇：一个游客请我帮她和朋友在大都会艺术博物馆的台阶上拍照；我往取景器里看，居然有点期待自己可以看穿他们的身体。推车也出来了，在卖碱水结和热狗。有慢跑的人，有遛狗的人，还有带着好几个婴儿的保姆们，推着一千美元一辆的婴儿车。我路过时听见的所有交谈、欢笑或争吵，不带半点危机或紧急情况的意味。松鼠和鸠鸽没有任何反常行为。

在 59 街附近，我们决定要弄清楚怎么搭公交车回布鲁克林，但是用手机查起来比我想象中要难，而且我的网速很慢，断断续续的。我发现我没有闻到马的气味。那些可怜的马被拴在马车上，通常停在中央公园南路上。风暴来的时候，它们躲在哪里？我们决定继续朝市中心走。随着夜幕降临，我跟亚历克丝说我们

---

[1] 原文这一段使用现在时，前后段落均为过去时。

应该打车回去。虽然从妇产科检查的结果来看，最近的出血和体力消耗无关，但我认为她应该多休息，等到过了头三个月再说。可是根本拦不到车，尽管一直有出租车源源不断地开过来。我不知道是不是因为现在是五点左右，出租车司机要交接班，还是因为南边有风暴，他们不想去。不管是什么原因，无数辆出租车从我们面前经过，全都显示已下班。我依然相信我们终究能打到一辆，只要一边走一边不停地拦就行。我一看见有出租车开过来就举起手。终于，当我们走到38、39街附近，有一辆车试探着停了下来。可是我们一提到布鲁克林这个词，他就飞快地开走了。同样的事情又发生了两次，不久后我们便来到了通电区域的边缘，南边的街区一片漆黑。

　　读者，我们继续往前走了。有几家餐厅和酒吧开门，卖饮品，至少点着蜡烛。18街的街角围着一群人，各种各样的都有，当我们走到人群里，看见他们在拿瓶装水，总共有十箱或十二箱堆在那里，大概是国民警卫队放的。没有出租车愿意停，而亚历克丝想小便。我们走到联合广场，看见几辆餐车在营业，人们借他们的插座在给手机充电。紧急事务管理署似乎把公园用作行动的集散地。不知道为什么，庞大的全食超市倒有电。在一片漆黑的楼群之中，明亮的超市让人一惊。自从上一个飓风的前夕去了一次之后，我还没有去过那里。亚历克丝进去上厕所，我在外面等。一个记者在附近录一段节目，我走到镜头和钨丝灯的范围内，招了招手。或许你看见过我。

当亚历克丝从超市里走出来的时候，一辆公交车停在了街角。但车实在太满，只让队伍最前面的几个人上了车。这辆车往南去，但我们觉得它不可能把我们送到对岸的布鲁克林。我在百老汇大道和15街交叉口向警察询问，怎样才能回布鲁克林，他不屑一顾地耸了耸肩。令我意外的是，我心中升起一股怒火，幻想着打他一拳。那时我才意识到，我体内有多少互相矛盾的情绪在碰撞、重组。亚历克丝问我还好吗的时候，我的微笑应该很奇怪。联合广场的旁边有全食超市，周围又有许多警方和市政的卡车运转着各自的发电机，所以相对明亮。当我们往更南边走，周围逐渐被黑暗包围，刺破黑暗的前照灯越来越少。在混乱无序的夜里开车很危险。我试图回忆我们一两个小时前刚离开的熙熙攘攘的上城街区，就像是在回忆另一个纪元，更别提我们午后的出发地布鲁克林。稳定感、上东区的建筑、法国文艺复兴和联邦，似乎属于一个纯真的、镀金的旧时代，而超声波技术对于黑暗中的我来说，像是来自未来的预感。两者都太过怪异，无法被融入某段叙事。随着时间感的崩塌，我感觉，我和我所有的记忆都是等距的：莫妮克咬碎冬青糖的时候，嘴巴里的蓝色火花；在墨西哥城发烧时产生的幻觉；看着电视直播中航天飞机遇难。我抬头看隐约耸立的楼群，更能感知到而不是看到它们的存在。我在想还有多少人依旧在那些楼里。你有时可以看见一道光束掠过窗户，过一会儿另一处又闪过一道火焰，或是 LED 屏幕的荧光，但总的来说，四周是一片虚空。我跟亚历克丝说我感觉还行。不知为何，我幻想每一幢楼里都有安息日电梯，幻想它们在静悄悄地运行，从另一处源头、另一个时间汲取电力。

我们一定是在某条街走到底的时候往东拐了，因为我们走到了拉斐特街和运河街的交叉口。在那里，有两个男子朝我们走来问我们要钱，其中至少有一个已经喝醉了。由于街灯和既有秩序的缺失，我有好一会儿无法分辨他们是在乞讨，还是在威胁要抢劫、向我们提要求。人际关系忽然变得不明确，语言、动作里的暗示对我来说难以解析，仿佛随着电力的消失，我们也失去了某种社会性的本体感受。我说我没钱，但他不肯作罢，但也没有任何明显的恐吓。我还没想好该怎么说、怎么做，亚历克丝就给了他们几块钱，他们便消失了。

天气变得越来越冷。我们看见东边金融区的黑色高塔之间闪着明亮的光，像是什么动物的眼睛在夜里发光。后来我们会知道那是高盛集团，会在照片里看见它，天际线上为数不多的几幢亮灯的大楼里，有这家投资银行公司。我会把这张照片用作我的书的封面——不是我签了合同要写的关于欺诈的那本，而是替换了它，为你写、写给你的这本，在虚构边缘的这本。这座大楼一定有许多巨大的发电机，还是说，他们有特权，接入了秘密电网？很快我们便又往南走，然后往西走，有一小会儿，黑暗感觉是完整的。我想起马尔法，我四周的楼群犹如沙漠夜晚中的永久装置。我试图把这种感受描述给亚历克丝听，但是我的声音在没有光的街道上听起来很奇怪——响亮、突出，虽然周围有不少噪音：附近有人在用锤子敲东西；我能听见有一架直升机，但看不见；近处响起一辆大卡车冗长、刺耳的刹车声，听起来像是海里的声音，如鲸鱼的歌声。当我们拐进公园广场街，一辆出租车突然出现，吓了我们一跳。我可以感觉到缺失的双子塔，不过此刻楼群都消失不见，使它们变得难以辨认。我有一种感觉，如果电力忽然恢复，双子塔会出现在那里，轻轻摇晃。我能看到车的后座有人，一个存在于诗的两侧的人——伯纳德和娜塔莉的女儿、莉莎、艾丽。但我还是试着拦了一下。我听到有人说因为风暴的缘故，有的出租车会多接几个乘客，来自不同世界的乘客。但这辆车没有为我们停下。

我问亚历克丝还行吗。她说她没事，但我知道她又累又冷。假如她已经怀孕八个月，然后我不小心害她陷入这样的境地？你没有害我陷入什么地方，在我大声说出自己的担忧之后，她说。她体内有一只小小的哺乳动物在成长——这一周是长味蕾和齿芽。我们会一边继续，一边商量我的参与程度。一家便利店在发电机的支撑下，亮着微弱的光。我走进去买一瓶水和几根谷物棒，因为我们午饭吃得早，之后就没吃过东西。店里有一股很浓的蔬菜腐烂的气味。冷藏柜都空了，但是货架上还有一些不太新鲜的农产品，地上依然湿漉漉的。我没看见饮用水，可是当我询问的时候，柜台后面的男人拿了一大瓶出来。我问他多少钱，他说十美元。我看见柜台后面还有他藏好的其他货品，仿佛是奇珍异宝。倒也确实珍贵。那里面有一板一板的电池，手电筒，可随处划燃的火柴，克利夫牌能量棒，速溶咖啡。我挨个问了价格，每次他都微笑着说，十美元。几英里以外的地方，它们还是和风暴前一样的价格。价格在黑暗中上涨。我用贬值的货币买了那瓶水，给亚历克丝买了一根卢娜牌能量棒，然后我们继续走。

当我们经过市政厅，朝布鲁克林大桥走去的时候，那里有很多人和前照灯。警察在指挥交通，有几处市政卡车扎堆——消防车、救护车、环卫车等等。中心大街上停着两辆军事吉普车。河对岸的布鲁克林灯火通明，在另一个时代闪闪发光。我们已经走了大约七英里，而本来计划的是不用走超过一英里。我问亚历克丝，要不要我去问一下怎么搭公交车。可是她说不要，既然做了就不如"全做"。一股稳定的人流汇入大桥的人行道，装束平常又特别。一种奇怪的能量在我们之间噼啪作响，像节日游行，像逃亡，也像抗议示威。我想象每个女人都怀孕了，又想象我们所有人都死了，溢出伦敦大桥。我想说的是，我们是没有脸庞的存在，闪烁不定，每个人都瓦解了，却同属于一个构想[1]。我现在像约翰·吉莱斯皮·马吉一样在引用。当我们走到河的上方，来到拉索下时，停下脚步回头看。城市在市中心一带比以往任何时候都要明亮，不过当你往北看的时候，可以看见那些背光的建筑变得更加幽暗。它们看起来是二维的，就像是剧场舞台前景中用纸板裁出来的模型。我们身后是曼哈顿下城，一片漆黑。那里的密

---

[1] "每个人都瓦解，却同属于一个构想"出自《乘坐布鲁克林轮渡》。

集只能凭直觉感知。1883年庆祝大桥竣工的烟火在我们头顶炸开，像蜘蛛一样爬满书页。月亮高悬在天空中，水面上能看见它的光。我有些话想对美国的学童说：

到了布鲁克林，我们会赶上B36路公交，一路开上大西洋大道。几站以后，我会站起来，把座位让给一个老婆婆。她提着两个黑色塑料袋，里面是大型家居绿植。我的脚直到那时才开始痛，膝盖有点僵硬。一株虎皮兰，一株蔓绿绒。一切都将和过去一样。然后，听上去不像是小说里会有的情节，老婆婆转向亚历克丝说：你怀孕了吗？她会解释说因为亚历克丝散发着光彩。她会猜肚子里是个女孩。我会发现，刺耳的声呐音原来是一个少女的手机铃声。她坐在我身后，会接起电话大喊："我马上到了。别催了，我马上到了。"那一阵手机铃声，以及我今晚听见的一切声音，听起来都会像是惠特曼和过去相似的人、未来相似的人[1]之间的通信。我们会在公交车右转到第五大道时下车，往东边走。这一切都是探索与发现的一部分。我们会看见路牌上拴着幽灵自行车，纪念某个骑自行车遇难的人。我们会看见人行道上落满了花，来自一棵提前开花的豆梨。胶合板做的说明牌会说她的名字是丽兹·帕蒂拉。亚历克丝问我，不妨把这本书献给她？在圣马可街上，煤气灯里的小火苗会在不同文体之间来回闪烁。我们会看见一个丢在路边的床箱，然后绕着走，因为里面可能有臭

---

[1]　"过去相似的人、未来相似的人"出自《乘坐布鲁克林轮渡》。

虫。但是今晚，在我眼里，甚至连寄生虫都是集体性的一种表现形式，虽然糟糕，却通过在宿主之间传递血液，证明了集体性确实存在可能。正如笑话循环和诗的韵律。别胡思乱想了，亚历克丝说。人们常对走神的人说："给你一分钱，说说看你在琢磨什么。"但亚历克丝给我的不是一分钱，而是六位数的重酬。1986年，我在舌头下面放了一分钱，想让体温升高，骗学校的护士让我回家，那样我就能看一部电影。我成功了吗？

我们会在展望高地停下脚步，在一家寿司店吃点东西——只点了素寿司，因为亚历克丝有孕在身，并且海水受到了污染，所有港口都因为超级风暴而关闭。我们旁边的一对情侣，会争论产权公寓和股权公寓各有什么好处。女方会坚持说对方"没懂这个流程"，说这里不是"发展中世界"，语气越来越激动。我坐在一张小桌子旁，透过我们映在窗户中的身影，看着弗拉特布什大道。我会开始用第三人称回忆我们的跋涉，仿佛我站在曼哈顿大桥上看，但是，当我写下这些文字的时候，也就是当我倚靠在防跳桥的铁丝网上的时候，我是用第二人称复数回望着报废的城市。我知道这很难理解／我与你们同在，我都明白。

　　"我们生活的时代，是有史以来最令人激动的时代，是一个充满了鼓舞人心的奇迹和英雄成就的时代。正如电影《回到未来》所说的："我们去的地方，不需要路。'"——罗纳德·里根，国情咨文，1986 年 2 月 4 日

致　谢

　　谢谢你，艾丽。谢谢我的编辑，米茨·安杰尔，还有我的经纪人安娜·斯坦。我要感谢以下这些作者的作品：迈克尔·克卢恩、塞勒斯·孔索莱、斯蒂芬·戴维斯、迈克尔·赫尔姆、希拉·海蒂、亚伦·库宁、蕾切尔·库什纳、斯蒂芬·勒纳、林韬、埃里克·麦克亨利、安娜·莫斯乔瓦基斯、玛吉·尼尔森、杰弗里·奥布赖恩、埃伦·罗森布什、彼得·萨克斯、埃德·斯科格和洛林·斯坦。

　　我要感谢兰南基金会资助我在得克萨斯州马尔法完成驻留计划。

　　《金色浮华号》这篇小说曾发表在《纽约客》上。这部书的两段节选曾发表于《巴黎评论》。我在马尔法写的那首诗曾被哥伦比亚学院的书籍与纸艺中心做成了一本小册子，由震中出版社印制，并单独发表在《兰纳·特纳：诗歌与观点杂志》上。我很感激哥伦比亚学院的创作者们和这些出版机构的编辑们。

"报废艺术研究所"的原型是艾尔卡·克拉耶夫斯卡的抢救艺术研究所；我在小说中对这一虚构机构的描绘，与我在现实中对克拉耶夫斯卡的作品《损坏控制》的描绘有所重合，此文曾发表于《哈泼斯》。叙述者与罗贝托合作的图书，取材于我和埃利亚斯·加西亚一起创作的一本自印书，但罗贝托这一人物的其他部分都纯属虚构。

这部小说里的时间（《时钟》在纽约上映的时间、飓风登陆的时间等等）并不总是吻合于真实世界的时间。我从未能观看《时钟》直到午夜；我所写的某些细节，来自丹尼尔·扎莱夫斯基所写的有关克里斯蒂安·马克雷的文章《时间》（刊于《纽约客》）。

引言部分的文字，我最早是在吉奥乔·阿甘本的《来临中的共同体》（由迈克尔·哈特从意大利文翻译）里读到的。它典型地体现了瓦尔特·本雅明的影响。

插图信息

- 儒尔·巴斯蒂昂－勒帕热，《圣女贞德》，1879。油画，100×110 英寸。大都会艺术博物馆，纽约，埃尔温·戴维斯（Erwin Davis）捐赠，1889。摄影版权：大都会艺术博物馆。图片来源：Art Resource，纽约。
- 图片来源：电影《回到未来》。
- 克里斯塔·麦考利芙的照片，《纽约时报》基斯·梅耶斯（Keith Meyers）拍摄。Great Images in NASA 提供。
- 保罗·克利，《新天使》，1920。油画拓稿，水彩。12.5×9.5 英寸。以色列博物馆，耶路撒冷，由以下人士共同捐赠：法尼娅·朔勒姆与格哈德·朔勒姆（Fania and Gershom Scholem），耶路撒冷；约翰·赫林（John Herring）、玛琳·赫林与保罗·赫林（Marlene and Paul Herring）、乔·卡罗尔（Jo Carole）、罗纳德·劳德（Ronald Lauder），纽约（B87.0994）。埃里·波斯纳（Elie Posner）拍摄，版权：以色列博物馆，耶路撒冷。

- 火星塞东尼亚区的照片，维京一号环绕器拍摄。Great Images in NASA 提供。

- 辛那提基金会内涂鸦的照片。蒂姆·约翰逊（Tim Johnson）提供。版权：蒂姆·约翰逊，2013。

- 迷惑龙的图片。Wikimedia Commons 提供。

- 邮票的图片。

- 迷惑龙的插画。斯科特·哈特曼（Scott Hartman）提供。版权：斯科特·哈特曼，2013。

- 照片，作者提供。

- 维哈·塞尔敏（Vija Celmins，1938—　　），《同心方位 B》（*Concentric Bearings B*），1984。版画，方法包括蚀刻、针刻、美柔汀。左：$4\frac{15}{16} \times 4\frac{5}{16}$ 英寸；右：$4\frac{11}{16} \times 3\frac{11}{16}$ 英寸。泰特现代艺术馆，伦敦，与苏格兰国家美术馆共同收藏，德奥菲捐赠机构（d'Offay Donation）代理，国家遗产纪念基金会与艺术基金会 2008 协助。摄影版权：泰特现代艺术馆，2014，伦敦。

文景

社 科 新 知　文 艺 新 潮

Horizon

我的心是一块将熄的炭火

[美] 本·勒纳 著

陈胤全 译

———————————————————

出 品 人：姚映然

责任编辑：李 琬

营销编辑：杨 朗

封扉设计：廖 韡

美术编辑：安克晨

———————————————————

出　　品：北京世纪文景文化传播有限责任公司

　　　　　（北京朝阳区东土城路8号林达大厦A座4A 100013）

出版发行：上海人民出版社

印　　刷：山东临沂新华印刷物流集团有限责任公司

制　　版：北京楠竹文化发展有限公司

———————————————————

开 本：850mm×1168mm 1/32

印 张：8.75　字 数：155,000　插 页：2

2024年7月第1版　2024年7月第1次印刷

定 价：59.00元

ISBN：978-7-208-18918-8/I·2153

┌─────────────────────────────────────┐

图书在版编目（CIP）数据

我的心是一块将熄的炭火 /（美）本·勒纳

(Ben Lerner) 著；陈胤全译. —— 上海：上海人民出版

社, 2024

ISBN 978-7-208-18918-8

Ⅰ.①我… Ⅱ.①本… ②陈… Ⅲ.①长篇小说－美

国－现代 Ⅳ.①I712.45

中国国家版本馆CIP数据核字(2024)第104234号

└─────────────────────────────────────┘

本书如有印装错误，请致电本社更换 010-52187586

社科新知 文艺新潮 ｜ 与文景相遇